AF202106

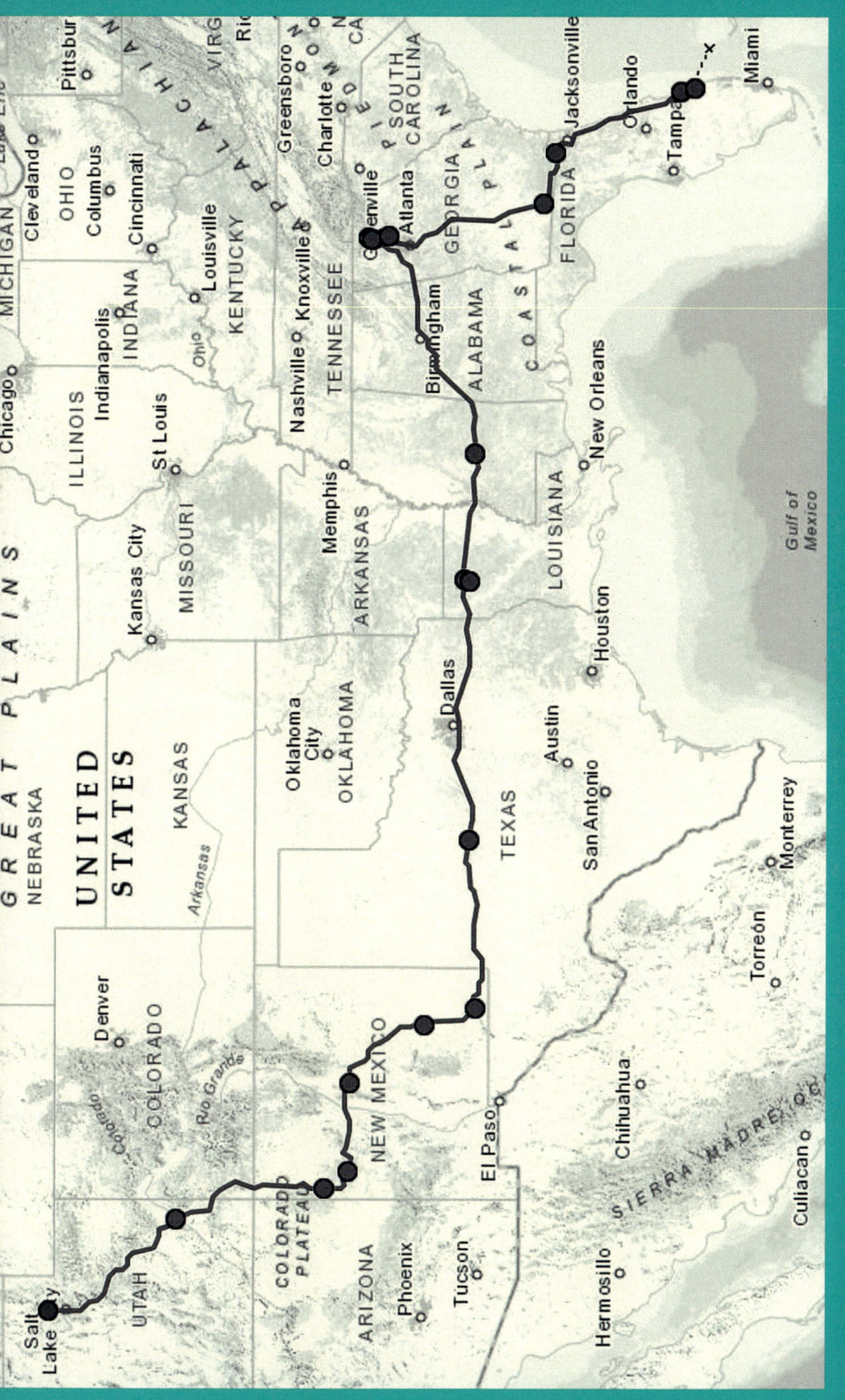

FLORIAN WEBER

# Die wundersame Ästhetik der Schonhaltung beim Ertrinken

ROMAN

WILHELM HEYNE VERLAG
MÜNCHEN

Unter www.heyne-hardcore.de finden Sie
das komplette Hardcore-Programm, den monatlichen Newsletter
sowie alles rund um das Hardcore-Universum.

@heyne.hardcore

Penguin Random House Verlagsgruppe FSC® N001967


2. Auflage
Copyright © 2021 by Florian Weber
Copyright © 2021 by Wilhelm Heyne Verlag, München,
in der Penguin Random House Verlagsgruppe GmbH.
Redaktion: Joscha Faralisch
Lektorat: Markus Naegele
Umschlaggestaltung: Johannes Wiebel / punchdesign, München
Umschlagmotiv: Sasan Saidi / Sasan Pix
Karte und Illustrationen: Florian Weber
Satz: Leingärtner, Nabburg
Druck und Bindung: GGP Media GmbH, Pößneck
Printed in Germany

ISBN: 978-3-453-27362-7

# TEIL 1

*Im Wasser*

# 1

## Das Meer und der Mensch

Wenn man im Meer treibt, schwankt das Universum. Mit einem je nach Seegang unterschiedlich stark tanzenden Horizont. Ein Links, ein Rechts, ein Vor und Zurück. Ein Auf und Ab im räumlichen Sinne. Aber auch im metaphorischen.

Im Falle von Heinrich Pohl ist es ein Tanz ohne Horizont. Ein einsames Treiben zwischen den Koordinaten 27.847 156 Grad Breite und -79.610 289 Grad Länge, was bedeutet: kein Land in Sicht! Sein makrokosmisches Universum, sein eigentliches, gewöhnliches Leben, viele Kilometer unerreichbar weit entfernt. Sein mikrokosmisches Universum, seine direkte Umgebung, grotesk gespickt mit Gegenständen, die man dort nicht vermuten würde.

Heinrich Pohl befindet sich in der lebensbedrohlichen Situation des Ertrinkens.

Grob geschätzt nördlich der Bahamas und westlich von Vero Beach. Der Ozean, der ihn noch trägt, hat eine Wassertemperatur von gut fünfundzwanzig Grad Celsius und schaukelt Pohls

Körper plätschernd und gleichmäßig in mal elliptischen, mal azyklischen Bahnen. Dem träge schwingenden Taktstock eines Dirigenten gleich. Das Meer, ein dunkles klimperndes Grün, bewegt sich in diesem Moment gemach. Es könnte sich jedoch auch blitzschnell in ein aggressives, aufbrausendes Monster verwandeln. Das Meer ist, wie wir sowohl aus diversen Belletristik- und Sachbüchern als auch aus maritimer Cineastik wissen, ein naturgewaltiges Chamäleon. Ernest Hemingway oder George Clooney könnten unheilvolle Shantys davon singen.

Die Ozeane bestimmen über unser Los. Sie überleben jeden. Alles. Selbst wenn die Universen sterben, bleiben Ozeane voller Leichen.

Heinrich Pohl liegt mit dem Oberkörper auf einer stabilen, mit Styropor ausstaffierten Hartplastikbox. Seine Beine baumeln im Wasser, als würde er locker und leicht auf einer Luftmatratze vorm Timmendorfer Strand paddeln. Sein Kopf ruht wie einbetoniert in seiner rechten Armbeuge. In schwerer Ohnmacht.

Das Atmen klingt rasselnd. Aus seiner Nase marschiert ein kleines Rinnsal Blut wie eine Ameisenstraße Richtung Salzwasser. Die Blutstropfen lösen sich auf wie schmelzende Quallen.

Leere Büchsen einer mexikanischen Bierbrauerei tänzeln lustig um ihn herum und wirken wie ein Dutzend Schwimmer ausgeworfener Angelruten. Zwei haarige Kugeln tummeln sich dazwischen. Es sind Kokosnüsse.

Drei Grad backbord schwimmt ein brauner Gegenstand im Wasser, ein pelziger Körper voll Leben: ein Lama. Strampelt rhythmisch mit seinen vier Stelzen, um den nötigen Auftrieb zu erzeugen. Lamas sind gute Spucker, aber fast ebenso feine Schwimmer.

Heinrich Pohl war ein mittelmäßiger Schwimmer. Nun aber, im Meer, dem Unerbittlichen, zieht gerade sein Leidensgenosse, das Lama, schnellere Bahnen als er. Wenngleich auch im Kreise. Ein Tierkreisel ungewöhnlichster Art am unmöglichsten Ort. Die Bierbüchsen wackeln mit den Köpfen und zollen so Respekt ohne Beifall. Lichtreflexe des Alus treffen auf das glitzernde Wasser. Unzählige, sich verkeilende SOS-Signale. Sie sehen aus wie Millionen explodierende Kameralichter im Fußballstadion während eines entscheidenden Elfmeters. Aber Hand aufs Herz – entscheidende Elfmeter gibt es viele. Ein im Kreis schwimmendes Lama zwischen Bahamas und Vero Beach, zwischen Treibgut, das sich aus mexikanischen Bierbüchsen und einem sich an eine Kühlbox klammernden Heinrich Pohl zusammensetzt, ist einmalig. Unmöglich, im Grunde.

Heinrich Pohl schmeckt Salzwasser. Nicht so, als würde er genüsslich eine Auster schlürfen. Eher so, als bekäme er von der Großmutter einen nassen Küchenlappen ins Gesicht geschleudert, während er verbotenerweise von der Fischsuppe probiert. Unerwartet. Rabiat. Ein salzhaltiger Weckdienst aus dem Nichts.

Auf das Salz folgt der Schmerz. Noch bevor sich seine Augen in denen des Lamas spiegeln können, realisiert er das große Leid im Kopf. Wasser, Salz, Kopfweh, Lama, Kunststoff, mehr Wasser.

Folgerichtig kratzt sich aus Heinrich Pohls rauer Kehle folgender Satz: »Was zur Hölle mache ich hier?«

Es klingt, als hätte er hundert Jahre nicht mehr gesprochen.

Zerrissene, schüchterne Wolken schieben sich vor die Sonne.

Als die Helligkeit an Kraft einbüßt, geht Heinrich Pohl ein Licht auf. Ein kleines.

»Ich bin, also denke ich.«

Genauer gesagt bemüht er sich zu denken. Schmerz und Wirrnis erschweren jeden klaren Gedanken. In etwa so, wie man im Zustand völliger Betrunkenheit den Hausschlüssel im Schlüsselloch unterbringt. Zu Beginn ist es eher ein Stochern. Schließlich, nach einigem Stochern im Dunkeln, kriecht folgende Frage ans Licht:

»Wer bin ich?«

Nicht, dass Heinrich Pohl in höchster Seenot auf Sinnsuche wäre. Er vergaß – so schlicht und einfach wie niederschmetternd –, wer er ist, woher er kommt, was er tut oder bisher tat. Heinrich Pohl ist von seinem Betrachtungswinkel aus niemand. Niemand auf einer Getränkebox im Meer treibend. Niemand ohne Aussicht auf Rettung. Niemand in bitterster Angst. Niemand beginnt zu weinen.

Selbst in jeglicher Absenz seiner eigenen Persönlichkeit ist dem Menschen gewahr, dass er leben will. Was im Umkehrschluss nicht heißt, dass jeder Selbstmörder genau weiß, wer er ist. Heinrich Pohl hingegen, im Zustand einer retrograden Amnesie, ist sich sicher, er will sich, wer auch immer er sein mag, am Leben erhalten. Der Selbsterhaltungstrieb funktioniert, ebenso sein vegetatives Nervensystem, auch ohne Identität. So gesehen hat er nur seine Analogie verloren – etwas, wovon viele Menschen im Zeugenschutzprogramm träumen würden.

Schlimm genug, dass er um sein Leben kämpft, nun ringt er auch noch mit seiner Identität. Seine verzweifelten Tränen weichen einem natürlichen Verlangen.

»Aus Nächstenliebe«, kommt es dem Schwimmer, »rette ich mich. Wer auch immer ich bin.«

Er spürt einen tiefen Optimismus, der seinen schweren Körper gleich etwas leichter erscheinen lässt.

»Aus unbedingter Nächstenliebe, auch wenn ich meinen Namen nicht kenne.«

Die Erdoberfläche besteht zu knapp einundsiebzig Prozent aus Wasser, davon sind etwa drei Prozent Süßwasser. Das Wasser, das Heinrich Pohl umgibt, gehört zweifelsfrei nicht dazu. Die Wassertemperatur scheint nicht zu kalt, ist fast angenehm. Er verspürt keine Anzeichen von Unterkühlung, was wiederum dafür spricht, dass er sich auf der Südhalbkugel befindet und – falls das Schicksal nicht auf seiner Seite ist – auch dort sterben wird. Ob Raubfischattacke, Ertrinken, Blitzschlag oder letztlich doch Erfrieren. Das Ergebnis wird dasselbe sein. Wenn nicht ein regelrechtes Wunder am Horizont erscheint. Wunder sind rar, aber wir wissen: Das Unmögliche existiert. Seine Kiste ist ein brauchbares provisorisches Rettungsboot. Kein Vehikel, mit dem der Ärmelkanal überwunden werden könnte. Aber es schützt vorm Ertrinken. Das haben weit größere und technisch perfektere Gefährte nicht geschafft, wie der ein oder andere Schiffbrüchige leider nicht mehr erklären kann.

Lamas sind keine menschenfeindlichen Raubtiere. Heinrich Pohl wird von seinem Mitstreiter keinen Angriff befürchten müssen. Wohingegen er natürlich weiß, dass in der Tiefe das Unglück lauert. Haie. Barrakudas. Seewespen. Mantas. Ungeheuer der Tiefsee. Heinrich Pohl winkelt seine Beine an.

Seine Nase schmerzt. Ebenso sein Kopf. Gebrochen ist nichts. Vielleicht die Nase. Die Hände wirken nicht verkrampft. Der Griff ist fest und sicher.

Er hat keinen Durst, was sich bald ändern wird. Er hat keinen Hunger, was sich auch bald ändern wird. Wenn es sich nicht ändern wird, ist er bereits tot.

Ein verschleierter Rundumblick lässt kein Schiff oder Land erkennen. Er schwebt im Nichts. Zwischen Himmel und den

Untiefen des Meeres. Ein verschwindend kleiner Punkt im großen Nass des Erdenballs. Seine Gefühlswelt gleicht einer Sinuskurve. Panik steigt auf. Heinrich Pohl beginnt zu bibbern. Er wagt nun doch einen aussichtslosen Versuch, der in Kraft und Ausdruck seinen Gesamtzustand widerspiegelt – hektisch, nervös, ängstlich, dabei jedoch matt, sehr matt – und ruft:»Hilfe!«

Hilf dir selbst, dann hilft dir Gott. Diese Durchhalteparole ist Heinrich Pohl trotz Amnesie geläufig. Als Atheist hätte er da schlechte Karten. Ist er Atheist? Wenn nein, könnte dieser traumatische Aufenthalt inmitten eines Ozeans als göttliche Strafe gedeutet werden. Nein, Heinrich Pohl glaubt keineswegs an göttliche Vergeltungsmaßnahmen, das setzt er auf die Schnelle als gegeben voraus. Aber wer, oder – vielleicht wäre diese Frage hilfreicher – *was* ist er?

Ein Mann. Keine Frage. Ein Mann mittleren Alters. Die Haare auf seinen sommersprossigen Unterarmen lassen keinen anderen Schluss zu. Wird der Mann geliebt? Hat er Familie? Wird er vermisst oder ist er seinen Mitmenschen gleichgültig? Oder wird er gar gehasst? Ist dies der Grund für seine Katastrophe? Wird er gesucht – was für einen positiven Ausgang seiner Situation förderlich wäre? Oder ist er vergessen und verloren? Ist er ein Weltenbummler, quasi ein havarierter Weltumsegler? Ist er Teilnehmer einer Kreuzfahrt und bei zu viel Feierlichkeit samt den mexikanischen Bierdosen vom Sonnendeck gestürzt? Ein verstörendes Gefühl kommt auf. Heinrich Pohl entschließt sich, diese Fragen umzuwandeln. Er gaukelt sich selber vor, es handele sich um Tatsachen, deren Richtigkeit er an seinem Bauchgefühl prüfen könne. Die Logik eines Gewasserten sollte man nicht hinterfragen. Außer man ist Gott und will helfen.

»Ich bin ein Seemann.«

Heinrich horcht. Bringt ihm diese Annahme innere Zustimmung? Nichts.

»Ich bin ein verunglückter Fischer. Ich bin ein Langstreckenschwimmer ... in Klamotten und mit Proviant.«

Heinrich Pohl greift nach einer Bierdose, überfliegt das Etikett. »Ich bin mexikanischer Bierfahrer, also Bierlieferant auf See.« Er lässt die Dose wieder ins Wasser gleiten. »Ich bin ein Kokosnusslieferant. Ich bin ein Survival-Experte und weiß, wie man mit bloßer Hand eine Kokosnuss öffnet. Ich bin ein ... Arzt. Ein Meeresbiologe. Ich bin Lehrer. Sportlehrer. Trainiere für die Bundeslehrkraftspiele. Ich bin Taucher bei der Marine, und meine Kameraden haben Schabernack mit mir getrieben. Sie kommen gleich wieder. Sie kommen gleich wieder und ...«

Heinrich blickt in die Ferne. Die Ferne verneint mit erhobenem, wackelndem Zeigefinger.

»Ich bin Pfarrer und habe mein Leben lang um Zuwendung gebetet, auch in schlechten Zeiten. Ich bin der Papst und werde sowieso gerettet. Ich bin der Papst, weil ich ... weil ich Nächstenliebe gut finde. Ich bin Papst, und Gott gibt mir auf der Stelle einen Wink der verdammten Dreifaltigkeit. Der Papst würde das Wort *verdammt* nicht kennen.«

Pause.

»Ich bin ein Verbrecher. Ein Verbrecher, der nach einer schrecklichen Tat auf der Flucht einen unglücklichen Unfall hatte. Ich bin ein Mörder. Ich bin ... ich bin ein zum Tode Verurteilter, der dem Vollzug des Urteils entkommen ist.«

Heinrich Pohl verstummt. Sein Bauchgefühl sprang bei keiner Aussage so richtig an, aber was heißt das schon? Er streicht sich durch die nassen Haare. Fummelt der Situation völlig unangemessen lange an seiner Frisur herum. Der Scheitel muss sitzen. Akkurat. Aber ist er überhaupt Scheitelträger?

»Disziplin und Ordnung sind des Bürgers erste Pflicht.«
Heinrich Pohls Augen weiten sich zu freudigen Sehschlitzen.
Im Brustton absoluter Überzeugung sagt er: »Ich bin Deutscher!«
Treffer. Keine weltbewegende Erkenntnis, aber ein Treffer.
Heinrich Pohl ist Deutscher und hat bestimmt einen sehr deutschen Namen wie Markus, Martin, Michael, Richard, Günther oder gar Werner.

»Ich bin Deutscher und werde gerettet.«

\*

Das Wetter.

Es gibt Kaventsmänner, wie Riesenwellen in der Seemannssprache bezeichnet werden, in denen tonnenschwere Boote ihr Ende finden. Ein Kaventsmann würde natürlich einen nur kiloschweren Schwimmer einfach in Neptuns Tiefen ziehen. Kaventsmannwetter herrscht nicht. Heinrich Pohl muss sich um starken Seegang vorerst keine Gedanken machen. Gerade scheint die Sonne, als ob es kein Verbrechen, keinen Missstand, kein Unglück auf der Welt gäbe. Aber die Sonne lügt gelegentlich dermaßen, dass sich die Strahlen biegen.

Heinrich Pohl blinzelt gen Horizont. Ein trüber Schleier liegt auf der Welt, wie ein Blick durch ein grobmaschiges Häkeldeckchen. Salz in den Augen ist keine Delikatesse.

Er möchte irgendwo ein Schiff ausmachen. Eine Palme. Einen Delfin. Rettende Objekte. Er will festen Boden unter den Füßen spüren, nicht dieses stete Zerren im Hüftbereich. Ein leichtes Ziehen und Reiben, verdammt, dürstet ihn so stark? Oder sind das erste Hungerattacken?

Oder Hungerattacken der Meeresbewohner? Das erste Nagen eines Raubfisches an seinem Leib. Heinrich sieht sich panisch um. Wirft Blicke ins dunkle Wasser. Ruckelt mit dem ganzen Körper auf der Rettungsbox, stets versucht, den sicheren Halt nicht zu verlieren.

Kein Fisch. Ein Seil. Ein Tau, das nach einigen Zentimetern im Meer verschwindet. Doch wo kommt es her? Heinrich Pohl stellt fest, dass der Ursprung des Seils an seinem Körper, genauer an seiner Hüfte, auszumachen ist. Um seine Taille ist ein Tau gebunden. Im Nu schießen ihm ein Dutzend weitere Fragen in den Kopf.

»Gefesselt? Gefangen? Entführt? Gesichert?«

Seilschaften im Gebirge sind logisch. Im Meer eher nicht. Es sei denn, eine gesamte Mannschaft bindet sich bei hohem Seegang an der Reling eines Schiffes fest.

Zu einer Seilschaft gehören mindestens zwei, und so zieht Heinrich Pohl eher aus Neugier als aus dem Wunsch heraus, jemanden anzutreffen, am Seil. Mit der linken Hand klammert er sich an seine Schwimminsel, mit der rechten versucht er das Seil einzuholen. Es gelingt, allerdings mit deutlich mehr Anstrengung, als ihm lieb ist.

»Da hängt doch was?«

Zweifelsfrei spürt er einen Widerstand am Seilende, den er einhändig, mühsam und nervös durch das Wasser zieht. Weil er selbst kein Fixpunkt ist, gleitet er dem anderen Ende ein wenig entgegen.

Dort befindet sich ein heller Gegenstand. Er streckt den Kopf wie eine Schildkröte nach dem Ding aus. Was kann das sein?

Auch das Lama strampelt aufgebracht in Richtung des Geschehens. Es hat schließlich ebenso ein Recht auf Auskunft.

Heinrich Pohl erkennt ein wollenes Gestrüpp. Farbig. Rötlich fast.

»Noch ein Tier?«

Nach weiteren Sekunden der Kraftanstrengung stoppt er den Vorgang. Sein Atem geht schnell. Aufregung steigt in ihm auf wie Rauch in einem Schornstein. Das gekräuselte, dunkelrötliche Ende des Seils ist auf einem gummierten orangen Gegenstand gebettet. Heinrich stoppt seine Bemühungen, strampelt in die entgegengesetzte Richtung.

»Hallo? Hallo!«

Heinrich Pohl dreht bei.

»Hallo? Können Sie mich hören?«

In wenigen Metern Entfernung treibt ein Körper im Wasser. Ein in grauer Kleidung gehüllter Mensch, Gesicht nach oben. Das regungslose, porzellanartige Antlitz eingehüllt von roten Locken. Der Kopf ruht auf dem aufgeblasenen Luftkissen einer großen Schwimmweste. Sie hält den ganzen Leib über Wasser. Auf der Brustseite des grauen Gewandes sind drei rote Wollbollen angebracht. Es müssen einmal vier gewesen sein, der dritte »Knopf« von oben scheint ausgerissen. Rote Rüschen zieren die Ärmel und den Hosensaum. Die Hände stecken in weißen Handschuhen. Beide Arme wie Jesus am Kreuz weit von sich gestreckt. An den Füßen zwei rote Lackstiefel.

Heinrich kann nicht erkennen, ob die Person noch lebt. Doch bezüglich ihres Berufsstands ist er sich ziemlich sicher.

»Ein Clown!«

Auf den Moment des Staunens folgt der Moment des Entsetzens.

»Um Himmels willen! Ein Clown!«

Er wagt es, den Clown ganz an sich heranzuziehen. Schwere, nasse Locken hängen über die Stirn in die geschlossenen Augen. Mit zwiespältigem Gefühl stellt Heinrich fest, dass der Brustkasten sich hebt und senkt. Der Clown lebt.

Vor- oder Nachteil? Segen oder Fluch? Aus menschlichem Reflex tätschelt Heinrich ihm die Wangen und ruft, er solle doch die Augen öffnen. Der Clown atmet ruhig weiter. Keine sonstige Regung. Da sich Heinrich Pohl über sein Verhältnis zum Clown nicht im Klaren ist, möchte er den Leidensgenossen vorerst an der langen Leine halten. Das Seil zu kappen wagt er aber auch nicht. Womöglich würde er sich damit von einem guten Freund trennen. Er verpasst dem Clown lediglich einen leichten Stoß. Die beiden driften in entgegengesetzte Richtungen auseinander. Wie zwei Astronauten im All. Ein Sicherheitsabstand von einigen Wellen Entfernung.

Es ist das Los und der Antrieb eines jeden, die Aufgaben des Lebens zu meistern. Doch Obacht: Das Leben ist ein Täuscher und ein Dieb. Es schickt die Menschheit durch verschiedene Prüfungen, gaukelt Glück vor, hinter denen Niederlagen lauern. Klaut Liebe und die Liebsten. Und wenn es das Schicksal mit dem Geprüften richtig dreckig meint, dann muss die Annahme erlaubt sein, ob nicht gar das Leben selbst ein sadistischer Zyniker ist.

Ein Lama, ein Clown und ein Heinrich Pohl im Atlantischen Ozean. Viele Meilen von rettenden Ufern entfernt. Ein Szenario, das nach Aufklärung schreit.

Plötzlich ertönt ein Klang, der Heinrich Pohl aufhorchen lässt. Kein Nebelhorn. Kein Flugzeugmotor. Kein baritonales »Heyja, wer da? Brauchen Sie Hilfe?« eines vollbärtigen Kapitäns. Es gellt ein Pfiff. Ein schrilles kurzes Kreischen. Dem Ton folgt ein sich gegen den hellen Himmel abzeichnender dunkler Fleck, der durch Heinrichs Blickfeld segelt wie eine herannahende Ohrfeige.

17

Ein Wasservogel. Ein weiteres Lebewesen.

Nun möge man annehmen, wo ein Vogel übers Meer flattert, ist das Land nicht weit. Das Flugtier liefert dem Gewasserten jedoch eine bittere Erkenntnis.

Das Land ist unerreichbar fern.

Klare Konturen steigen auf, umfassen Flächen in blassen Farben. Heinrich Pohl schließt seine Augen und erkennt …

# 2

## Der Antiquitätenladen und die Aztekenmöwe

»… dass dies eine Aztekenmöwe ist. Ein in Amerika lebender Wasservogel, der weite Flugstrecken auf sich nimmt.«

»Woher willst du das wissen, du Schlauberger?«

Ein in eine graue Strickjacke gekleideter Herr Mitte vierzig grinst fast schon schelmisch auf den vor ihm sitzenden, in Sommersprossen gehüllten Jungen herab, der in einen dicken Wälzer vertieft ist.

»Na hier, Onkel Wendelin, hier, sieh doch. Schwarzer Kopf, möwenhafter weißer Körper, schwarzer, gespaltener Schwanz.«

Der Junge läuft triumphierend, das große Naturbuch unter den dünnen Ärmchen eingeklemmt, zu einem ausgestopften Tier. Seine Sommersprossen scheinen vor Aufregung zu tanzen. Leuchtende Tupfer von Stirn bis Kinn.

»Eine Aztekenmöwe! Man sieht es ganz deutlich, hier auf dem Bild.«

Er platziert das Buch neben den toten Wasservogel. Eine ausgestopfte Aztekenmöwe, auf einem viereckigen Holzsockel befestigt, welcher sich wiederum auf einer antiken Holztheke befindet, die wiederum in dem Antiquitätenladen steht, über dessen Eingang in großen, geschwungenen Lettern *Antiquariat W. Pohl* prangt.

»Heinrich«, Onkel Wendelin klatscht langsam in die Hände, einen sanften Applaus der Hochachtung spendend, »du bist für deine zehn Jahre ein eifriges, wissbegieriges Kerlchen. Nur, und da wiederhole ich mich, solltest du schon seit einer Stunde zu Hause sein.«

Ein Grinsen folgt und verformt das Gesicht des Onkels zu einer liebenswerten Dattel, was dem Jungen nicht den Eindruck vermittelt, dass die Zeit drängt oder er im Antiquariat unerwünscht wäre. Im Gegenteil. Der Bub lässt sich in einen alten Schaukelstuhl fallen und fragt im Wippen: »Aber, aber, Onkel Wendelin, wer schickt denn solche Gegenstände? Oder wer kauft so etwas?«

»Fest steht, mein Junge, *ver*kauft wird es von mir. Aber ohne dich. Du solltest jetzt gehen, du weißt, dein Vater mag es gar nicht, wenn du spät nach Hause kommst.«

»Vater? Wer ist der schon?«, sagt Heinrich so enttäuscht wie aufmüpfig. Und dann schiebt er trotzig hinterher: »Ich wünschte, *du* wärst mein Vater.«

Aus Onkel Wendelins dünner Mundöffnung kommt ein leises gequältes Schnauben, gerade so leise, dass es Heinrich nicht hört, wohl aber das Universum.

»Komm schon, mein Junge …«

»Onkel Wendelin, spiel mir was zum Abschied.«

»Nein, heute nicht mehr.«

Onkel Wendelin schlurft dennoch in Richtung eines alten braunen, verschnörkelten Holzkastens. Seine sehnigen, langen Finger streichen träge, aber anmutig über die verkratzte Holzklappe eines antiken Klaviers.

»Los, Onkel Wendelin!« Heinrich stoppt das Vor und Zurück

seines Schaukelstuhls und fordert mit auf die Knie gelehnten Ellbogen:»Bring uns weg von hier.«

Musik macht alles größer.

Dies ist kein Geheimnis, aber ein unausgesprochenes Lebensmotto von Heinrich und seinem Onkel Wendelin. Das alte Klavier steht seit Jahrhunderten, so scheint es, im Antiquariat Pohl. Sein Klang macht alles größer. Den Raum. Die Atmosphäre. Die Geduld. Die Liebe. Das Vertrauen. Zwischen Onkel Wendelin und seinem Neffen Heinrich. Das Klavier ist das Zentrum des Antiquariat Pohl. Das Herz, das schlägt und mit jedem Schlag Schall und Sanftmut durch die ausgestellten Waren schickt, diese umgarnt und in den Kosmos einschließt. Kein Kunde wird diese Klangwelt je entreißen: *Unverkäuflich* steht in markanten Lettern auf einem Kartonschild.

Zu den Verkaufsgegenständen im Laden gehören typische Antiquitäten wie Möbel, aber auch skurrile Objekte, zum Beispiel ein Designeraschenbecher von 1920. Billiger Schnickschnack, teure Wertgegenstände. Für die einen Sperrmüll, für andere Museumsstücke. Museale Objekte.

Dinge, die manchen Menschen nichts mehr, anderen hingegen umso mehr bedeuten. Dinge, die zunächst stumpf und matt erscheinen und doch tausend Geschichten erzählen könnten. Dinge, die vordergründig strahlen und glitzern und doch nichts erlebt haben.

Nippes. Altes. Tinnef. Gebrauchtes. Lebenswichtiges. Über Jahrzehnte behütet, geborgen und verteidigt von Liebhabern, bis zu deren Tod. Im nächsten Moment für Appel und Ei verkauft, weil unnütz für den neuen Besitzer. Güter, die durch ihre kunstvolle Gestaltung sowohl materiellen als auch ideellen Wert besitzen, lehnen an verstaubtem Krempel, der die Mühen eines Verkaufsvorgangs nicht wert wäre. Ein abgeschmackter

Regenschirm steckt in einer Mingvase. Darf er das? Natürlich, der Regenschirm war einst im Besitz des Bühnenbildners Caspar Neher, der diesen Regenschutz benutzte, als er 1928 am Theater am Schiffbauerdamm in Berlin der *Dreigroschenoper* zu bühnenhafter Gestalt verhalf. Nur, und so bleiben diese Geschichten stille Zeugen der Verkaufsobjekte, steht dies nicht auf dem Regenschirm geschrieben. Die Vase hingegen, über die sich interessierte Käufer hochtrabende Geschichten über irgendwelche Dynastien erzählen, aufgrund derer sie hirnrissige Preise in Betracht ziehen – eine billige Attrappe.

Eine halbakustische Bluesgitarre, die einst im Londoner Hotel St. James in einer hinteren Ecke der berüchtigten Hotelbar an der Wand hing, birgt folgendes Geheimnis: Der Laiendarsteller Samuel T. Stoner zupfte eines Nachts im Jahre 1972 in seiner Sitzecke einige zufällige Akkordfolgen, dazu trällerte er eine einfache Melodie. Diese Klänge drangen zu zwei professionellen Musikern, welche sich inkognito an der Bar genüsslich taten. Einer davon war Pete Townshend, Gitarrist von The Who, dessen Hörfähigkeit zu diesem Zeitpunkt schon etwas angenagt war. Der andere war Elton John, dem diese Tonfolge die nächsten Wochen nicht mehr aus dem Gehör wanderte. Elton John produzierte aus dem von Samuel T. Stoner verabreichten Ohrwurm den erstmals 1973 veröffentlichten Song »Candle in the Wind«. Durch seine Neuauflage im Jahre 1997 und dessen Vortrag bei Lady Dis Beerdigung wurde das Lied zu einer der erfolgreichsten Singles aller Zeiten. Mit dem Erlös von siebenunddreißig Millionen verkauften Exemplaren leistete sich Elton John unter anderem den Fußballklub FC Watford, den er jahrelang als Präsident führte. Samuel T. Stoner wurde mit keinem Shilling bedacht. Wie auch? Nach einer lausigen Vorstellung als Nebendarsteller Cribs in der Schurkenkomödie

*Mighty Nothing*, einem Theaterstück, das auf einer Londoner Kleinkunstbühne ganze eineinhalb Wochen zu beklagen war, driftete Stoner ins Rotlichtmilieu ab. Nach einer Schlägerei, bei der er drei Polizisten, einer Prostituierten und einem unbeteiligten Passanten mit einer neunschwänzigen Katze und einem abgebrochenen Besenstiel allerhand Verletzungen zufügte, ging er für zwei Jahre in den Knast. Nach drei Jahren wurde er – ein Jahr Bonusrunde wegen schlechter Führung – entlassen.

Immerhin verdiente er sich im Jahre 1985 ein paar Tausend Pfund im Pornostreifen *Candlelight Swinger* – wie schicksalhaft. Der Mann, der vermeintlich als eigentlicher Urheber von »Candle in the Wind« gelten müsste, verfolgte Lady Dis Beerdigung am Fernsehgerät als verarmter Mann und bedachte Elton Johns Gesangseinlage mit einem knappen »What a crap!«

Manche Antiquitäten können so etwas erzählen. Aber nicht hinter jedem Gegenstand lauert eine Chronik mit berühmtberüchtigten Persönlichkeiten. Wie etwa bei dem akademischen Säbel aus dem Besitz des 2006 verstorbenen Universitätsprofessors Werner von Fuchs. Der 1894 gefertigte Säbel war weder im Einsatz bei einer berühmten Schlacht, noch könnte er von sich behaupten, eine Mordwaffe zu sein. Für den Veteranen einer Studentenverbindung und seine obligaten Mensuren erweist er sich aber insofern als interessant, weil er in all den Jahren keine einzige Ehrstreitigkeit verlor und an seiner Klinge das Blut unzähliger Schmisse klebte. Sozusagen ein Superhengst der akademischen Säbelgilde. Martialisch, natürlich, die Waffennarren definieren sich über dieses Adjektiv.

In dem mit Liebe geführten Laden von Wendelin Pohl lehnen Gegenstand an Gegenstand, Geschichten an Geschichten, Legenden an Legenden und somit auch Leben an Leben.

Und inmitten des Verkaufsraums existiert ein Ort, der sich

selbst verwaltet. Ein autarker Platz für sonderbare Besonderheiten. Die Vitrine im großen alten Apothekenschrank hinter der Kasse beherbergt Wendelins eigentlichen Schatz. Dort befinden sich fünf Gegenstände, die, wie das Klavier, den Titel *unverkäuflich* tragen. Es sind Exponate einer persönlichen Ausstellung. Sie machen die Vitrine für Wendelin Pohl zum Schrein. Für die Kunden zu einem Schaukasten.

Heinrich fragte nur einmal nach ihrer Bedeutung und Herkunft.

Als ein junges Paar einmal vor dem Apothekerschrank verharrte, sie im Pelz, er in Loden, und sich nach dem silbernen Storch in der Vitrine erkundigte, erklärte Onkel Wendelin freundlich, aber bestimmt die Unverkäuflichkeit der sich darin befindlichen Stücke. Der junge Herr sagte in überheblichem Tonfall, alles habe seinen Preis, man müsse ihn nur bezahlen, nicht wahr? Die Frau quiekte, sie müsse dieses Tier *justament* haben, schließlich nehme ihre zu beschenkende Schwester nach der Verehelichung den Nachnamen ihres Dietmars an, nämlich Storch. Dieses Geschenk oder keines. Mit einem Bündel Geldscheine, das Heinrich an eine blau und braun gefärbte Papiertaschentuchpackung erinnerte, wartete der Lodenträger auf eine Preisansage. Sie blieb aus. »Sie hörten es doch«, lächelte der Lodenmann, »dieses oder keines.«

Onkel Wendelin sagte, dass es bei keinem bliebe, zumindest hier im Antiquariat Pohl. An der Münchner Freiheit befände sich ein Kaufhaus, in diesem würde es Glasschwäne oder goldene Kettenanhänger in reichlicher Zahl geben. Er behalte sich die Unverkäuflichkeit mancher Objekte vor und wünsche, dies zu akzeptieren. Danke. Auf Nimmerwiedersehen.

Heinrich beobachtete, wie sich das Paar gegenseitig zum Ausgang schob. Ihre Köpfe so rot wie die Uniformröcke der britischen Armee auf dem Gemälde über der Tür. *Scotland Forever! – Schlacht bei Waterloo* von Lady Elizabeth Butler. Heinrich beäugte die fünf Gegenstände im Schrank. Er zeigte auf den Storch.

»Warum sind sie unverkäuflich, Onkel Wendelin? Und warum sind sie in dieser Vitrine aufgereiht? Woher stammen denn die Sachen, Onkel Wendelin?«

Onkel Wendelin ließ seinen Neffen aussprechen. Sah ihm eindringlich ins Gesicht. Die Augen so stechend und tief, wie Heinrich es später nie wieder erleben würde, und er sagte: »Das wirst du noch erfahren. Zur rechten Zeit, mein Sohn, zur rechten Zeit. Wichtig ist nur, sie gehören mir, und sie bleiben immer hier.«

Onkel Wendelin berührte das Glas des Vitrinenfensters mit zwei Fingerspitzen. Mit wehmütigem Lächeln fixierte er die Gegenstände. Die Gegenstände lächelten zurück.

*

Der zwölfjährige Heinrich Pohl saust die Gassen entlang. Er malt sich die Situation seiner Heimkunft aus. Klar, Vater, sofern zu Hause, wird ihm zwei, drei Saftige scheuern. Mama wird ihn anschließend in den Arm nehmen, Vater mit vorwurfsvollem Blick bedacht und Heinrich bitterlich angefleht, einfach zeitig nach Hause zu kommen. Heinrich wird dann rufend erwidern, sie brauche sich schon keine Sorgen machen, er war nur bei Onkel Wendelin, da wo er stets zu sein pflegt, wenn jeder und alles ihn nervt, so wie sie, so wie jetzt. Vater wird ihm erneut eine fegen. Sein drei Jahre älterer Bruder Rolf-Egbert wird lachen. Sein fünf Jahre älterer Bruder Frederick-Maria wird fragen, ob er auch mal darf. Mama wird alle fragen, ob sie verrückt sind, und ihn wieder in ihrem Busen ertränken.

Dann wird zu Abend gegessen. Heinrich würgt das Essen voller Abneigung herunter. So wie immer.

Außer Mama, die sein Leben in diesen vier Wänden erträglich macht, widert ihn alles an. Ihre Fürsorge und der Optimismus, den er von Onkel Wendelin eingeimpft bekommt, lassen ihn aufrecht am Familientisch sitzen. Und so fragt er nach einer Weile in kindlicher Euphorie:»Habt ihr in der Zeitung gelesen, es ist ein Zirkus in der Stadt. Auf der Theresienwiese ...«

Wieder trifft ihn die Handfläche seines Vaters im Gesicht. Die Sommersprossen explodieren.

»Beim Essen hast du den Mund zu halten.«

Der drohende Zeigefinger verharrt warnend vor seiner Nase.

Es bleibt ein Rauschen in den Ohren. Es klingt wie ...

# 3

## Das Meer und das Gedränge

… Applaus, denkt sich Heinrich Pohl. Ganz deutlich. Als würde eine begeisterte Schar applaudieren. Erst zaghaft, sich dann steigernd. Heinrich Pohl klammert sich an seine Styroporkiste. Seine Beine strampeln wild nach unten. Er blickt rasch nach allen Seiten. In wenigen Metern Entfernung schläft der Clown auf dem Wasser. Das unsichtbare Rauschen nähert sich, von hinten, von vorn. Von oben. Applaus für den Teilverlust seiner Amnesie? Ganz und gar nicht. Auf Heinrich Pohl fällt karibischer Regen. Aus einem Wolkenband, das so plötzlich auftauchte wie sein Name. »Ich bin Heinrich Pohl, ich erinnere mich.«

Langsam spricht er seinen Namen aus, als würde jeder Buchstabe einer Politur unterzogen.

»Heinrich Pohl.«

Als wäre er zerbrechlich und drohte mit den ersten Erinnerungen an seine Vergangenheit wieder zu zerbersten. Die Bilder, wie von einem Super-8-Film abgespult, kamen mit der Aztekenmöwe. Der Vogel ist weg, die Bilder bleiben. Es ist eher ein

Fragment, ein Puzzleteil, das deutlich erkennbar ist, jedoch noch kein logisches Gesamtbild ergibt. Das erste Stück eines Tausend-Teile-Puzzles.

Heinrich Pohl will mehr. Braucht mehr.

Er presst die Augenlider zusammen. Schüttelt heftig den Kopf. Versucht sich mit aller ihm in dieser Situation zur Verfügung stehenden Macht zu konzentrieren. Forscht, geht tief in sich, gräbt, walkt, bohrt nach mehr. Mehr Bilder. Mehr Puzzleteile. Mehr Vergangenheit. Mehr einfache Antworten auf die einfachen Fragen, die er stellt. Wer bin ich, verdammter Mist? Was mach ich hier zur Hölle? Heinrich Pohl boxt das Salzwasser, brüllt verzweifelte Flüche in den Meereshimmel, schreit Beleidigungen heraus. Seine hilflose Auflehnung endet in einer Reihe gutturaler Laute, welche sich mitleiderregend über die Wogen erheben. Nur, wo kein Empfänger, da kein Mitleid.

Heinrich Pohl mahnt sich zur Ruhe.

»Ich bin Heinrich Pohl, das ist doch … immerhin etwas.« Er schließt die Augen.

»Alles wird sich klären. Und wenn es das Letzte ist, was ich denke.«

Er weiß immerhin, dass er Familie hat, zumindest einen Onkel und eine Mutter, die ihn lieben. Ein tröstlicher Zustand. Welche Rolle nimmt sein Vater dabei ein, der ein schummriges Bild eines gewalttätigen Cholerikers abgibt? Oder seine Brüder? Wie heißen sie noch gleich? Rolf-Egbert und Frederick-Maria?

Diese beiden zutiefst hirnrissigen Namen werden von keinem besonderen Gefühl begleitet.

*

Heinrich blickt in alle Richtungen. Das Lama zieht weiter, mittlerweile geschwächt, seine Bahnen. Das Tier wird ersaufen, denkt er sich. So wie der komische Clown. So wie ich. Um Himmels willen. Der Regen trommelt weiterhin einen leichten Marsch. Er ist warm und legt sich wie eine schützende Decke über Heinrichs panische Angst zu ertrinken.

»Los, Heinrich Pohl. Dein Name ist wieder da, jetzt kann auch Rettung kommen.«

Er versucht, mit geöffnetem Mund möglichst viele Regentropfen aufzufangen. Ein kläglicher Versuch, seinen Durst zu stillen. Sollte er richtig Durst bekommen, kann er immer noch die mexikanischen Bierdosen austrinken. Er könnte mit den leeren Dosen auch Regenwasser auffangen. Dann hätte er etwas Trinkwasser. Würde der Hunger unerträglich werden, wäre es wohl auch denkbar, das Lama irgendwie in einen verzehrbaren Zustand zu bringen? Mit den scharfen Kanten einer aufgerissenen Bierdose die Kehle des Tiers durchtrennen und aus dem noch warmen, aber toten Leib mundgerechte Happen schneiden? Vielleicht könnte man diese sogar auf dem Aluminium der aufgebogenen Bierdoseninnenseiten in der Sonne garen. So wie es die Überlebenden bei dem Flugzeugabsturz in den Anden 1972 mit ihren verstorbenen Freunden getan hatten.

»Wie Clownsfleisch wohl schmeckt?« Heinrich Pohl hält endlich inne.

»Okay, ich habe immerhin Bier. Alles andere wird sich finden, bestimmt.« Er ist sich sicher. Ziemlich sicher.

Ziemlich meint nicht gänzlich.

\*

Bei jedem Blitz erstrahlt der Horizont in dunklem Blau. Der Regen hat aufgehört. Die Nacht begonnen. Ein Gewitter rast in weiter Entfernung über den Ozean. Im Abstand vieler Sekunden zerreißt ein fernes Donnern die Stille und erhellt am Ende von Heinrich Pohls Blickfeld das Firmament. Dort sind dunkle, massive Quellwolken zu bizarren Türmen aufgebaut, durch die sich die grellen Blitzstrahlen für einen Sekundenbruchteil schieben. Wenn das dumpfe Grollen folgt, hat sich die pechschwarze Dunkelheit bereits wieder über die Welt gelegt. Das Lama sucht ob des Licht- und Soundspektakels die Nähe der beiden Menschen. Umkreist in sicherem Abstand Heinrich und Clown. Enorm, welches Durchhaltevermögen in dem Lama steckt. Heinrich Pohl verfolgt das Himmelsspektakel träge. Seine Überzeugung, gerettet zu werden, erlebt gerade einen Dämpfer. Er hat Magenschmerzen. Fühlt sich matt und aufgeweicht. Das Meersalz beginnt zu brennen.

Er grübelt.

Was, wenn das Unwetter mich verschluckt? Die Kiste wird mich gewiss nicht schützen. Zu wenig Auftrieb. Zu wenig Oberfläche. Zu wenig Rettungsinsel bei Seegang.

Eine perfide Idee setzt sich in seinem Kopf fest. Die Rettungsweste. Sie könnte seine Überlebenschancen enorm erhöhen. Wer auch immer der Clown sein mag, Heinrich kennt ihn nicht. Bestimmt nicht.

Doch Heinrich zweifelt an seiner eigenen Annahme.

Wahrscheinlicher ist, dass er den Mann durchaus kennt. Irgendein Zusammenhang besteht zwischen ihnen. Aber seine Weste erleichtert nun mal das Treiben auf der Wasseroberfläche. Der Clown muss gehen. Auch wenn sie irgendein unbekanntes Schicksal aneinanderbindet. Hier hält er es mit dem Darwinismus. Jawohl, der Clown muss gehen. So viel steht fest.

Die Weste will er sich später holen. Nur noch kurz ausruhen. Heinrich Pohl öffnet die erste Bierdose. Über seine Kunststoffkiste gebeugt, nimmt er gierig einen Schluck. Das Bier wirkt beruhigend. Im Hintergrund zerreißt wieder ein Blitz die stille Dunkelheit. Doch er sieht nicht nur das. Aufgeregt reckt er seinen Kopf nach oben. Er sehnt dem nächsten Blitz entgegen, der nicht lange auf sich warten lässt. Er braucht nur Bruchteile von Sekunden, ehe er seinen Blick auf etwas fokussiert. Eine erneute Blitzwelle versichert ihm: ein Schiff.

Am Horizont zieht ein Dampfer oder Kreuzer vorbei. In einer Entfernung, die Heinrich sofort jegliche Hoffnung nimmt. Ein unerreichbares schwarzes Schiff, auf dem Menschen in Zufriedenheit und Gesundheit einem Ziel entgegensteuern. Noch einmal wagt er einen Blick in den sich erhellenden Tunnel, der einem düsteren Gemälde einer Seeschlacht gleicht. Jeder Blitz eine Kanonenzündung. Jeder Donner eine Detonation. Jede Wolkenburg ein Rauchgebilde der Gewehrsalven. Vielleicht ist es aber auch kein Dampfer oder Kreuzer, der sich fernab von Heinrich Pohls wundersamer Wasserung bewegt. Vielleicht ist es ein …

# 4

## Der Antiquitätenladen und der Dreimaster

»… Dreimaster. Von Kapitän Cook. Die *Santa Maria*?«
»Onkel Wendelin, die Santa Maria war Kolumbus' Schiff.
Cook war auf der *Endeavour* unterwegs. Zumindest bei seiner
ersten Südseereise. Später zählten die HMS *Adventure* und die
*Resolution* zu seinen Forschungsschiffen.«
»Schlaumeier.«
Onkel Wendelin streicht seinem Neffen über den Kopf. Der
inspiziert angestrengt die große Flasche mit dem Buddelschiff.
Heute kam eine Lieferung, zu der unter anderem dieses Flaschenschiff gehörte. Herauszufinden, ob das Schiff etwas Be-
deutendes oder Wertvolles ist, darin sieht Heinrich seine Bestimmung. Onkel Wendelin ist es offenbar egal, ob es sich um
ein Piratenschiff, ein Expeditionsschiff oder einen Mississippi-
Dampfer handelt. Das Buddelschiff wird einen neuen Abneh-
mer finden. Ganz bestimmt. Solche Objekte sind begehrt, wenngleich sie keinen großen Umsatz bringen. Meist sind es Rentner
oder Liebhaber maritimer Gegenstände, die sich Buddelschiffe
zulegen. Dieses Flaschenschiff, bei dem es sich um die HMS
*Northumberland* handelt, die Napoleon in sein Exil auf St. Helena

brachte, wie Heinrich später herausfindet, geht schließlich an einen Rentner namens Walter Steckmeier, der in den darauffolgenden Jahren immer nur dieses eine Modell kaufen wird. Die HMS *Northumberland*. Napoleons letztes Transportschiff. Walter Steckmeier war Geschichtslehrer und hatte für den französischen Feldherrn ein besonderes Faible. Menschen mit besonderen Vorlieben eifern den irrsten Leidenschaften nach. Davon lebt ein Antiquitätenverkäufer.

Onkel Wendelin ist zwischen all dem Krimskrams und den Wertgegenständen des Altwarenladens ein geheimnisvoller Hüter der Gegenstände. Und der Zeit. Im Besonderen der Zeit des Menschlichen. Der Zeit des Genüsslichen. Der Zeit des sich Entwickelnden. Und des Raumes. Der Hüter des räumlichen Miteinanders. Jeder Dynamik nachforschend, jedes Gegengewicht ausgleichend, wie eine vorausschauende Balanceerhaltung.

Der Duft seines fein-süßlich-herben Tabaks legt sich auf jeden Artikel im Antiquariat. Wie eine mystische Aromaschicht. Neben dem Genusspotenzial hat Wendelin Pohls Pfeifentabakkonsum die fortwährende Symbolhaftigkeit von Wagnis, gleicht den flatternden Segeln aufbruchsbereiter Expeditionsschiffe. Abenteuer hat er genügend gesammelt.

1969 verbrachte Wendelin Pohl als Student der Geisteswissenschaften ein Auslandssemester in Stockholm.

Bei Silvesterfeierlichkeiten am Universitätscampus traf er eine hübsche Musikstudentin. Da er der schwedischen Sprache mächtig war, gelang ihm die Konversation auch außerhalb bestimmter Fachtermini problemlos. Und die Klaviervirtuosin war angetan von der schneidigen und witzigen Art des deutschen Literaturwissenschaftsstudenten. Sie war im Begriff, der blumigen Aufforderung zum Tanz zu folgen, vergaß allerdings, dass damit der Stolz des ihr zur Seite geeilten Freundes ungemütlich gereizt wurde.

»Finger weg, Kerstin ist mein Mädchen«, fegte der junge Schwede dazwischen.

»Ich gratuliere zum Besitz solch überwältigender Schönheit«, kokettierte Wendelin mit einer Chapeau-Geste und fuhr locker fort, »nur stelle ich keine Besitzansprüche, auch keine temporären, sondern würde nur kurz um einen Tanz bitten. Dir gehört Kerstin, mir bleibt der Tanz. Was spricht dagegen?«

Kerstin war von der forschen Gangart des Deutschen beeindruckt, grinste verschämt vor sich hin und blickte ihren Freund von unten herauf an.

»Den Tanz kannst du haben«, erwiderte der Geschasste und krempelte die Ärmel hoch. Wendelin trat schnell einen Schritt zurück und wehrte ab: »Nein, nein, mein Freund, das Zeitalter des Fehdehandschuhs ist vorbei. Wir werden uns gewiss nicht um ein Mädchen prügeln. Im Grunde sehe ich, dass ich zu spät für Kerstin kam. Jedoch, und das möchte ich mir nicht aus dem Kopf schlagen, könnte ich mir vorstellen, dass ich mit dir um einen Tanz eifere. Ohne Fäuste. Einen Wettkampf des körperlosen Sportes könnte ich mir vorstellen. Was könnte dies sein?«

»Eisschnelllauf!«, ertönte es aus den hinteren Reihen des Kreises, der sich um das Trio gebildet hatte. Der Ratschlag kam von Henrik Stromson, Eishockeytrainer der Universitätsmannschaft. Der betagte Hüne packte Kerstins Freund am Genick, ebenso Wendelin.

»Lars, wir werden uns doch nicht von den Deutschen die Weiber ausspannen lassen.« Der eisige Blick des ehemaligen

Marineoffiziers verdarb Wendelin nicht die Laune an diesem schönen Silvesterabend.

»Könnte mir jemand mit Schlittschuhen aushelfen?« Kerstin folgte sichtlich unbehaglich dem grölenden Pulk. Ziel war der zugefrorene Campusgraben, ein Wasserband von einigen Hundert Metern Länge und einer Breite von etwa zehn Metern. Der Himmel ließ Flocken fallen, die wie Lars' vorweggenommene Siegeskonfetti glitzerten. Der Tross sang schwedische Volkslieder und ließ den jungen Lokalmatador hochleben. Wendelin sang mit, »Lars hier, Lars da!«, hatte nach einigen Strophen und Refrains Melodie und Text intus. Eine wirklich groteske Situation, besang Wendelin den Sieg seines Gegners doch schon vor dem Wettkampf und stellte sich so als potenziell guter Verlierer dar.

Niemand setzte auch nur einen Pfifferling auf Wendelin Pohl, den Studenten aus Deutschland.

Der gefrorene, verschneite Campusgraben wurde freigeschaufelt, Start- und Ziellinie mittels Wollschals gezogen und die Kontrahenten an ihre Positionen befohlen. Lars beugte sich siegessicher zu Wendelin und reichte ihm die Hand.

»Später begießen wir deine Niederlage mit Wodka, mein Freund.« Wendelin griff fest zu.

»Den Wodka wirst du alleine trinken müssen. Später werde ich mit Kerstin tanzen.«

Wendelin Pohl erhaschte ein Lächeln von Kerstin und dachte, vielleicht solle er die Zeit, während der Lars sprintete, nutzen und gleich mit ihr tanzen. Aber die Fairness gebot ein regelkonformes Wettrennen, keine feige Münchhausiade. Der Deutsche würde ehrenhaft verlieren.

»Klara. Ferdiga. Gå!« – Wendelin, der mit den weißen Damenschlittschuhen einer eiskunstlaufenden Bohnenstange namens

Linda Wikström ausgestattet worden war, erzeugte durch schnell-kräftiges und hochfrequentes Einhacken der Kufenzacken in das Eis einen erstaunlich temporeichen Antritt, der dem Publikum ein verwundertes Raunen entlockte. Die winterlichen Fangspiele auf dem Bröderweiher in frühen Kinderjahren trugen nun Früchte in Form von erstaunlichen Beschleunigungsmaßnahmen.

Das Ganze entbehrte nicht einer gewissen Komik, stand dem athletischen Stemmschritt des geübten Eishockeyspielers der wilde, skippinghafte Sprint eines Amateurs gegenüber, der in Eistanzschuhen steckte.

Der Schwede holte seinen überraschenden Rückstand schnell auf, während der Deutsche in eine Art Gleitphase überwechselte. Als Lars und Wendelin gleichauf waren, zischte der Schwede einige Wortfetzen, die Wendelin noch nie gehört hatte, für deren Bedeutung aber keine Übersetzung nötig war. Wendelin kommentierte die schwedische Provokation mit einem keuchenden »Dansa! Freundchen! Dansa!«

Wendelin, sich nach Leibeskräften mühend, verlor immer mehr den Anschluss, behielt sich jedoch vor, bis zum Schluss das ihm mögliche Höchsttempo zu laufen.

Kerstins Sommersprossen leuchteten durch die Winternacht wie Glühwürmchen, und Wendelin war sich sicher, dass ihre gedrückten Daumen in den roten Wollfäustlingen ihm galten. Und tatsächlich konnte er noch einmal an Tempo zulegen, indem er seinen anfänglichen Antritt imitierte und dem Kontrahenten gefährlich nahe kam. Lars hingegen schien bereits auszutrudeln, winkte locker ins Publikum und deutete siegessicher auf seine Geliebte. Erst da spürte Lars das dampflokhafte Anbrausen des Herausforderers. Als dieser noch ein brüllendes »Dansa!« schmetterte, verkantete Lars vor Schreck seine Kufen und schlug aufs Eis. Aus dem plötzlich verstummten Zuschauermob drang nur ein spitzes, sommersprossiges Lachen, das sogleich wieder erstickte.

Im Moment der Ziellinienüberquerung explodierte der gesamte Campus. Fliegende Pudelmützen kreuzten mannhafte Flüche, Jubelposen standen ungläubigem Staunen gegenüber, Entsetzen reihte sich an Schadenfreude.

Der Deutsche hatte doch tatsächlich das Rennen für sich entschieden. Die Umstände des Sieges wurden nicht diskutiert. Es lag keine Regelwidrigkeit vor. Der Schwede war zu arrogant. Der Deutsche mit den Damenschlittschuhen erstaunlich gewieft – Ende.

Schließlich besannen sich fast alle auf den ursprünglichen Grund der Zusammenkunft des Abends.

Die Feierlichkeiten wurden wieder aufgenommen, moderne Swing-Musik erschallte aus dröhnenden Musikabspielgeräten, die Menschen lachten, tanzten und feierten. Lars, von seinem brüllenden Trainer ins Kreuzverhör genommen, kippte an der Bar Wodka im Dauerfeuermodus.

Und Wendelin tanzte mit Kerstin verschämt ins neue Jahr.

Wendelins Schnelligkeit war noch lange Thema. Als »tysk vinthund« – deutscher Windhund – war er am Campus bekannt, und Lars musste noch den einen oder anderen verbalen Bodycheck einstecken. Dennoch entstand zwischen Lars und Wendelin eine freundschaftliche Beziehung. Dadurch bekam Wendelin Kerstin oft zu sehen. Sie war umwerfend, aber unantastbar an Lars' Seite. Das akzeptierte Wendelin mit sich überschlagendem Herzen und zusammengebissenen Zähnen.

Er musste durch die Lehrstunden in Besonnenheit. Das beißende, lange Warten auf einen geliebten Menschen. Das sich

Erwehren gegen ein Verlieben. Gegen den sehnsüchtigen Drang nach der bezaubernden Sommersprossen-Studentin mit dem rötlichen Haar, mit dem wunderschönen Lächeln und dem nie erreichbaren Mund. Für Wendelin gestalteten sich die wenigen Momente der Zweisamkeit qualvoll, in denen Kerstin ihm auf dem Klavier Lieder vorspielte. Es waren leidvolle Prüfungen der Zurückhaltung. Tests für Abstandhaltung.

Doch die Geduld des Windhundes sollte sich auszahlen. Die Geduld, die Wendelin seitdem so sehr innewohnt und in einem Gleichgewicht der Dinge mündet, welches unumstößlich erscheint.

An einem Montag im September pulverisierte sich ihre körperlich eingehaltene Distanz, ausgerechnet beim vermeintlichen Abschiedstreffen von Kerstin und Wendelin, der am darauffolgenden Donnerstag seinen Auslandsaufenthalt beenden und nach Deutschland zurückkehren wollte. Der Tag war trist und verregnet, ebenso traurig waren die beiden jungen Menschen. In der Erkenntnis vereint, ihr gemeinsames Stündchen schlage nie, schlenderten sie nicht weit von der provisorischen *Vasa*-Werft, in der das alte, schicksalhafte Kriegsschiff instand gesetzt wurde, mit hängenden Schultern am Kai entlang. Ein gewittriger Regenguss riss die beiden aus ihrem melancholischen Schweigemarsch. Sie flüchteten Schutz suchend unter das Vordach des Steuerhäuschens einer alten Barkasse. In der Ecke kauernd reichten zwei tiefe Blicke, um die Situation als romantischen Wink mit dem Zaunpfahl zu deuten.

Plötzlich küsste Wendelin Kerstin die Tränen und den Regen aus dem Gesicht. Unter dem hochgeschobenen Wollpullover kam Kerstins vornehm blasser Bauch zum Vorschein, gesprenkelt mit Tausenden Sommersprossen in den schillerndsten

Rottönen, mit einem Nabel als Mittelpunkt, um den seine gierige Zunge kreiste. Wendelins Mantel, samt Hemd und Unterhemd wurden ihm von Kerstin über den Kopf gezerrt und landeten, von wegen »Mantel über Bord!«, im Stockholmer Hafenbecken. Wendelin war bald komplett nackt, Kerstin nur noch mit ihrem grobmaschigen Strickpulli bekleidet.

Beide waren überzogen von einer Gänsehaut, die weder von dem eisigen Septemberwind noch vom durchs löchrige Dach spritzenden Regen herrührte, sondern Folge ihrer sexuellen Gier und Aufregung war. Die alte Barkasse schaukelte, als herrsche starker Seegang. Kerstins Fingernägel zeichneten auf Wendelins Rücken die Blitze nach, welche durchs Firmament platzten. Die beiden sich Verzehrenden rutschten immer weiter in die Taue, die als Unterlage ihrer plötzlichen Besessenheit dienten. Ein Liebesakt, so unerwartet wie der Untergang der *Vasa* bei ihrer Jungfernfahrt.

Der Untergang der *Vasa* war eine Katastrophe. Zurück blieben die Chronik einer peinlichen Kriegsschiffpräsentation aus dem Jahre 1628 und eine Knäckebrotmarke. Der Liebesakt hingegen war der Startschuss einer wundersamen wie wundervollen Beziehung des Eisschnellläufers Wendelin Pohl zur sommersprossigen Pianospielerin Kerstin Holmgren. In ihm entlud sich all das Warten. All die Geduld. All die Sehnsucht. Das Bangen und Hoffen. Und obendrein das Verzehren nach dem größten Glück der Welt.

Wendelin Pohl und Kerstin Holmgren fuhren in einem dunkelgelben Volvo Hand in Hand über die Ostersundbrücke und in viel zu wenige Jahre Eheglück. Das Warten auf den Tod ist wohl die grausamste Form der Geduld.

Aus dieser Beziehung, in der nur einmal gestritten wurde, nämlich darüber, ob Lars zur Hochzeit eingeladen wird oder nicht, was für Wendelin eine Selbstverständlichkeit und ein großer Wunsch, für Kerstin ein Unding war, stammt das Klavier, das immer noch in Pohls Antiquariat die Töne angibt.

Schwebende Erinnerungen an Schweden. An Sommersprossen.

An das Ertragen der Zeit.

»Falls du Sorgen hast, mein lieber Heinrich, komm zu mir. Und willst du dich nicht anvertrauen, was manchmal vielleicht sogar besser ist, dann versprich mir wenigstens, nicht zu verzagen. Du weißt, Musik macht alles größer. Sie muss nicht kompliziert sein. Setz dich hier ans Klavier, Heinrich, und drücke die Tasten. Oder lass es nur eine sein. Diese hier. Spürst du es? Der Raum verändert sich.«

Kurz zuckt »La donna è mobile« aus den Klaviertasten.

»Durch Musik ist immer Bewegung. Dein Raum, indem du existierst. Indem du deine Sorgen erträgst. Mithilfe der Melodie. Oder der Töne. Es gibt keine Erinnerung ohne Musik. Keinen Raum ohne Ton. Kein Verlangen ohne Klang. Keinen Moment ohne Geräusch. Selbst in absoluter Stille hörst du dein Blut durch die Ohren rauschen.«

»Was bedeutet das dann?«

»Dass du am Leben bist. Füge deinen Tagen Melodien hinzu. Versuche es selbst. Ich sage nicht, dass es immer funktioniert. Dass du zwangsläufig eine Lösung für deine Probleme findest oder sich deine Zweifel in Luft auflösen. Ich sage aber, es wird leichter gehen. Und merk dir, Heinrich: Das Klavier gehört dir genauso wie mir.«

Onkel Wendelin streicht wehmütig über die Klaviatur. Seine Finger scheinen das Elfenbein nicht zu berühren. Und doch hat er Kontakt. Zu etwas Tiefem. Verlorenem. Zu Heinrich ganz bestimmt.

»Was aber, Onkel Wendelin, wenn der Ton, den ich spiele, bedrohlich klingt?«

»Dann spiel einen anderen. Oder spiel ihn so lange, bis er dir nicht mehr bedrohlich erscheint. Oder akzeptiere einfach, dass das Bedrohliche dazugehört. Das Bedrohliche lässt dich aufmerksam sein. Das ist gut. Aufmerksamkeit sollst du aber nie mit Angst verwechseln. Setz dem bedrohlichen Ton eine schöne Harmonie entgegen. So zum Beispiel.«

Onkel Wendelin spielt ein tiefes H. Sofort fügt er dem H einen hohen Dur-Akkord hinzu.

»Hörst du. Es ist eine Frage der Herangehensweise. Außerdem …«, wieder ertönt das tiefe H, »… manchmal schadet ein wenig Gänsehaut nicht.«

»Was soll an Gänsehaut toll sein?«

Heinrichs junges Gesicht sieht vor lauter fragenden Runzelfalten aus wie das eines Hundertjährigen.

»Manche Menschen haben immer Gänsehaut, Heinrich. Sie stecken immer im Schlamassel. Ob Eigenverschulden, doofes Unglück oder schlichtweg Gottes Wille, ganz egal, die hören permanent diesen dunklen Ton. Je mehr du aber kapierst, dass du ein scheiß Glück hast, hier an einem friedlichen, sicheren Ort zu leben, desto mehr wirst du die guten Momente zu schätzen wissen. Weil …« Onkel Wendelin lässt das tiefe H noch einmal erklingen, dann hält er ins Leere starrend inne.

»… die grausamen Momente kommen von ganz alleine.«

»Mein Zuhause ist kein sicherer Ort. Und friedlich schon gleich gar nicht. Er ist die Hölle.«

»Du hast ja keine Ahnung, mein Sohn.«

Wendelin ist in jeder Hinsicht Heinrichs Vorbild. Die Liebe zu ihm scheint unermesslich.

Im Gegensatz zur Liebe zu seinem Vater, die nicht essenziell ist. Nicht einmal existent. Streicheleinheiten gab es nicht. Berührungen lediglich in Form von Strafmaßnahmen. Lob bekam Heinrich von seinem Vater nie. Weder für schulische Leistungen noch für gestalterische Begabungen. Nicht für Hilfsbereitschaft, nicht für körperliche Arbeit, nicht für sportliche Urkunden, nicht für geistige Glanzpunkte, nicht für menschliches Verständnis.

Als Heinrich einmal im Schullandheim von Schlaflosigkeit geplagt in frühen Morgenstunden aus dem Fenster des Schlafsaals starrte, lag die Dämmerung so schwermütig über der Landschaft wie die Mattigkeit über ihm. Es war Herbst, und Raureif färbte eisig glitzernd die Wiesen. Heinrich kam es vor, als hätte sich Vaters Herz über die Landschaft ergossen. Kalt. Farblos. Ungreifbar und doch geheimnisvoll.

Heinrichs Brüder Rolf-Egbert und Frederick-Maria schlagen in die gleiche Kerbe wie ihr Vater. Nur ohne das Geheimnisvolle. Von Brüderlichkeit keine Spur.

Die Kerbe kann auch Mutter Pohl nicht schließen. Sie legt sich schützend darüber, den Schmerz lindernd. Verhindern kann sie ihn nicht.

Onkel Wendelin ist es, der den Jungen behütet, der ihn aufbaut und pflegt, unterstützt und erzieht, bildet und lehrt – das Gute und das Böse, worauf es im Leben ankommt. Er ist es, der den Jungen hält. An seiner Hand. Aufrecht.

Heinrich richtet sein Leben nach dem Antiquariat und Onkel Wendelin aus. Wissbegierig drängt er sich durch den Alltag. Die Mutter nie enttäuschend, den Vater und seine Brüder verdrängend. Der restliche Familienzweig ist schütteres Beiwerk in Heinrichs Leben.

Thaddäus Pohl, Gustavs und Wendelins Onkel und deren

Tante Anna leben in einem Herrenhaus in Stuttgart. Thaddäus Pohl, Besitzer einer der größten Metallverarbeitungsfirmen im Ländle, ist – obgleich zugewandert – durch und durch Schwabe. Das Geldige gibt er aber sehr gerne preis. Einst stand er bei einer protzigen Familienfeier, bei der Heinrich Schlips tragen musste, mit den drei Gustav-Söhnen, seiner Tochter Gabriele und weiteren Verwandten auf der ausladenden Terrasse, von welcher man das riesige Firmenareal überblicken konnte. Er packte Heinrich wirsch am Kragen, zog ihn fast übers Geländer und rief, sodass es alle hören konnten:»So, Söhnchen, das alles wird einmal NICHT dir gehören«, um dann ein selbstgefälliges Gelächter anzustimmen, in das alle Umherstehenden pflichtbewusst einfielen. Apathisch betrachtete Heinrich abwechselnd Thaddäus' lächerliches grelloranges Einstecktuch und seine gebleckten grellorangen Zähne. Der Onkel hob die Hand. Eine Geste zum Innehalten. Mehr noch ein Befehl, dem tatsächlich alle folgten.

»Ihr aber«, und er deutete auf Heinrichs Brüder,»ihr scheint mächtig was auf der Pfanne zu haben.«

An diesem Tage verteilte Heinrichs Vater eifrig Schulterklopfer an seine zwei Vorzeigesöhne, während Heinrich mit Onkel Wendelin durch den Vögele-Familienpark schlenderte und die Unterschiede von Tannen-, Kiefern- und Fichtenzapfen studierte. Wendelins Tabakrauch erinnerte Heinrich an das geborgene Refugium des Antiquitätenladens. Der Aromenzusammenstoß von Pfeife und Tannennadeln bewegte ihn zur Antikapitulation: Heinrich würde angesichts der familiären Widerstände niemals aufgeben, sich ihnen aber einfach entziehen. Mit Onkel Wendelins Hilfe. Heinrichs gedankliche Ausschweifungen enden deshalb immer im friedlichen Hafen der Akzeptanz.

Von draußen grüßte eine heitere Abendsonne in das Antiquitätengeschäft, griff mit ihren gelben Armen nach Heinrichs Nase, als ein Kunde den Verkaufsraum verließ. Die Ladenglocke war noch nicht verklungen, da schallte aus dem alten Klavier in der Mitte des Antiquariats »La donna è mobile«.

»Los, Heinrich. Das Leben dreht sich unentwegt. Ein Fluss. Ein Strudel. Eine *Northumberland* mittendrin. Weiter geht's …«

Onkel Wendelin saß gebückt über den Tasten und spitzte zu Heinrich hinunter. »Spürst du, wie der Raum sich verändert? Auf, auf …«

# 5

## Das Meer und das Tagebuch

»… dreh dich, Heinrich, dreh dich.«

Heinrich schwimmt eine Runde. Aus heiterem Himmel unter finsterem Firmament. Zehn kräftige Züge. Sein Geist arbeitet. Erinnert sich. Die Aufhellung seiner Vergangenheit wirkt hoffnungsvoll und tröstlich auf ihn. Sie kommt zurück. Tröpfchenweise und in Fetzen. Aber sie kommt. Heinrich dreht mit erhobenem Haupt weiter seine Schwimmrunde.

Wer sich dreht, bleibt in Bewegung. Nato ergo sum. Ich schwimme, also bin ich!

Eine Demonstration freien Willens. Eine Trotzreaktion. Und doch bleibt die Einsicht: Seine kleine Rebellion ist nicht mehr als ein Aufschub der normativen Kraft des Faktischen. Allein durch Erinnerungen, allein durch die Aufrechterhaltung seines eigenen Willens, allein durch geistige Rebellion wird er das Absaufen nicht verhindern können.

*

Sein Durst wird allmählich bedrohlich. Er öffnet eine weitere Dose Bier und kippt sich den Inhalt in den Rachen. Wieder kommt ihm ein Gedanke: der Clown! Die Rettungsweste! Soll er sie an sich bringen? Dann würde er einen Menschen töten. Zumindest sterben lassen. Aber stirbt der Clown nicht ohnehin? Was wären seine Ansichten, die Ansichten eines Clowns sozusagen? Soll Heinrich sich auf das Lama schwingen und ihm Sporen geben? Richtung Festland? Wo ist das Festland überhaupt? Es müsste ja nicht einmal Festland sein.

Eine Insel würde ihm reichen. Unbewohnt.

Nur ein Vulkan. Ein Fels. Eine Sandbank. Ein kleines Schiff. Aus Styropor, wenn es nicht anders ginge.

Eine Box. Rettungsinsel und Schutz zugleich. Lachhaft. Unter ihm Tausende Meter Tiefe. Hungrige Haie. Giftquallen. Riesenkraken. Seeungeheuer. Unerforschte Lebewesen. Meeresgraben. Strömungen und Strudel. Gefahren in Potenz.

Durch das Martyrium seiner Blitzgedanken vernimmt er plötzlich einen Ton. Ein tiefes H.

Bedrohlich.

Eine Beklemmung wie ein Mollakkord.

Dur-Akkorde sind mitten auf dem Ozean rar gesät. Außer man befindet sich auf einem Kreuzfahrtschiff und lauscht Gin-Fizz schlürfend einem Jazzquartett, das plötzlich eine besonders raffinierte Version des Beastie-Boys-Songs »Sabotage« spielt.

Sabotage.

Könnte das der Ursprung allen Übels sein? Ist Heinrich etwa Opfer einer Wirtschaftssabotage? Boss einer großen Firma? War er gar in Großonkel Thaddäus' Geschäfte verwickelt und somit Zahnrad eines intriganten Komplotts, das zum Bumerang wurde?

Humbug.

Alles Humbug.

Hoffentlich.

Ein Blatt Papier treibt an Heinrichs Nasenspitze vorbei. Als er danach greifen will, löst es sich in tausend gespiegelte Lichtfetzen auf.

»Herrje, jetzt beginnen die Halluzinationen.«

Geduld. Nur Geduld.

Heinrich trinkt eine weitere Dose Bier. Sein Magen reagiert zufrieden auf die alkoholische Flüssigkeit. Eine dumpfe Milde sickert in seinen Kopf.

Siehe da. Wieder wippt ein Blatt vorbei. Diesmal beschrieben. Heinrich beugt sich, so gut es auf seiner Box möglich ist, über die halluzinierten Zeilen. Die Sinnestäuschung erinnert ihn an einen gut gehüteten Tagebucheintrag aus Jugendjahren. Deutlich macht er seine Handschrift aus. Die unsichere Handschrift eines schüchternen Teenagers.

*Heute am Dollinger Weiher. Markus, Rainer, Michi Hille, der Daschner, Claudi, Andi und Franzi. Franzi auch. Mein Gott. Was für ein Tag. Eigentlich.*

*Hab in der Schule mitbekommen, dass sie sich alle verabredet haben. Als ich schon am Wasser lag und die alle kamen, meinte Claudi noch:* »*Was will der denn hier?*« *Mir war es aber egal. Sie legten sich zu mir, also in einem kleinen Abstand.*

*Erst alle so am Spezischlürfen am* »*Strand*« *und über die Lehrer schimpfen. Ich auch.*

*Dann sind wir hoch auf die Wand. Nur die Jungs. Durchs Wasser gekrault und dann an der Wand hochgeklettert. Hatte anfangs Schiss. Am Ende auch. Mannomann.*

*Wir Jungs oben, die Mädels unten. Ich war stolz. Fühlte mich dazugehörig. Irgendwie.*

*Franzi kicherte. Das Lachen hallte von der Wand in den Wald und wieder zurück. Rainer meinte, Franzi klinge wie eine hysterische Kuh, worauf alle lachten. Ich finde Franzis Gekichere toll. Hab ich aber nicht gesagt. Der Daschner ist dann als Erstes rein. Arschbombe, trotz der sieben Meter. Hat im Flug gebrüllt wie Tarzan, nach dem Auftauchen wie Rattler am Marterpfahl bei den Apachen. Wollte natürlich ordentlich Aufmerksamkeit schinden.* »Aua, meine Eier!« *Immer wieder. Die Mädels haben gewiehert wie wild. Hille und Rainer sind einen Doppeldecker gesprungen. Angeber. Beide. Eigentlich alle. Franzi hat applaudiert. Verdammt. Markus, Rainer und ich sind oben sitzen geblieben. Franzi hat zu uns hochgelächelt. Zumindest sah es von oben so aus. Ich hab mich gut gefühlt, richtig frei und verwegen. Und mutig. Als einer von ihnen. Die Abendsonnenstrahlen blinkten wie wild in den letzten Wassertropfen auf unserer Haut. Unsere braun gebrannten Körper schienen mit den leuchtenden Tropfen und der leichten Gänsehaut so muskulös. Das habe ich auch gesagt. Rainer meinte, ich sei eine schwule Sau.*

*Ich:* »Selber.«

*Rainer lachte dreckig.*

*Markus:* »Warum soll er eine schwule Sau sein?«

*Rainer:* »Hörst du nicht, wie der redet. Schwuuul!«

*Ich:* »Echt jetzt, ich bin nicht schwul.«

*R:* »Hast ja nicht mal Haare am Sack.«

*Ich:* »Klar hab ich.« *(Hab ich wirklich, Rainer hat schon Oliba.)*

*R:* »Auf wen stehst du denn, Heinrich, hm? Auf Andi oder Claudi? Oder doch auf Daschner? Hahaha.«

*Markus musste jetzt auch lachen.*

*R:* »Oder gar auf Franzi?«

*Darauf hab ich nicht geantwortet.*

*R:* »Nee, der steht auf die Franzi. Das gibt's doch nicht.«

*Rainer wollte gerade zum Baggersee runterrufen, dass ich auf die Franzi steh. Ich hab den Braten aber gerochen und ihm vorher eine gewatscht.*

*R: »Sag mal, spinnst du? Nur weil dich dein Alter vermöbelt, musst du nicht gleich andere schlagen, du Depp.«*

*Ich: »Pass auf, was du sagst, Rainer.«*

*M: »Was war das?«*

*R: »Der wird von seinem Alten geschlagen. Das weiß doch jeder.«*

*Ich: »Hör auf, Rainer.«*

*M: »Was?«*

*R: »Das weiß jeder. Sein Vater schlägt ihn, der hasst ihn. Seine Mutter schaut zu und macht nix dagegen. Hört den ganzen Tag nur Schlagermusik und macht nix dagegen. Seine Brüder hauen auch drauf. Deswegen läuft er ja immer zu seinem Onkel in den Ramschladen. Ja was glaubst du denn, warum er so ein Psycho ist? Hat ja selbst bei uns keine Kumpels hier. Läuft immer nur mit. Hängt sich immer nur dran. Der hat doch vor lauter Prügel einen an der Klatsche!«*

*Natürlich haben das alle unten am See mitbekommen. Markus sagte noch, er solle aufhören. Da hat Rainer nur gelacht und »Der schwule Prügelknabe« gerufen. Unten sind mittlerweile eh schon alle gestanden und haben zu uns hochgeschaut.*

*Rainer machte immer weiter: »Die haben doch alle einen Vogel. Auch sein Onkel im Antiquitätenladen. Sitzt da drin wie so ein Zauberer auf seinen alten Möbeln. Was machst du denn bei dem ständig, Heinrich? Oder haut er auch auf dich ein? Du hast doch vor lauter Schlägen mittlerweile schon Schiss vor allem. Traust dich ja nicht mal hier runterzuspringen, du Hosenscheißer.«*

*Da hab ich ihn plötzlich von der Wand runtergestoßen. Rainer ist blöd im Wasser aufgekommen, hat mir aber nicht leidgetan.*

*Die anderen unten haben ihn rausgefischt. Markus meinte, ich soll mir nichts draus machen und dass er sich das auch nicht hätte gefallen lassen. Ich habe Rainer aber nicht wegen der Prügelgeschichte in den See gestoßen, sondern weil er Onkel Wendelin beleidigt hat.*

*Gesagt hab ich nichts.*

*M:»Lass uns heimgehen. Hier geht's runter durch den Wald. Da entlang.«*

*Ich hab ihm gesagt, dass es für mich nur einen Weg nach Hause gibt. Und zwar dort runter, durchs Wasser. Ich stellte mich mit ausgebreiteten Armen hin. Franzi wollte gerade mit den anderen den hinkenden Rainer abtransportieren. Da sind sie stehen geblieben und haben hochgeschaut. Rainer hat geschrien:»Der schwule Sommersprossenheini traut sich doch nicht.«*

*Ich hab den Kopf eingezogen und bin mit Markus durch den Wald zu unseren Sachen. Da waren schon alle weg.*

*Auf die Wand geh ich nie wieder.*

Der gewässerte Heinrich Pohl blickt seinem jungen Ego, das meilen- und zeitenweit entfernt über einem Tagebuch kauert, über die Schulter. Direkt auf das mit wütenden Gefühlen und Erlebnissen bekritzelte Papier. Die Leiden des jungen H.

Noch mehr Bilder blitzen auf: ein weinender Heinrich im Schoß einer weinenden Mutter unterm Weihnachtsbaum. Ein vehementer Kampf zwischen Heinrich und seinen Brüdern mit Bambusrohren als Gefechtsutensilien. Eine aufgeplatzte Augenbraue inmitten höhnischen Gelächters.

Markus und er, die »beiden Freaks«, mit einer Flasche Wein im Kirchturm. Ein Sommerfest an der Schule, auf der Bühne eine gelungene Coverversion von »Walking On Sunshine«. Heinrich am Klavier. Markus an der Trompete.

Bilder, die die Vergangenheit greifbarer machen. Heinrich Pohl, ein junger Mensch im Angesicht der Normalität. Ein Freak. Kein Held oder Triumphator, kein Verlierer, aber ein Außenseiter. Ein Gepeinigter. Warum nur?

Als gehöre es zu dieser Geschichte, schwebt eine Todesanzeige samt einigen von ihm geschriebenen Zeilen an Heinrichs geistigem Auge vorüber. Das Schwarz-Weiß-Porträt eines dünnen jungen Mannes.

*Wir nehmen Abschied von unserem Sohn und Freund Markus Anzinger, der mit neunzehn Jahren durch einen tragischen Unfall von uns gegangen ist. In tiefer Trauer, Deine Mama und Dein Freund Heinrich, Juni 1993*

Verkehrsunfall. Heinrich hätte ihn womöglich verhindern können. Markus war angetrunken auf einem Oberstufenfest am Weiher ins Auto gestiegen. Heinrich hatte ihm die Autoschlüssel nicht abgenommen. Markus fuhr betrunken nach Hause. Heinrich quälte sich seitdem mit seiner selbst auferlegten Mitschuld.

Gerechtigkeit holt jeden ein. Ist das nun der verspätete Ausgleich? Wird Heinrich Pohl deswegen von himmlischen Gerichten ins offene Meer verbannt? Unwahrscheinlich, denn würde jedem irdenen Verstoß eine solche Strafe folgen, dann wäre der Ozean voll von Schuldigen.

Markus' Tod wird hier nicht vergolten. Aber was dann?

Ist Heinrich Pohl Überlebender eines Flugzeugabsturzes? Hat er bei einem Junggesellenabschied eine Wette verloren? Ist Heinrich Pohl gar Teil eines ...

# 6

## Der Antiquitätenladen und das Experiment

»… Experiments?«

»Klar, Heinrich. Warte bitte kurz.«

Onkel Wendelin wendet sich an den Kunden vor der Kasse. »Entschuldigen Sie, Herr Steckmeier. Sie kennen ja Heinrich und seine ausgeprägte Neugier.«

Wendelin Pohl kassiert von dem grummelnden Walter Steckmeier den üblichen Betrag für eine weitere Buddel *Northumberland*. Nur, und das fällt Heinrich gerade auf, steckt in der Flasche keine HMS *Northumberland*, sondern ein anderes Fabrikat. Ein Viermaster.

Heinrich deutet mit fragendem Blick auf den sich entfernenden Kunden, der sich seit Jahren immer nur mit Napoleons Exilschiff zufriedengab. Nach dem zweiten Glockengebimmel sagt Wendelin grinsend: »Auch ein Experiment. Das ganze Leben ist ein Experiment. Ein ständiger Versuch, sich zu finden. Zu positionieren. Sich zu erleben. Alles ein großer Test. Meistens gelingt er. Manchmal eben nicht. Die *Northumberland* ist nicht mehr lieferbar.«

Onkel Wendelin vollführt eine Geste des Bedauerns, fährt

fort: »Probiert der gute Steckmeier eben etwas anderes. Vielleicht taugt es. Vielleicht auch nicht. Man muss alles ausprobieren. Auf die Schnauze fallen. Aufstehen. Genauso ist es mit Biersorten. Mit Berufen. Mit Frauen. Du magst doch Frauen, Heinrich?«

Heinrich breitet fragend die Arme aus.

»Keine Ahnung, Heinrich. Du kannst ja auch Männer ausprobieren …«

»Onkel Wendelin!«

»Wart nur ab. Es kommen Sachen, die du jetzt noch nicht für möglich hältst oder halten willst. In deinem Alter hätte ich nie zu träumen gewagt, dass ich mal im Zirkus arbeiten werde.«

»Du hast im Zirkus gearbeitet?«, fragt Heinrich.

»Jawohl, in Salzburg, als Tierpfleger von Lamas, Ponys und Elefanten. Es war herrlich, die Welt explodierte dort in den buntesten Farben. Ich musste sogar einmal einen kranken Clown vertreten.«

»Hast du noch nie erzählt. Warum hast du aufgehört?«

Eine riesige kirscharomatische Tabakdampfwolke lässt Onkel Wendelins Gesicht wie im Nebel verschwinden.

»Später war ich sogar Zirkusdirektor. Aber, weißt du, mein Experiment war noch nicht zu Ende. Ich wollte mehr erfahren. Stöberte weiter durchs Leben. Mein größter Schatz war Kerstin. Sie hatte Elan und Verständnis für meine Nachforschungen. Wir waren jung, mussten unser Geld irgendwie herbeischaffen. Sie als Pianistin, ich jobbte durch die Gegend. Dennoch war uns Sparen fremd. Wir leisteten uns Reisen, einfacher Standard, große Wirkung. Kerstin war meine Säule zu Hause und mein steter Begleiter. Auf Reisen, durchs Leben.«

Onkel Wendelins sturer Blick ist auf seine erloschene Pfeife gerichtet.

»Sie war das Größte für mich. Meine Liebe ihr gegenüber verspürte ich zu keiner anderen Person, Heinrich. Kein Familienmitglied war mir zu diesem Zeitpunkt je wichtiger, zu niemandem fühlte mich so hingezogen. Viel zu kurz war sie bei uns, Heinrich. Viel zu kurz. Sie bereitete mich viel mehr auf ihren Abschied vor als sich selbst. Kerstin war eine Zauberin. Ihre strikte Aufforderung, mich nicht zu verlieren, den Kopf zu heben, Herz und Augen zu öffnen und … tja … da zu sein … für …«

Onkel Wendelins Worte verlieren sich in seinem an der traurigen Vergangenheit festgefrorenen Blick.

»Für wen da zu sein?«, fragt Heinrich. Sogleich bemerkt er, dass seine Frage zu forsch war, denn Onkel Wendelin antwortet nicht.

Die Glut seiner Pfeife ist erloschen. Er blickt mit gekräuselten Lippen in den Pfeifenkopf, ohne die Glut erneut zu entfachen. Die letzten Züge des herben Kirschduftes wehen über die Klaviertasten.

»Was hast du noch alles erlebt? Mit Kerstin. Oder ohne Kerstin«, will Heinrich wissen.

»Ich habe schon viel erzählt, aber vielleicht weißt du noch nicht, dass wir, Kerstin und ich, Fischer am Bodensee waren. Reusen auswerfen, in der Früh um fünf Uhr. Das spiegelglatte Wasser am frühen Morgen hatte die Ruhe einer tonlosen Kammer und die Kraft eines hungrigen Seedrachen zugleich. Als würde man auf dem Spiegel eines Riesen gleiten. Danach sehnten wir uns nach den Bergen. Ich wäre am Montblanc fast in eine Gletscherspalte gestürzt. Ich war allerdings nie auf dem Gipfel. Kurz davor umgedreht.« Onkel Wendelin zuckt fast belustigt mit den Schultern.

»Ich traf Pavarotti. In einer Hotelbar in Rom. Wir waren die letzten Gäste, da drehte er sich angedudelt zu mir um und schmetterte los. Ich habe einfach mitgesungen. Der Barkeeper traute seinen Ohren nicht, er ließ einen exzellenten Rotwein fallen.«

Wendelins Mund ist zu einem wehmütigen Lächeln geformt. Seine Augen schillern gefangen in einer Halbwelt. In diese Halbwelt hinein oder aus dieser Halbwelt heraus sagt er:»Ich durfte viel Schönes erleben.«

Nach einer kurzen Pause fügt er hinzu:»Aber ich musste auch das Dunkle im Leben erfahren.«

»Mensch, Onkel Wendelin, ich dachte, ich wüsste alles über dich.«

»Heinrich, du kennst so viele meiner Geschichten. Du weißt aber bei Weitem nicht alles, mein Junge. Du musst selbst experimentieren. Das Leben ist ein verfluchtes Experiment. Überleg nicht lang, mach einfach.«

Heinrich hebt nachdenklich die Hand an die Schläfe.

»Klingt, als ob man weniger reflektieren und mehr riskieren sollte. Aber du bist doch ein geduldiger Mensch.«

»Man kann auch reflektierend riskieren. Es geht darum, anzupacken und nicht zu stagnieren. Geduld bedeutet keinesfalls Stillstand. In Geduld steckt kein Zögern. In Geduld steckt sehr wohl Besonnenheit, aber noch mehr Ausdauer. Stete Ausdauer im Experimentieren ist auch Geduld. Handelnde Geduld.«

»Napoleons Niederlage bei Waterloo war Wellingtons Geduld geschuldet. Du weißt schon: *Ich wünschte, es wäre Nacht oder die Preußen kämen.* Die kamen ja dann auch, nach langer Wartezeit. War das Wellingtons berühmt-berüchtigte Nicht-handelnde-Geduld?« Heinrich grinst spöttisch.

»Der französische Trottel hat das Kunststück vollbracht, bei La Haye Sainte gegen vierhundert besoffene Soldaten eine Niederlage zu kassieren. Dieser Bauernhof war Napoleons

Schicksal. Er hat sich an vierhundert Kämpfern die Zähne ausgebissen, die vom Vortag einen Riesenkater hatten. Bis er wusste, wie es um ihn stand, waren seine achttausend Kavalleristen im Eimer und Blücher mit seinen Truppen bei Wellington. Übrigens auch eine Art Experiment.«

»Hätte er mal besser und durchdachter seine Pläne geschmiedet«, sagt Heinrich etwas rechthaberisch.

»Hätte er mal besser mit seinen Reitern ausdauernd das Kämpfen erprobt. Heinrich, ich will sagen: denken erlaubt, handeln unbedingt erwünscht.«

»So einfach ist das aber nicht immer. Abwägungen schützen vor Fehlern. Man sollte sich immer fragen: Ist das, was ich vorhabe, gut oder schlecht, hat es Nutzen für mich oder schadet es mir oder meinen Mitmenschen? Und wenn ich mich auf Messers Schneide bewege, dann überlege ich doch lieber zweimal. Es kommt immer auf den Blickwinkel an.«

Onkel Wendelin steht nun ganz dicht vor Heinrich. Sein Zeigefinger ruht auf der Brust seines Neffen.

»Ich nehme immer den steilsten Winkel. Und dann: zack!«, Wendelins Finger sticht in Heinrichs Herz, »dann handle ich. Und die dümmste Frage von allen ist sowieso die, ob das Glas nun halb voll oder halb leer ist. Ein Glas trinkt man aus. Falls man mehr will, schenkt man nach. Falls es einem nicht schmeckt, spuckt man aus. Was ich damit sagen will, lieber Heinrich: Handeln geht über philosophieren. Und je überzeugter du einer Sache gegenüberstehst, desto erfolgreicher wirst du sie bewältigen. Glaube an das, was du tust, und nicht an das, was du lieber bleiben lässt. Auf die Schnauze fällst du sowieso immer wieder. Das tut weh. Aber man lernt aus den Fehlern, die man macht, nicht aus denen, die man nicht macht.«

»Jetzt philosophierst du aber auch, Onkel Wendelin.«

»Das stimmt, Heinrich. Aber ich handle auch. Ich handle, indem ich philosophiere. Und im besten Falle ziehst du aus meiner Handlung einen Nutzen. Und jetzt«, Wendelin Pohl schreitet bedeutungsschwanger hinüber zu der alten, kunstfertigen Kommode, zieht eine Lade auf, bückt sich, holt eine bernsteinfarbene Flasche heraus und stellt sie samt zweier Kristallbecher auf die Ablagefläche, »jetzt machen wir die Gläser nicht halb leer und auch nicht halb voll.« Er füllt die beiden Becher bis zum Rand mit Whisky, schiebt ein Glas in Heinrichs Richtung. »Trinken wir in tiefer Dankbarkeit auf die Brennkunst der Schotten diesen in deinem Geburtsjahr 1974 destillierten Glen Grant. Zum Wohl, Heinrich, alles Gute zu deinem achtzehnten Geburtstag.«

*

»Der Bär?«, fragt Franziska, ohne sich zu Heinrich umzudrehen.

»Ein Geschenk des Nationalmuseums Ulaanbataar ans Naturkundemuseum Berlin. Dort bedankte man sich artig, konnte den ausgestopften Bären jedoch nicht gebrauchen. So erstand ihn ein Bekannter des Museumsdirektors, ein Kleinwildjäger aus der Gegend der Mecklenburger Seenplatte. Er erhoffte sich durch das massige Tier eine Aufwertung seiner mickrigen Bockshornsammlung. Nach seinem Tod verkaufte der Sohn den meisten Krempel auf dem Flohmarkt in Pilsen. Nur den Bären brachte er nicht über die Grenze. Er wählte als Übertritt extra einen kleinen Grenzübergang in den böhmischen Wäldern. Keine Chance. Bär raus, Krempel rein. Die beiden Grenzwächter posierten mit dem Bären neben dem Fallbaum.«

»Fallbäume gibt's doch gar nicht mehr.«

»Damals schon noch. Es heißt, als das Großmütterchen des

Grenzvorstehers frische Apfelküchlein vorbeibringen wollte, erschrak sie beinahe zu Tode. Den Bären gaben die beiden Grenzer einem vorbeifahrenden Biertransporter mit. Der Kraftfahrer deponierte den Bären am Eingangsportal der Schlossbrauerei Drachselried. Der dortige Geschäftsführer ließ ihn jedoch wieder entfernen, nachdem er kurz über einen Namenswechsel zu Bärenbräu nachgedacht hatte. Das Monstrum kam schließlich über weitere Umwege zu einer Schultheatergruppe, die das Ungetüm für ihre Aufführung von *Peter und der Wolf* verwendete. Jaja, ich weiß, frag nicht. Nach Gebrauch landete der Bär dann auf dem Schulspeicher. Und von dort gelangte er in Onkel Wendelins Besitz. Willst du ihn kaufen?«

»Natürlich nicht.«

Franziska streicht dem fast aufrecht stehenden Bären ehrfürchtig durchs Fell. Sie reicht ihm wie zum Abschied die Hand. Ihr Blick schwenkt von einem Gegenstand zum anderen. Langsamen Schrittes bewegt sie sich durch den Raum. Vor einer Tischlampe, die zu ihrer Zeit nicht modern war, nun aber der letzte Schrei sein dürfte, bleibt Franziska stehen. Sie betätigt den Schalter.

»Funktioniert sogar.«

Durch schnelles Schalten fabriziert sie ein Stroboskopgewitter. Heinrich hebt beschwichtigend eine Hand.

»Vorsicht, Franziska. Das war Günter Grass' Leselampe bei einem Vortrag im Münchner Literaturhaus.«

»Sieht auch aus wie eine Blechtrommel. Sag mal, woher weißt du diese ganzen Geschichten zu den Sachen hier?«

»Von Onkel Wendelin.«

»Und du glaubst das alles?«

Heinrich zuckt mit den Schultern. »Erstens, warum sollte er mich anlügen? Und zweitens ...«

»Und zweitens könnte es sein, dass er an Konfabulation leidet«, unterbricht Franziska ihn.

»Konfabul… was!?«

»Konfabulation. Eine neurologische Krankheit, welche den Betroffenen immer dazu drängt, objektiv falsche Geschichten zu erzählen, in der festen Überzeugung, es wäre die Wahrheit. Vielleicht ist dein Onkel so einer …«

»Ehrlich gesagt«, Heinrich kratzt sich an seinem borstigen roten Schopf, »ist mir total egal, ob die Geschichten wahr sind oder nicht. Es macht die Gegenstände doch bloß lebendig. Man muss das Leben mit Parabeln füttern. Solange dabei keiner zu Schaden kommt.«

»Soso.«

Franziska streift weiter durch den Laden. Sie verrenkt sich fast den Hals. Die Augen gehen ihr über. Der ganze Schnickschnack und die Gegenstände beeindrucken sie.

Während Heinrich seinen Ausführungen verträumt nachhängt, öffnet Franziska die Vitrine des Apothekerschranks und greift in eine dicke Glasschale. Sie ist mit Kastanien gefüllt. Belustigt fischt sie eine rote heraus.

»Ein äußerst wertvolles Exemplar der typischen europäischen Rosskastanie. Glühende Sammler bezahlen horrende Preise für einzelne Muster dieser Fauna.« Zwischen Zeigefinger und Daumen hebt sie die vertrocknete Baumfrucht in die Höhe.

»Franzi! Leg das weg!« Franziska erschrickt. »Verzeihung, ich wollte dich nicht anfahren.«

»Hast du aber«, gibt Franziska verstört von sich.

»Diese Vitrine ist Onkel Wendelins Privattresor. Jeder einzelne Artikel ist unbezahlbar. Selbst ich habe diese Gegenstände nie berühren dürfen.«

»Eine Kastanie unbezahlbar? Warum das denn?«

»Weil ideelle Werte nun mal keinen Preis kennen.«

Beeindruckt sieht Franziska Heinrich direkt in die Augen.

»Das musst du mir erklären.«

Heinrich sieht zu Boden, muss dabei lächeln.

»Das kann ich nicht. Ich kann es dir nicht erklären. Diese Gegenstände hier«, Heinrich fährt mit dem Finger über die Glasscheibe, wie es Onkel Wendelin manchmal macht, »sind so etwas wie Onkel Wendelins Tagebuch. Geheim. Keine Erklärung. Er hat mich gebeten, nicht zu fragen. Also habe ich nie gefragt.«

»Gibt's doch nicht. Du musst doch neugierig sein. Woher die Sachen kommen, was sie ihm bedeuten, wann …«

»Das Vertrauen schlägt die Neugier. Er wird es mir sagen. Wenn die Zeit dafür gekommen ist. Hoffe ich zumindest.«

Stumm stehen sie vor der Vitrine.

Ein silberner Storch, vermutlich aus Metall. In der Größe eines Kolibris. Galant und feingliederig, mit gesenktem Flügelschlag und aerodynamisch gestrecktem, schlankem Körper. Majestätisch. Entworfen von François Victor Bazin. Aber nicht in Hochglanz. Sondern mit Patina. Kratzer. Abgeplatzt. Der Schwan balanciert mit beiden Flügelspitzen auf einer Art Schraubdeckel. Manchmal poliert Onkel Wendelin den Vogel mit einem Staubtuch, als wolle er seine Anmut auffrischen. Er weiß selbst am besten: Die Narben des Lebens bleiben ewig.

Eine indianische Friedenspfeife in Beilform. Kurzer, lederumwickelter Schaft mit Metallbeschlägen. Die Klinge aus dunklem, schmutzigem Stahl. Ein Bison als hohler Axtkopf. Mundstück aus Metall. Etwa vierzig Zentimeter lang. Die Feder eines Steinadlers mittig mit einem dünnen Lederband angebracht. Neben dem als Rauchutensil nutzbaren Tomahawk lag ein verschnürter Lederbeutel in der Größe eines Brillenetuis. Speckige

Flecken zeugen von Gebrauch. Der Beutel wirkt gefüllt. Heinrich erinnert das Ganze eher an Fasching als an rituellen Schamanenkult oder außenpolitische Diskussionsbegleitung.

Eine Minifotokamera der Firma Tougodo aus Messingblech und Plastik. Auf dem Objektiv blinken die silberne Aufschrift *Hit*, sechs Sterne und *Made in Japan*. Die Kamera ist etwas größer als eine Streichholzschachtel. Spione benutzten sie, da war sich Heinrich als Kind sicher. Sie hat bestimmt einige Verbrechen dokumentiert. Morde an Zaren oder Profifußballern. Unterlagen, von deren Veröffentlichungen beziehungsweise Geheimhaltung Krieg und Frieden abhingen. Oder vielleicht doch einfach nur Urlaubsfotos vom Louvre, dem Stephansdom, Fifi und den Kindern? Eine vor Sorgen zerfurchte Uroma vor einer Geburtstagstorte mit hundert Kerzen, der befohlen wurde: »Lach, Oma. Einmal noch!«? Verschwommene, abgeschnittene Gesichter? Aus dem Zug fotografierte Landschaften? Ein Fotoapparat fängt Momente ein. Und ein Spion Geheimnisse. Die Vitrinenobjekte sind Onkel Wendelins Geheimnis. Vielleicht war er ein Spion.

Daneben liegt eine Perkussionspistole aus dem 19. Jahrhundert. Eine Vorderladerfaustfeuerwaffe mit dem vom schottischen Geistlichen Alexander John Forsyth erfundenen Schlagzündermechanismus. Zweifelsfrei ein Kunstwerk. Schwerer und glatter Damast-Achtkantlauf im Kaliber 13,5 mm mit Hakenschwanzschraube und unterseitiger Laufschiene. Über dem silbergefütterten Pistolensockel die Gravur der Marke JOSEPH MANTON PATENT mit angedeuteter Krone. Floral graviertes Perkussionsschloss mit Hahnsicherung. Nussholzschaft mit Hornnase und gewaffeltem Kolben. Gravierte Eisengarnitur auf dem Abzugsbügel. Rein optisch wirkt die Pistole eher wie ein zepterhafter Knüppel oder ein verzierter Miniatur-Hockeyschläger.

Neben ihr steht das seltsamste, weil scheinbar belangloseste Objekt in Onkel Wendelins persönlicher Ausstellung: die dicke Glasschüssel. Gefüllt mit Kastanien unterschiedlichen Zustands und Alters. Die kleinste längst verdörrt und verhutzelt, nur wenig größer als eine Haselnuss. Die größte noch leuchtend rostbraun, fast rötlich, als werde sie noch immer von tiefem Wurzelwerk genährt. Heinrich meint sich zu erinnern, dass es einst weniger waren. Das grünlich schimmernde Glasoval bekam scheinbar in immer gleichen Zeitabständen Nachwuchs. Ein wachsendes Kastanienbad.

Wer würde schon alte Kastanien kaufen? Kinder *sammelten* Kastanien. Auch Heinrich. Kastanien hatten in ihrer perligen Holzoptik Anmut und Hochglanz. Verloren sie aber an Aura, wurden sie entsorgt. Selbst kunstvoll erstellte Kastanienmännlein marschierten irgendwann in den Mülleimer. Heinrich wusste: In dem Kastanienglas musste ein emotionaler Wert schlummern.

Kastanien. Storch. Kamera. Pfeife. Pistole. Eine schwer greifbare Verbindung.

Eine Verbindung, in der sich Onkel Wendelin oft geistesabwesend verlor, untermalt von einer leisen Melodie aus seinem Mund. Mal gepfiffen, mal gesummt. Die unsichtbare Kraft der Töne steckt ebenso in der Vitrine.

Franziska legt die Kastanie zurück in die Glasschale. Den kleinen Bilderrahmen platziert sie behutsam daneben. So steht nun Kerstins Foto sichtbar neben den fünf Gegenständen in der Vitrine, was ihrem feinen, hübschen Gesicht noch mehr Glanz und Gloria verleiht. Als würde das Foto die Sammlung komplettieren.

Würde Franziska Brand für ihn doch auch so fühlen wie Onkel Wendelin für Kerstin. In Heinrich lodert die verfluchte Flamme der Verzehrung. Wie kann das Begehren nur so unerbittlich sein? Das Herz springt ihm durch die Kehle.

Seit Grundschultagen ist er in dieses Mädchen verliebt, das hier staunend durch den Parcours an Kunstwerken und Krempel schwebt, wie die Prinzessin im Elfenbeinturm.

In all den Schuljahren, den Augenblicken der Nähe bei gemeinsamen Klassenarbeiten, den zugegebenermaßen oft oberflächlichen Gesprächen außerhalb der Schulstunden, lag Heinrich Franziska zu Füßen. Er ist ihr verfallen. Er glüht, wenn er sie sieht. Seine jugendliche Aufgewühltheit bringt ihn fast um.

Franziska oder keine!

Mit dem einfachen Satz »Willst du Antiquitäten anschauen?« überredete er sie zu diesem Besuch. Sie würden nur kurz die Runde der Kaffee trinkenden Abiturienten verlassen. Das Café, in dem fast die ganze Kollegstufe saß und Ideen zum Abistreich sammelte, lag schräg gegenüber von Onkel Wendelins Geschäft.

Franziska Brand und Heinrich Pohl also zu zweit an einem gemeinsamen Ort. Ungestört. An einem Sonntag. Onkel Wendelin würde heute nicht erscheinen. Heinrich wusste um das Geheimversteck des Zweitschlüssels. Sein Herz zittert sich durch den ganzen Körper. Jetzt, jetzt muss er es wagen. Sag es ihr, Heinrich.

»Du, Franzi …«

»Sag mal, Heinrich, wie kommt man bloß auf die Idee, ein Geschäft mit so viel altem Krempel zu eröffnen? Wie ist dein Onkel so?«

»Er ist ein Lehrmeister der Wahrhaftigkeit.« Scheiße, denkt sich Heinrich. Doofer geht's kaum. Franziskas Lächeln bewegt sich zwischen Verwunderung und Belustigung. Heinrich fängt sich schnell: »Onkel Wendelin spürt den Dingen nach. Studiert sie von der äußeren Patina bis ins Innenleben. Liest in unzähligen Büchern und Schriften, forscht nach Mustern, Strukturen, Gerüchen und Funktionalitäten. Deutet somit sowohl das Leben *im* Gegenstand als auch das Leben *um* den Gegenstand. So entstehen die Geschichten, die du Konfabulation nennst. Er ist ein Meisterdetektiv der Antiquitätenkunde. Woher kommt das alte Stück? Wer gebrauchte es? Wie genau wurde es für was genau benötigt? Schau mal. Dieses alte Taschenmesser hier wirkt auf den ersten Blick wie unscheinbarer Krempel. Aber es gehörte einst dem Schweizer Bergretter Arnold Glatthard, der am 21. Juli 1936 dem Rettungsversuch des unter dramatischsten Umständen verunglückten Toni Kurz an der Eiger-Nordwand beiwohnte. Dieses Taschenmesser hätte Toni Kurz fast das Leben gerettet. Nachdem er seine drei Kameraden schon am Berg verloren hatte, er selbst in eisigen Höhen die Nacht überlebte und sich durch ein geschicktes, aber kompliziertes Abseilmanöver mit erfrorenen Händen bis fünf Meter über seine zu Hilfe geeilten Retter bringen konnte. Dort hing er nun frei im Überhang, eine weitere Abseilung war technisch nicht möglich. Glatthards Taschenmesser, an einer Holzstange angebracht, hätte Toni Kurz vom Seil befreien können. Die Stange war, schicksalhaft aber Nomen est omen, zu kurz. Wenige Momente später starb Toni Kurz über den Köpfen der Bergwacht an Erschöpfung. Dieses Taschenmesser entschied also indirekt über Leben und Tod. Nicht das Taschenmesser selbst lässt mich staunen und schaudern, sondern die Geschichte dahinter. Und hier gibt es Tausende solcher Schicksale, Parabeln und Geschichten.«

»Tss, du bist ein schräger Vogel, Heinrich.« Franziska schielt zur Ausgangstür.

»Los, lass uns wieder rübergehen. Zu den anderen ins Café.« Sie schiebt sich zwischen einem riesigen braunen Seemannskoffer und einem nach staubigem Leder riechenden Turnkasten Richtung Ausgangstür.

»Hör mal, Franziska …«

Heinrich setzt sich schnell ans Klavier. Er spielt einige melancholische Akkorde. Mezzopiano, wie der Musiker halbleise Töne beschreibt. Legato. Aber durchaus grazioso. Franziska setzt sich zögernd zu ihm auf die Pianobank. Lauscht andächtig. Als hätte sie sich entschieden, Heinrichs Melodie zu vertrauen, rückt sie an ihn heran.

Ihre Unterarme liegen auf ihren Oberschenkeln. Ihre Haut streift die seine. Die Berührung ihrer Härchen elektrisiert Heinrich bis aufs Mark. Die Nähe zu Franziska lässt ihn schwindeln. Er wird kurzatmig, sein Herz schlägt prestissimo, versucht sich auf die Klaviatur zu konzentrieren. Eine Melodie erklingt. Einladend. Offenbarend.

Franziska fragt: »Was ist das für ein Stück?«

Heinrich fast flüsternd: »Das ist eine geheime Botschaft.«

Franziska beugt sich leicht zu ihm hin und flüstert zurück: »Die da bedeutet?«

Dies ist der Moment, in dem sich der komplette Antiquitätenladen mit Spannung füllt. Ein meterhoher Nussknacker öffnet hellhörig seinen Holzmund. Ein Jagdhund auf einem Gemälde stellt seine Lauscher auf. Der mongolische Bär beugt sich nach vorne, eine Tatze am Ohr. Der lustige dicke Mönch auf der blechernen Bierreklame lässt von seinem Krug ab. Das Buddelschiff strafft die Segel. Kommoden und Schränke öffnen ihre Türen einen Spalt breit. Die Kronleuchter beginnen nervös zu flackern. Die Büste von Friedrich Engels strafft ihren Bart, die von Joseph Haydn hebt erwartungsvoll die Augenbrauen. Die

Pinguinfamilie aus Porzellan watschelt schaulustig aus ihrem Versteck. Das uralte Teleskop dreht sein Okular zum Geschehen. Die hohe Standuhr aus Good Old Great Britain, die Schweizer Kuckucks- und alle antiken Taschenuhren stellen auf kurz vor zwölf.

»Jetzt!«, schreien alle Gegenstände zugleich. »Jetzt, sag es ihr!« Sie alle wollen den Beginn einer Ära bejubeln. Das große Liebesgeständnis des Heinrich Pohl hören und sehen.

Von dem kommt ...

»Ach ... nix.«

Unbeabsichtigt landet sein Zeigefinger auf dem tiefen H. Die flimmernde Atmosphäre zerspringt wie dünnes Glas. Die rosige Schwärmerei zerplatzt. Das raunende Seufzen der Antiquitäten ist als leichter Luftzug zu spüren, der die Spannung in die Ritzen der alten Dielenbretter verscheucht.

Verdammt, denkt Heinrich, du bescheuerter Trottel. Du Napoleon der Liebesbekundungen.

Franziska grinst, tätschelt ihm den Kopf und verschwindet zwischen den Antiquitäten wie Nebel in einer Falltür.

Die Ladenglocke verkündet Franziskas Abschied.

Heinrich blickt im Spiegel in das fahlste Gesicht, das er je gesehen hat.

»Vielleicht leidet sie an ...«

# 7

## Das Meer und die Wachablösung

»... Konfabulation«, wünscht er sich. Alles. Das Hier. Das Jetzt. Eine irre Geschichte über einen Schiffbrüchigen, bar jeder Realität. Mit ihm selbst als Protagonisten. Wenn der Erzähler seine Ausführungen doch nur stoppen würde. Wenn die Konfabulation doch nur enden und Heinrich aus diesem Kuriosum entlassen würde. Heinrich Steinfest schreibt solche Wahnwitzigkeiten. Ist Heinrich Teil eines Steinfest-Romans? Fiktion und Wirklichkeit verwischi-waschend. Wie in *Der grüne Rollo*? Heißt sein Steinfest-Roman vielleicht *Von Pol zu Pohl*?

Heinrich schließt die Augen.

»Drei, zwei, eins – ich erwache auf einem Sofa in einem schönen Wohnzimmer mit Franziska Brand in meinem Arm.«

Als er die Augen öffnet, spürt er einen brennenden Schmerz auf der Netzhaut. Das Salz des Meeres arbeitet an den Schleimhäuten. Seine Finger sehen aus wie Dörrpflaumen. Seine Kehle fühlt sich an wie Sandpapier. Ein Sofa sieht er nicht. Geschweige denn Franziska Brand. Dafür Bierdosen. Einen Clown. Ein Lama. Meerwasser. Einen Horizont. Der schwankt.

Franziska Brand hat ihn nie geliebt. Hat er jemals eine Beziehung geführt? Ist er je so geliebt worden, wie er Franziska Brand geliebt hat? Liebt ihn aktuell jemand, der den Mumm und die Kraft hat, ihn zu retten? Vor dem Ertrinken. Vor dem Verbrennen. Vor dem Verdursten. Vor dem Auskühlen. Es wird kälter.

*

Der Himmel ist bedeckt. Die Sonne bemüht sich nicht sonderlich, das schmierige Wolkengeflecht zu durchstoßen. Sie schimmert halbgar durch das graue Band, wie eine alte Glühbirne durch Milchglas. Nach einer rabenschwarzen Nacht treibt Heinrich Pohl nun schon den zweiten Tag im Meer. Zumindest den zweiten Tag bei Bewusstsein. Seine Kopfschmerzen gehen im allgemeinen Gefühl von Dumpfheit unter. Die Nase blutet nicht mehr. Das Meer ist ruhig.

Sein Magen rumort. Er weiß, dass er verhungern könnte. Da er noch über ein paar Bierdosen verfügt, würde dies vielleicht sogar vor dem Verdursten passieren.

Der Clown hängt weiterhin an seinem Körper in einem Sicherheitsabstand von etwa zehn Metern.

»Hee«, schreit Heinrich in die Richtung des immer noch auf dem Rücken treibenden Clowns. »Hee, Clown!«

Heinrich ruckelt am Seil. Keine Reaktion.

»Hee, Clown! Hörst du mich?«

Heinrichs Rufe sind eher Geräusche. Sein Stimmapparat ist versalzen und aus der Übung. Dem Gekrächze eines Seeräuberpapageis ähnlich.

Im nächsten Moment vollzieht sich in Heinrichs Blickachse ein folgenreiches Manöver. Etwa weitere zehn Meter hinter dem Clown paddelt das Lama vorbei und blickt Heinrich mit einem, na ja, Gesichtsausdruck an, der zu sagen scheint: Ihr könnt mich alle mal! Das Tier schwimmt in Richtung Horizont davon. Heinrich denkt: Clown. Lama. Zirkus. Die Erkenntnis, dass Clown und Lama zusammengehören könnten, vollzieht sich im Moment ihrer Trennung. Der Lamahals samt Kopf wird immer kleiner. Es scheint, als werde das Tier langsam, aber stetig vom Meer verschluckt. Vielleicht ist es nicht einmal ein Schein, sondern ein Sein, und das Lama ersäuft just jetzt im Schwinden seiner Kräfte. Da taucht aus dem Nichts ein Kasten auf. Ein großer, wuchtiger Gegenstand. Schwarz. Oder braun. Als wäre dem scheidenden Tier ein Sarg bestellt worden. Aber wenn es einen Sarg hätte, müsste es ja gar nicht ertrinken, denkt sich Heinrich. Ein Sarg als lebensrettende Schwimmboje. Kennt er das nicht aus einem Film? Oder einem Buch? Jedenfalls treibt auf Clown und Heinrich etwas zu. Ein Schiff? Ein Boot? Ein Container? Eine weitere Box voll Getränkedosen? Heinrichs Puls steigt.

Heinrich sieht zu dem Clown. Seine drei roten Bommel auf dem weißen Oberteil, die sich durch die vordere Öffnung der Rettungsweste schieben, wirken wie blutende Einschusslöcher. Die Schminke scheint wasserfest, oder der Mann ist totenbleich. Wasserleichenbleich? Dann wäre er wohl aufgeblähter.

»Warum bist du eigentlich noch nicht verdurstet?«

Heinrich krault im Bogen um den Clown herum, bringt sich so zwischen ihn und den schwimmenden Quader.

»Was kann das nur sein? Siehst du das auch, Clown? … Ich glaub, ich bin verrückt. Oder bin ich tot?«

Heinrich ist sich sicher, dass die Halluzinationen die Vorboten seines Ablebens sind. Es erwischt ihn bald, das weiß er.

»Das kann doch nicht sein. Das ist …«

Heinrich ohrfeigt sich selbst. Dreimal. Seine Nase beginnt

wieder zu bluten. Er schüttelt sich den Unglauben aus dem Gesicht. Blutstropfen segeln durch die Luft. Der Unglaube bleibt. Auch dieses ihm bekannte Aroma. Es schiebt sich entgegen des Nasenblutstroms aufwärts gen Geruchsinn. Diese süßlich-würzige Note von in Whisky getränkten Kirschblüten und abgestandenem Rauch.

»Wahnhaft oder wirklich, das ist …«

# 8

## Der Antiquitätenladen und das Versteck

»... unser Klavier?«

Heinrich trägt seinen gerade erworbenen Firmanzug. Am Hemdkragen fehlen schon zwei Knöpfe, Opfer eines heftigen Reißens an Heinrichs Hemdfront. Sein erboster Vater war besorgt, Heinrich würde den neu gekauften Anzug ruinieren, wenn er darin in den schmutzigen Antiquitätenladen ginge. Heinrich ließ sich nicht einschüchtern. Seine Kragenknöpfe aber schon.

»Ja, Heinrich. Unser Klavier. Schau mal unten am linken Standbein nach.«

Onkel Wendelins Pfeifenmundstück klackert ihm beim Sprechen gegen die Zähne. Aus dem Holzkopf dampfen kleine Wolken empor. Es scheint, als wären Pfeife und Piano aus dem gleichen Holz geschnitzt.

»Warum unten? Warum am Klavier?«

»Sag mal, ist das nicht dein neuer Firmanzug? Der ist ja schon kaputt. Hat euch der alte Boniberger zweite Ware verkauft?«

Heinrichs Blick sagt alles. Onkel Wendelin sieht ihn nur mitleidig an.

71

Heinrich wiederholt: »Warum am Klavier?«

»Weil da keiner nachschaut.«

»Wir können doch auch die Poritze von dem Terrakotta-Daniel da drüben nehmen. Da guckt auch keiner nach.«

»Und wenn der verkauft wird? Heinrich, das Klavier bleibt immer hier. Ist immer da. Es gehört uns. Hier unten, sieh selbst.« Onkel Wendelin kniet sich auf alle viere. In seinen Knien knackt es, wie knirschende Schritte auf Kies. Er dreht ein quadratisches Ornament, welches oberhalb des linken kurzen Standbeines angebracht ist, zur Seite. Ein kleiner Hohlraum kommt zum Vorschein.

»Und was sollen wir da reintun?«

»Alles, was wir wollen. Fragen. Anregungen. Erklärungen. Ängste. Bitten. Forderungen. Antworten. Geheimnisse jeder Art. Was dich stärkt. Was mich umwirft. Was dich nervt. Was mich interessiert.«

»Okay, aber wir könnten ja auch einfach darüber reden. So wie immer.«

Onkel Wendelin, der sich mittlerweile wieder aufgerappelt hat, fischt einen Kugelschreiber aus seiner Brusttasche. Er entfernt das Preisschild des hölzernen Wiener Schaukelpferdes aus dem Jahre 1845, das gerade hinter dem Klavier steht und auf dem schon der kleine Sigismund Schlomo Freud geritten ist. Über die Rückseite des Schildes lässt er den Stift schwingen. Er sieht dabei aus wie ein Kellner aus einem Kaffeehaus, der eine Bestellung aufnimmt. Mit dem Zettel im Mund und dem Stift hinterm Ohr bemüht er sich wieder nach unten, dreht die Ornamentklappe, ein Holzfresko einer Lilie, zur Seite, steckt den Zettel hinein, verschließt die Lade und ächzt sich wieder hoch.

»Heinrich, ich möchte dir sagen, ich habe dich sehr lieb.«

Heinrich schaut seinem Onkel mit fragender Miene ins ernste Gesicht.

»Das weiß ich doch, Onkel Wendelin.«

Onkel Wendelin deutet auf die geheime Klappe am Klavier. Heinrich braucht einige Sekunden, bis er begreift, dass er dahinter nachsehen soll. Seufzend bückt er sich, dreht den Deckel zur Seite und fischt das bekritzelte Preisschild heraus. In der Hockposition liest er vor: »Einhundertfünfundneunzig D-Mark.«

Onkel Wendelin verdreht die Augen. Heinrich wendet grinsend das Papierkärtchen. Er liest, was sein Onkel auf die Rückseite geschrieben hat.

Plötzlich beginnt alles zu leuchten.

Heinrich muss sich auf seinen Hosenboden setzen. Die Stimme seines Onkels scheint aus einer anderen Galaxie zu ihm zu dringen.

»Du kannst mit mir über alles reden, Heinrich. Aber vielleicht willst du das mal nicht. Oder es ist gerade nicht möglich. Dann schreib es auf. Manche Worte kommen auch nur schwer über die Lippen. Manche Worte entfalten auf Papier eine größere Wucht. Manche Worte klingen geschrieben anders. Und geschriebene Worte hallen anders nach. Tiefer. Nachhaltiger. Manchmal auch lauter. Ewiger.«

Heinrich starrt immer noch auf das Kärtchen in seiner Hand. Er begreift nun die Kraft ihres neuen Verstecks. Die Bedeutung und die Tragweite. Er versteht diese Abmachung zwischen seinem Onkel und ihm als Geburt einer neuen Vertrauensebene.

Onkel Wendelin schließt: »Das soll aber nicht heißen, dass wir nicht mehr sprechen. Alles soll und darf gesagt werden. Diese Kammer hier unten ist eine Notlösung, in Ordnung? Oder ein Tabernakel der … Tiefe.«

Über Heinrichs Wangen laufen zwei Tränen. Er steckt das Preisschild in die innere Brusttasche seines Jacketts. Dann umarmt er seinen Onkel.

Sein Herz pocht währenddessen gegen die Karte. Es haucht dem Satz, der dort in Wendelin Pohls geschwungener Schrift ruht, Leben ein.

Der Satz schlägt einen Takt.

*Ich liebe dich so sehr, wie ich Kerstin geliebt habe.*

Er schlägt im Takt.

Im Takt von …

# 9

## Das Meer und die Sortierung

… Heinrichs Herz, das mittlerweile ein unregelmäßiges Züngeln fabriziert, wie ein Feuer in einem Brennofen. Ähnlich launenhafte Takte schlagen die Büchsen, die gegeneinander klimpern. Die Wellen, die gegeneinander schippern. Die Getränkebox, die gegen den schwankenden Klavierkasten schlägt. Ein Konglomerat aus Schlägen, Klopflauten und Klimperklängen. Schicksalsmusik. Als klappere Gevatter Tod mit den Wasserknochen oder als klöppelte Poseidon die Fischgrätensonate. Irgendwoher bollert ein dumpfer Bass übers Meer. Ein Dampferhorn? Ein Delfin, der mit seiner rettenden Schnauze von unten an den Klavierkasten stupst? Der Wal, der schon Jonas gerettet hat?

Erst jetzt begreift Heinrich, dass hier etwas nicht stimmt: Ein Klavier dürfte niemals schwimmen. Bei all dem Gusseisen, dem Stahldraht, dem Kupfer, den Massivholzverleimungen, den vollgesogenen, mit Filz überzogenen Hammerköpfen. Doch Wendelins und Heinrichs, ja Kerstins, Klavier ist kein gewöhnliches Klavier.

Heinrich nähert sich dem Instrument durch leichte Schwimmbewegungen. Und er erkennt, dass der schwere Kasten von einer

Art Luftkissen getragen wird. Ein graues aufgeblasenes Kunststoffgebilde trägt das Klavier wie ein Ober sein Tablett über den Ozean. Es ist, soweit erkennbar, ein kleines Schlauchboot, einem massiven U-förmigen Lufttank gleich. Das Mini-Rettungsboot eines kleineren Schiffes. Der Tiefgang liegt bei fast hundert Prozent, deswegen scheint es so, als schwebe das Klavier einige Zentimeter über der Wasserlinie. Zwei Spanngurte fixieren den Holzkasten auf dem Boot. Seltsam. Wer rettet denn ein Klavier?

Alles schwankt. Das Seil, das den Clown bei Heinrich hält, schneidet sich scheuernd in seine Hüften. Als würde er von nagenden Meeresbewohnern gebissen. So, wie sich die Klaviatur ins Gehäuse verbeißt. Unverkennbar IHR Klaviergehäuse. IHR Instrument. Ist es überhaupt noch ein Instrument? Verliert ein Ding nicht seine Bedeutung, wenn es seine Wirkung verliert? Oder hat sich seine Wirkung verändert? Ein weiteres Rätsel im Rätsel um Heinrich Pohl.

Das Klavierboot könnte Heinrichs Rettung sein. Seine Holzinsel, auf der er ausharren, an die er sich klammern kann. Mit akrobatischer Balance und immensem Kraftaufwand bringt Heinrich den Pianokorpus in eine Position, in der er ihn erklimmen könnte. Mit steigender Hoffnung und im Wissen, darauf wie auf einem Holzsteg liegen zu können, macht er sich an die Besteigung. Er fasst nach der linken Klavierbeinverstrebung, lässt die Getränkebox los, versucht sein rechtes Bein auf dem Korpus zu fixieren, ergreift mit der zweiten Hand die Verstrebung und kommt in Bruchteilen von Sekunden zur Erkenntnis: Das Klavier wird ihn nicht retten. Es sinkt trotz luftigem Untergrund sofort unter Wasser. Saugend zieht sich das Meer in die Ritzen des Gehäuses, am Resonanzboden vorbei, leckt im Inneren nach der Klaviermechanik, bestehend aus einem diffizilen

Spielwerk aus Federn, Zungen, Stößeln, Dämpfern und Hämmern und Saiten. Sofort stößt sich Heinrich vom Korpus zurück. Das Klavier nimmt wieder seine waagrechte, wacklige Position auf dem Wasser ein, während es gurgelnd mit ihm schimpft.

Könnte er es doch nur vom Schlauchboot lösen. Die Spanngurte öffnen und die beiden Elemente, pneumatischer Kunststoff und massives Holz, voneinander trennen. Doch mittlerweile sind schon die einfachsten Schwimmbewegungen Anstrengung genug, wie soll er da ein technisches Manöver dieses Ausmaßes durchziehen? Er greift unter dem Holzkorpus hindurch zum Luftkissen, das sich gänzlich unter Wasser befindet. Sein prüfender Griff gibt ihm zu verstehen: Das Schlauchboot ist nicht mehr im Vollbesitz seiner Kräfte. Gezeichnet durch die Last des Klaviers. Der Luftvorrat geht zur Neige. Seine Havarie ist um eine Tragik reicher.

So greift der Mensch zu Altbewährtem – zur Getränkebox, die sich beleidigt einige Meter entfernt hat.

Heinrichs Blick ruht lange auf dem nassen Holz, das getrocknete Salzflecken ziert und Erinnerungen aus einer anderen Welt hervorruft. Da ist ein dunkles Etwas, der seit dem Wiederauftauchen der Klavierecke an den Pedalen hängt. Ein Tier vielleicht? Eine Meeresschildkröte? Eine Robbe? Ein Rochen? Die beiden Zahlenschlösser und der Griff, der sich am ersten Pianopedal einhakt wie die Armbeugen zweier Großmütter bei einem Roland-Kaiser-Konzert, passen nicht zu einem Lebewesen.

Ein Koffer! Ein schwarzer Lederkoffer, wie er in Mafiafilmen und Kriminalromanen vorkommt. Oder an der Wall Street. War der Koffer unter dem Boot gefangen? Oder hing er schon immer an den Pedalen? Ist Heinrich Pohl ein Klavier spielender

Börsenfuzzi? Oder ein auf die schiefe Bahn geratener Mafiaboss, dessen Hausrat im Zuge eines Clan-Disputes in Sizilien ins Meer gekippt wurde, mit ihm hinterher? Findet er nun seine verloren geglaubten Koksvorräte? Ist er studierter Klavierstimmer und hat in dem Koffer nur seine Lunchbox befördert? Ist er gar Pianist im Orchester der New Yorker Philharmoniker, die sich zusammen mit dem Zirkus Roncalli auf Kreuzfahrt durch die Karibik befinden und nach einer Schiffskatastrophe untergingen? Sind Heinrich Pohl, der Clown und das Lama die einzigen Überlebenden?

Vielleicht ist der Koffer auch einfach nur ein Aktenkoffer mit belanglosem Inhalt. Oder völlig leer. Auf einem gewasserten Klavierkasten hat er dennoch nichts verloren.

Eine Kastanie treibt an ihm vorbei.

Kastanien sind keine Meerespflanzen. Aber es ist ganz sicher kein kleiner Mondfisch und auch kein stacheloser Seeigel. Es ist eine Kastanie. So prompt diese wippende Kastanie auftaucht, so plötzlich erscheint auch das Bild von Onkel Wendelin.

Das Bild eines Rituals. Einmal im Jahr, im Herbst, erhielt Onkel Wendelin eine Briefsendung. Das typische Postbraun des kleinen Päckchens hatte die gleiche Färbung wie Teile des Bierlogos auf den mexikanischen Büchsen. Heinrich erinnert sich an die fieberhafte und ungeduldige Entgegennahme der Sendung. An Onkel Wendelins feierliche, aber hektische Öffnung. Daran, wie er den darin befindlichen Gegenstand langsam und vorsichtig herausnahm, als würde er Sprenggut aus dem Luftpolsterkuvert ziehen. Dabei war es stets nur eine kleine Schachtel. Wendelin hob den Deckel mit der Grazie eines Bräutigams, der seiner Zukünftigen den Ring präsentiert. Nur dass der Ring eine Kastanie war. Eine zwar leuchtend schöne, aber schlichte Kastanie. Onkel Wendelins Bewunderung derselben dauerte oft viele Minuten, als würde er in der Kastanie Bilder entdecken. Dazu summte er eine Melodie. Wie einen Soundtrack zu diesen Bildern.

Zum Abschluss öffnete er die Vitrine des Apothekerschranks, roch ein letztes Mal an der Kastanie, platzierte sie oben auf dem rötlich-braun glühenden Kastanienberg und verschloss die Monstranz wieder. Ein Jahr, eine weitere Kastanie. Die Schale füllte sich.

Diese vorbeischwimmende Kastanie wird wohl kaum aus Onkel Wendelins Vitrinenbestand stammen, und selbst wenn, würde sie Heinrich nicht als Rettungsanker dienen. Kein Artikel aus der Vitrine könnte Heinrich hier helfen. Onkel Wendelin haben sie offenbar geholfen. Das Geheimnis hat er nicht gelüftet. Die richtige Zeit, wie von Onkel Wendelin angekündigt, war nie gekommen. Oder kann sich Heinrich nur nicht an die Auflösung erinnern? Die fünf Gegenstände hat er jedenfalls nicht vergessen.

*

Sein körperlicher Zustand verschlechtert sich zusehends. Einzig die Einnahme von mexikanischem Bier hält ihn noch am Leben. Ein Ersatz für Kohlenhydrate ist das freilich nicht. Sein Glykogenspeicher ist leer. Immerhin verdurstet er nicht so schnell. Kokosnusswasser wäre ihm lieber, aber wo soll man da anfangen? Es reicht, dass Heinrich weiß, wie es aufhört.

In seiner Sitz-Klammer-Balancier-Position studiert Heinrich den Koffer. Eventuell befinden sich darin Leuchtraketen oder gar Funktelefone mit Weltempfänger. Hilfe wäre per Rettungsdampfer oder Wasserflugzeug schnell vor Ort.

Vielleicht schwimmen in der Umgebung weitere Überlebende. Ein Zusammenschluss mit Gleichgesinnten beziehungsweise Gleichbeschicksalten könnte Kräfte mobilisieren und Kreativität fördern. In Sachen *Brainstorming for Lifesaving* zählt jede Gehirnzelle. Außerdem: Gemeinsam stirbt es sich leichter.

Geteilter Tod ist halber Tod.

Manche behaupten, beim Sterben sei jeder alleine.

Nicht so Onkel Wendelin.

»Wo willst du einmal begraben werden?«, fragt Heinrich seinen Onkel an einem tristen Herbsttag.

»Sehe ich so schlecht aus, dass du mich nach meiner letzten Bettung fragst?«

Heinrich sieht seinen Onkel lange eindringlich an.

»Ich bin jetzt vierzehn, Onkel Wendelin. Ich sterbe erst in vielen Jahren. Aber du bist alt, und da will ich wissen, ob du lieber auf dem Friedhof liegen möchtest oder neben der alten Linde am Wald?«

»Da muss ich dich enttäuschen, Heinrich, mir geht es wunderbar. Ich bin zwar ein wenig älter als du, aber einige Jahre bringe ich noch auf die Uhr, da bin ich mir sicher. Meine Stimmung ist blendend, mal abgesehen davon, dass ich diese ollen Postkarten sortieren muss. Aber da haben wir es schon. Die ganzen theologischen Diskurse kennst du ja, mein Junge. Was passiert in der Sekunde des Todes? Rast man auf ein gleißendes Licht zu? Sieht man sein Leben in flott flatternden Bildern an sich vorbeiziehen? Und was ist nach dem Tod? Bumm, einfach aus? Schwarzer Bildschirm? Nichts? Oder Fegefeuer? Eine Beurteilung durch die oberste Instanz? Und dann die Sache mit der Seele. Manche behaupten, beim Sterben segelt sie irgendwohin. Oder inkarniert in einem neugeborenen Individuum. Ich hingegen glaube, dass sich die Seele im Falle des Abtretens Beistand holt. Von nahestehenden Seelen. Von den Seelen unserer Liebsten. Quasi ein Familientreffen der Seelen.«

»Nur von den toten Seelen? Oder kommen da auch die lebenden?«

»Eine Seele ist weder tot noch lebt sie. Eine Seele ist selig. Was denn sonst? Du weißt, ich bin Optimist. So sage ich, dass alle seligen Seelen von den verstorbenen wie lebenden Liebsten erscheinen. Und nie wieder gehen. Das kommt der Vorstellung vom Paradies doch schon sehr nahe, meinst du nicht auch? Dann wird gesungen, bis die Bude wackelt. Oder vor unserem Haus in den Bergen am Meerstrand auf dem Gipfel in der Sonne gefaulenzt.«

»Hä?«

Heinrichs Gesicht verzieht sich fragend in die hintere Ecke einer Grimasse.

»Na klar«, freut sich sein Onkel. »Wir wohnen am Meer, direkt in den Dünen, auf dreitausend Meter Höhe in den Bergen. Wir können nach dem Wellenreiten direkt auf Klettertour gehen. Maritimer Hochalpinismus, verstehst du? Und am Spätnachmittag schiebt das Meeresrauschen Stück für Stück das Abendrot über die Gipfel.«

»Ist Vaters Seele auch da?«, fragt Heinrich.

»Soll sie denn da sein?«

»Natürlich nicht.«

»Okay, Heinrich, dann ist sie nicht da. Bei meiner seligen Familienfeier ist sie da, aber sie wird sich zum Besten verändert haben. Alle sind spitze drauf, alle sind verliebt, und alle singen.«

Onkel Wendelins Hände sind sofort auf der Tastatur und feuern beschwingte Akkorde durch den Antiquitätenladen.

Dann hält er inne. Die Melancholie trifft ihn so schnell, wie draußen der Regen plötzlich stoppt. Wendelins Blick hängt irgendwo zwischen den alten Lampenschirmen an der Decke, während seine Handflächen ausgebreitet und behutsam auf der Klaviatur ruhen.

»Und liegen werde ich in der Erde über unserer Kerstin.« Nach kurzem Innehalten erklärt Wendelin mit starrem, aber verträumtem Blick, der sich in den Staubpartikeln seines Ladens verliert: »So bin ich ihr am nächsten. Ich liege dann genau auf ihr, verstehst du? Ich will nicht neben Kerstin, sondern direkt über ihr beerdigt werden. Falls mein Sarg zerfällt, alles zu Staub und Erde wird, dann werden meine Gebeine auf ihren liegen. Ich auf ihr. Ich bin sie, und sie wird ich sein.«

Wendelins linke Hand sucht nun nach Heinrichs. Die Rechte bleibt weiterhin auf den Tasten liegen. Heinrich hat das Gefühl, Onkel Wendelin würde gerne etwas erklären. Zumindest kommt es ihm so vor, als würde sein Onkel versuchen, eine Verbindung zwischen dem Klavier und Heinrich herzustellen. Einen Austausch zwischen den beiden Endpolen lebender Heinrich und selige Kerstin. Wendelin als Batterie. Oder Leitkörper. Sein Blick bleibt verträumt. Seine Stimme verschnupft.

»Dann, mein liebster Heinrich, werden die Familienfeiern niemals enden.«

*

Heinrich weiß nicht, wie es um Onkel Wendelin steht. Ob dieser immer noch alte Wertgegenstände verkauft, gerade seine Pfeife stopft oder aus seinem Whiskyversteck einen feinen Tropfen fischt? Ob er in diesem Moment Herrn Steckmeier die hundertste Buddelflasche verkauft oder schon bei seiner Kerstin unter der Erde liegt? Heinrich selbst wird unter keiner Erde liegen. Sondern auf nassem Stein oder Sand gebettet. Als Sargdeckel unzählige Tonnen Salzwasser.

Doch noch ist er am Leben. Daran besteht kein Zweifel, denn das Seil scheuert weiterhin schmerzhaft an seinen Hüften. Heinrich hat den Sitz der Schlinge ständig verändert. Anstelle der erhofften Linderung resultiert daraus ein breitflächiges Band an Schürfwunden. Wie ein Nierengurt aus Feuerquallen. Hinzu kommt das Gefühl, dass der Clown an Auftrieb verliert. Heinrich verliert seit geraumer Zeit immer öfter den sicheren Halt auf seiner Box. Nicht erst seit seinem Versuch, das Klavier zu inspizieren.

Der Clown stört. Es reicht. Welch sonderbare Zusammengehörigkeit sie auch einen sollte, es geht hier schließlich um Tod oder Leben.

Oder zumindest um ein etwas längeres Leben. Oder zumindest um ein bequemeres Ableben.

»Wer bist du? Ein Pennywise der Meere? Ein Hansdampf in allen Wassergassen? Mein Verbündeter? Mein Schicksal?«

Das Gesicht des Clowns liegt stumm und zufrieden, regungs- und ausdruckslos im Wasser. Heinrich blickt ihn lange an. Keine Reaktion. Der Clown weckt in Heinrich keinerlei Erinnerung. Es zündet kein Geistesblitz. Das Seilende hängt aus Heinrichs Hand schlaff ins Wasser.

Wie eine Angelschnur.

Angelschnur! Angeln!

Heinrich geht angeln. Zumindest lässt er das Klavier angeln. Es angelt den Clown. Und befreit ihn von der Last.

Heinrich öffnet den Knoten an seiner Hüfte, welcher keine seemännische Professionalität erkennen lässt, mit schmerzenden Händen. Auf der schwankenden Box zieht er den Clown zu sich heran. Der vollführt nach Straffung des Seils ein seltsames, orientierungsloses Manöver, fügt sich dann aber doch dem ihm vorgezeichneten Weg. Heinrich gleitet von seiner Rettungsinsel und legt das Seil um die Beinverstrebung des Klaviers.

Seine Kräfte schwinden. Selbst eine einfache Aufgabe wie das Verknoten eines Seils ist unendlich mühevoll, so als würde er wie einst Toni Kurz in der Eiger-Nordwand hängend seine Kräfte verlieren. Eines hat die Eiger-Nordwand mit dem Atlantischen Ozean gemein: Beides sind Naturgewalten, die an den Kräften zehren. Wenn es sein muss, bis einer weint – und dann stirbt.

Müde blickt Heinrich in die Ferne. Er meint, ein Flugzeug am Horizont zu registrieren. Ihm ist, als ob sein Kondensstreifen ein Victory-Zeichen formt.

Sieg, ja bitte, da steht es doch. Hilfe, denkt er sich.

»Scheiße«, sagt er.

Schiffe sieht er nicht. Nur sein eigenes verzweifeltes Universum. Das muss sich ändern. Neue Tatkraft kommt auf. Auch wenn er sich langsam wie ein aufgeweichter Teil des Meeres fühlt.

Immerhin hat er seinen Körper vom lästigen Clown befreit. Dieser ist jetzt mit dem Klavier verbunden, welches wiederum am Schlauchboot fixiert ist, das wiederum am seidenen Faden seines eigenen Luftinhalts hängt.

Heinrich hingegen fühlt sich von einer Last befreit. Wenngleich in seinem Herzen ein kleiner Fleck um Hilfe schreit, als würde er diese Last vermissen.

Heinrich erklimmt wieder seine Getränkebox. Auch wenn er sie verlässt, er behält sie immer in seiner Nähe.

Ermüdet, aber einer auffrischenden Überlebensbrise folgend, widmet er sich dem Aktenkoffer.

Die Chance, darin ein rettendes Utensil zu finden, ist größer, wenn man reinschaut.

Der Koffer liegt sezierfertig auf dem Pianokasten. Vor Heinrichs Augen tanzen Glühwürmchen, Kopfweh setzt ein. Von innen sticht etwas gegen seine Stirn.

Heinrich starrt erschöpft auf die Zahlenkombination. Die Zahlen flimmern auf und ab. Die Wahrscheinlichkeit, eine sechsmal zehnstellige Zahlenkombination zu knacken, liegt bekanntermaßen bei einer Million. Doch daran verschwendet Heinrich keinen Gedanken. Ohne eins der sechs Rädchen auch nur zu berühren, vollzieht er die typische Kofferschlossentriegelung.

Erst links. KLICK!

Dann rechts. KLICK!

Der Koffer springt auf. Das Glück des forschen Optimisten. Bevor Heinrich hineinsieht, murmelt er: »Eine Leuchtrakete, bitte. Nein. Ein Satellitentelefon, bitte. Nein. Ein Elektroboot, bitte.« Er hebt den Deckel langsam an. Linst unter den sich hebenden Deckel. So, wie man bei Kniffel in der Hoffnung auf fünf gleichwertige Würfel unter den Becher schielt. Würfel findet er aber nicht.

»Eine Hand.«

Kein Zweifel: Im Koffer liegt eine menschliche Hand. Ein männliches, erwachsenes Greiforgan. Sauber abgetrennt, proximal des Handgelenks, wie durch einen Schnitt. Nicht abgerissen, nichts zerfetzt. Eher Produkt eines chirurgischen Eingriffs. Skalpell oder scharfe Klinge, vermutet Heinrich. Keine überhängenden Sehnen, Knochen, Muskelfetzen oder sonstige Gewebereste. Allerdings schwimmt die Hand wie eine Currywurst in einer dicken, roten Soße aus Blut und Meerwasser.

Eine Totenhand? Ergebnis einer Straftat? Symbol eines Aberglaubens? Ein Drogenversteck? Organspende? Eine Warnung, quasi als Pars pro Toto, an Heinrich? An den Besitzer des Koffers? Strafe nach schlechtem Klavierspiel?

Heinrich verspürt nichts. Weder Schock noch Grauen.

»Eine Hand …«

# 10

## Der Antiquitätenladen und der Tod

»… wäscht die andere!«

Heinrichs Bruder Rolf-Egbert Pohl stellt sich in seinem lächerlichen Sherlock-Holmes-Aufzug mit gegen den Wind aufgestelltem Kragen vor Heinrich. An seiner ausgestreckten, zum Schlag bereiten Hand pfeifen die für April ungewöhnlichen Schneeflocken vorbei. Es ist kurz nach Mittag, doch der Tag scheint heute nicht aus dem Bett zu kommen. Isländische Verhältnisse. Die richtige Atmosphäre für schlechte Botschaften.

»Wie, Egbert? Was hast du gesagt?«

Mit hochgezogenen Wangenmuskeln und zusammengekniffenen Augen versucht Heinrich seinen Bruder zu verstehen.

»Eine Hand wäscht die andere. Du hast uns immer so viel Freude bereitet, wenn wir dir die Luft aus deinen Fahrradpneus entweichen ließen, kurz bevor du in den Gebrauchtwarenladen wolltest. Oder wenn wir in der Schule deine Hausaufgaben in den Mülleimer segeln ließen. Es war immer eine Wohltat, zu beobachten, wie viel Angst du vor Vater hattest. Wie hilflos du an Mamas Rockzipfel hingst. Wie du von Großonkel Thaddäus nix, aber auch gar nix vom Erbe abbekamst … So viele schöne

Erinnerungen. Da will ich mich revanchieren und derjenige sein, der dir die Nachricht überbringt. Ich …«

»Stopp!«, unterbricht Heinrich ihn. »Was ist passiert?«

Rolf-Egberts Gesichtszüge gleichen nun einer lauernden Katze, jederzeit bereit, sich auf ihre Beute zu stürzen. Er kichert damenhaft in seine viel zu langen Fingernägel.

»Was soll das, Egbert?«

Heinrich nennt ihn stets Egbert, im Wissen, dass Rolf-Egbert die Reduktion seines Doppelnamens wurmt. Und wie immer antwortet dieser: »Wohl zu dumm, dir meinen Namen zu merken.« Dabei tippt er sich nervös an seine Schläfe. Nach drei Sekunden hat er sich wieder gefangen, schüttelt seinen Kragen erneut aus, nimmt wieder die bedrohliche Haltung eines Raubtiers an.

Dann vernimmt Heinrich Rolf-Egberts Nachricht. Eisig. Winterlich. Nichts vom unschlüssigen April im Klang. Eher ein von sich überzeugter Januar im sibirischen Oimjakon. Bitterkalt und klar. Ohne jeglichen sarkastischen, zynischen, ironischen Unterton. Vier Worte – eine beißende Peitsche aus Buchstaben, die durch Heinrichs Gehör, Gesicht und Herz schneidet.

»Onkel Wendelin ist tot.«

Es heißt, kurz vor dem Einschlag einer Kugel, eines tödlichen Geschosses, eines aus der Kontrolle geratenen Fahrzeugs, wird die Wahrnehmung verlangsamt, aber in ihrer Intensität gesteigert. Eine kurze Miniatursequenz vor der sich anbahnenden Tragödie. Vor Eintritt des eigentlichen Ereignisses. Vor Eintritt der Dunkelheit.

Alles bebt …

# 11

## Das Meer und die Reise ins Ich

… alles wackelt. Alles schaukelt. Alles hebt und senkt sich. Horizonte. Wellenkämme. Gegenstände. Zwei Körper. Und alle Erwartungen. Die Haut seiner Lippen schält sich wie alte Rinde von Birkenbäumen. Und das Licht dringt immer tiefer in die dunklen Kammern seiner Erinnerung vor, erhellt nach und nach die Räume, die das große Ganze ergeben.

Das Leben des Heinrich Pohl. Das Sterben des Wendelin Pohl.

Dichte. Besitzt ein Gegenstand eine größere Dichte als Wasser, geht er unter. Der Auftrieb wirkt dem entgegen. Ist der schwimmende Gegenstand aber porös, ist das Sinken unaufhaltsam. Die einst prallen Lufttanks des Schlauchboots sind durchlöchert. Das Piano drückt mit seinem ganzen Gewicht darauf. Es wird alles mit in die Tiefe ziehen, auch den Clown.

Heinrichs Kraft schwindet. Die Verzweiflung wächst.

Seine Daseinsberechtigung scheint verwirkt. Einziger Hoffnungsschimmer: die Rettungsweste des Clowns. Seine letzte Schutzbastion vor der unerbittlichen Tiefe.

Die Sonne wirft ein Licht auf das Wasser, für das berühmte Maler ein Ohr gegeben hätten. Die Symbiose von Sonne und Horizont lässt das Wasser bluten.

In diesem Blut schwimmt Heinrich auf seiner Getränkebox, die Rettungsweste, die er dem Clown nicht ohne schlechtes Gewissen entwendet hat, wärmend am Körper. Der Clown treibt nun in einer provisorischen Hängematte, die Heinrich aus dem Seil geflochten hatte, noch bevor er die Weste abstreifte. Viermal hat er das Seil zwischen den beiden Klavierverstrebungen hindurchgeführt, abschließend mit einem unprofessionellen Knoten zusammengebunden. Auf diesem Bett aus nassem Hanf liegt nun der Clown. Einfach untergehen lassen wollte er ihn dann doch nicht.

Heinrichs rasendes Herz hat sich von diesem Kraftakt noch nicht erholt. Es pulsiert. Sein Optimismus ist genau so eingekeilt wie sein Körper zwischen Klavierkasten und Getränkebox. Die Schwimmweste ist ihm zu klein. Eine doppelte Enge. Ihm fällt der Fachbegriff für doppelte Verneinung ein: Litotes. Ein Stilmittel, oft Ausdruck von Ironie. Wie ironisch kann das Leben sein?

Er betrachtet den Koffer, der auf dem sinkenden Piano liegt. Immerhin reicht ihm jemand seine Hand.

»Onkel Wendelin, hilf!«

Die Getränkekühlbox hält ihn treu über Wasser. Die Finsternis darin ist schwarz wie die Manteltasche des Sensenmanns. Und der holt nun den Hampelmann. Denn Neptun holt sich das Klavier.

Der Clown, ein Mensch wie Heinrich. Ein Lebewesen, das nun ohne Rettungsweste und Bewusstsein dem Tode geweiht ist. Er hat Menschen zum Lachen gebracht, davon geht Heinrich aus. Er hat geliebt, höchstwahrscheinlich. Bestimmt gebangt, gehofft, geholfen und geflucht. Vielleicht hat er die Rätsel des Lebens geknackt, vielleicht im Unglück und ohne Frohsinn sein Dasein gefristet. Der Clown wusste von der Endlichkeit seines Lebens. Nun tritt diese ein. Bewusst ist es ihm nicht.

Heinrich verspürt keine Gewissensbisse mehr. Er ist zu schwach dafür. Vielleicht würde er sogar mit dem Clown tauschen. Er fühlt sich wie ein Bergsteiger, dessen Seilpartner bewusstlos über dem Abgrund hängt. Die befreiende und – vorerst – lebensgarantierende Seilkappung ist gemeinhin moralisch akzeptiert. Der Narr schwebt in der dürftigen Schwimmhilfe. Immer noch ohne Bewusstsein.

Allerdings treibt er nun wie von Geisterhand aus seinem Seilbett. Weil dem Schlauchboot die Luft ausgeht und das Klavier schlürfend Wasser aufnimmt. Das Konglomerat setzt sich fast unmerklich ab, jedoch ausreichend, um den Spaßmacher freizugeben. Dieser driftet seitlich ab, ohne selbst dabei zu sinken. Vielleicht halten ihn seine drei roten Bommeln an der Oberfläche. Vielleicht der Salzgehalt des Wassers.

Das Meer würgt.

Heinrich entfernt sich vom Klavier. Wenn es sich nach unten verabschiedet, wird es einen erheblichen Sog erzeugen. Dieser kündigt sich sogleich aus der bitteren, dunklen Tiefe des Meeres an. Eine riesige Luftblase stülpt sich von allen vier Seiten um das Klavier. Die letzten Sauerstoffreste aus dem tüchtigen Schlauchboot explodieren gurgelnd. Als das Salzwasser den Klavierkasten erobert, beginnt es erst langsam zu sinken, dann setzt ein Surren ein, schließlich entfaltet sich ein wirbelnder Sog, in dem Kerstins Klavier mit all seinen Melodien verschwindet. Der letzte Akkord ist ein schmatzendes h-Moll. Einzelne Töne ploppen noch auf, klingen alle gleich, wie an der

Oberfläche zerspringende Glasperlen. Zu dem Geklimper verblasst der braune Holzwürfel im Dunkelgrün.

Einige Meter abseits dreht sich der schwebende Körper des Clowns wie eine Spieluhr-Ballerina in Zeitlupe gegen den Uhrzeigersinn. Mit dem Ende des Sogs hört auch der Körper auf zu wirbeln.

Nun – der unverwüstliche Mensch liegt erhaben, das Gesicht gen Himmel rücklings im sanften Meer. Seine Körperhaltung wirkt unschuldig, ruhig, fast gemütlich. Eine idyllische Regungslosigkeit.

»Die wundersame Ästhetik der Schonhaltung beim Ertrinken«, murmelt Heinrich.

So aus dem Leben zu gehen, zu schweben, hinabzugleiten in die weichen Arme des Todes, hinwegzusacken in einer gelassenen Form purer Entspannung, das ist wohl das Meisterstück des Sterbens. Heinrich ist fast neidisch. Wird er selbst ebenso versinken, in Ruhe seine letzte Ruhe finden? Oder wird er panisch werden, nach Auftrieb zappelnd seine allerletzten Kräfte verschwenden, um dann einen grausamen Tod zu erleiden? Wird sein Leben in Bildern vorüberziehen, flimmernd, vom Meerwasser verwaschen? Wird das unerbittliche Nass seine Lungen qualvoll fluten, ebenso seine anderen Organe? Werden sein Herz durchgespült und all seine Empfindungen ausgeschwemmt? Oder verwandelt sich der Zustand des Daseins sogar in einen vorteilhaften ewigen Traumzustand? In ewige Familienfeiern?

Überhaupt, was wird sein letzter Gedanken sein? Der Gedanke an das Antiquariat? Der Gedanke an Vater und Mutter? Der Gedanke an Tafelrunde, Seele, Fegefeuer? Oder gilt der letzte Gedanke dem Gedanken daran, dass dies eben der letzte Gedanke gewesen sein wird?

Heinrich wendet sich wieder dem Ertrinkenden zu. Das Klavier ist verschwunden. Warum verschwindet der Clown nicht? Er klammert sich ans Leben. Vielleicht klammert er sich an Heinrich? »Wer bist du, Artist? Du schwebender Spaßmacher. Du Bishierher-Überlebenskünstler. Wer oder was bist du?« Heinrichs müde Augen fixieren den Rotschopf. Langsam, fast unmerklich, wechseln die letzten roten Locken des Clowns in glänzendes Bordeaux. Die Haare wirken wie kleine, im Wasser zerfließende Flammen. Die roten Bommel ragen noch wie drei Schornsteine eines sinkenden Dampfers aus der Meeresoberfläche. Zwei kleine Rinnsale füllen die Augenhöhlen. Wasser tritt in die Nasenlöcher. Das Gesicht sinkt unter die Wasseroberfläche. Da verschwinden die drei Bommel mit einem dreifachen leisen Plopp. Die Knie folgen. Nun ragt nichts mehr von ihm aus dem Ozean. Er schwebt wie unter einer blanken Eisfläche im Wasser. Still. Friedlich. Keine Regung, kein plötzliches Zappeln, kein Erwachen. Er sinkt zeitlupenartig. Kleine Blasen steigen aus seinen Nasenlöchern empor. Seine letzten Gedanken? Dem Clown geht die Luft aus. Er wird geflutet. Unten in Neptuns Reich werden sie es mit ihm lustig haben, denkt sich Heinrich. Ihm ist, als höre er wässriges Kinderlachen. Sehen kann er niemanden.

Nur einen Horizont, der die Sonne frisst.

Einen Clown, den das Meer frisst.

Einen Überlebenden, den die Angst frisst.

Als er den Clown nur noch als hellen, verschwindenden Fleck in etwa fünf Meter Tiefe wahrnimmt, beginnt er zu weinen.

Es sticht schmerzhaft im Kopf. Und erbarmungslos im Herz.

Es überkommt ihn eine unendliche Traurigkeit, so tief, dass sie den Meeresboden berühren könnte. Eine fiese Schwermut, wie eine wild gewordene Herde von Heimwehattacken.

Er weiß nicht warum.

Plötzlich würde er den Clown gerne retten.

Er ist zu schwach.

Von irgendwoher kommt ein Satz, der fast wie ein Gebet seine Lippen verlässt: »Auf dem Meeresgrund ist der Himmel immer nass.«

*

Einsamkeit. Schwäche. Zittern. Magenschmerzen. Hunger. Kein Lama. Kein Clown. Nur er, eine Getränkebox, eine Rettungsweste, Fragmente seines Lebens, ein Aktenkoffer ohne Akten – dafür mit Hand, sozusagen eine Handtasche.

Verzweifelt und ungeschickt öffnet er den Koffer, greift nach der Hand und betrachtet sie lange. Die fremden, roten Fingerabdrücke, Sinnbild für Individualität und Einzigartigkeit, werden zu sich verschlingenden Ellipsen. Alles beginnt sich zu drehen. Heinrich schließt die Augen, führt die abgetrennte Hand zum Mund und wagt einen halbherzigen Biss. Sofort muss er sich übergeben. Erbrochenes mischt sich mit Meerwasser und Blut. Kannibalismus ist auch keine Lösung.

*

Konfabulation. Eine evolutionäre Blockade, die das Zugeben von Fehlern unmöglich macht und somit den Überlebensimpuls steigert. Die eigene Existenz unterstreicht, um sie zu erhalten. Den Wert des Daseins überhöht, damit es sich lohnt, darum zu kämpfen. Wahr oder falsch oder beides. Halb voll oder halb leer, Hauptsache weg damit. Im Hier und Jetzt. Im Später. Fürs Später. Also.

Heinrich Pohl denkt. Ergo Est.

Heinrich schwindelt.

Alles schreit nach Kapitulation.

Kapitulation verlangt Opfer. Nämlich die eigene Überzeugung, es zu schaffen. Bist du bereit, dieses Opfer zu bringen?, brüllt es in ihm.

Heinrich öffnet die Augen. Am Firmament erblickt er ein Objekt. Vielmehr einen glitzernden Punkt, gefolgt von einem weißen, pulvrigen Schweif. Das Lichtlein scheint davor zu fliehen. Wie ein Hase vor dem Fuchs. Wie ein Sterbender vor dem Tod. Der verschwindende Lichtpunkt blinkt Signale. Kein SOS. Aber er blinkt in regelmäßigen Abständen.

Ein Flugzeug?

Ein Flugzeug, das in unerreichbarer Distanz über ihn hinwegfliegt. Ein Flugzeug.

Ein Flugzeug.

»Ich bin Heinrich Pohl, und das da oben ist ein Flugzeug.«

Ein Flugzeug, denkt sich Heinrich.

Ein Flugzeug. Natürlich.

Natürlich.

Im Flugzeug ...

# TEIL 2

*In Amerika*

# 1

## Im Flugzeug

Ich steige in das Flugzeug nach Amerika, und das Erste, was ich sehe, ist ein Mann mit goldener Brille, goldener Rolex und riesigem Cowboyhut, den er den gesamten Flug über nicht abnimmt. Er sitzt vor uns und fühlt sich genötigt, für alle Passagiere gut hörbar mit seiner Pferderanch in Denver zu prahlen. Selbst der Pilot dürfte nun wissen, dass sein Lieblingspferd Pipi Bas Bas heißt.

Nach etwa einer Stunde tippt ihm Onkel Wendelin auf den Hut und bittet um etwas mehr Contenance und Rücksicht, worauf der Pferdebesitzer sofort beleidigend wird. Das folgende Wortgefecht führt Onkel Wendelin mit erstaunlich scharfer Zunge und deckt dabei sowohl den Stetson-Hut als auch die Rolex als billige Kopien auf. Diese Seite an ihm war mir bis dahin fremd. Nach geklärten Fronten erklärt er mir: »Wenn der absehbare Rest des Lebens sich dramatisch zu verkürzen droht, nimmt man die Beine in die Hand. Ich habe noch einige Dinge zu erledigen. Das geht, lieber Heinrich, manchmal auf Kosten von Anstand, Benehmen, Genuss und Friedlichkeit. Aber du kennst den Kern meines Wesens. Daran erinnere dich, wenn ich gegangen bin.«

Onkel Wendelin prostet mir mit seinem Dalwhinnie augenzwinkernd zu, deutet auf den Plastikbecher, in welchem der Whisky serviert wurde, und fragt:»Halb voll oder halb leer?«

Kopfschüttelnd antworte ich:»Austrinken!«

Onkel Wendelin hat mir beigebracht, in Dingen und Gegenständen nicht nur das bloße Material zu sehen, sondern die Geschichten darin und dahinter. Die durch Gebrauch und Verschleiß verseelten Objekte schätzen zu lernen. Sie als Erzähler zu begreifen.

Ich betrachte den leeren Whiskybecher in meiner Hand. Nun gut, vielleicht trägt nicht jeder Gegenstand ein nennenswertes Erlebnis in sich. So wie manche Menschen einfach nur existieren, nichts erleben, nichts zulassen, nichts rauslassen. In Monotonie ertrinken. In Einförmigkeit untergehen.

Manche Menschen.

In dem kleinen Bildschirm vor mir spiegelt sich mein Gesicht, und aus der dunklen Mattscheibe ragt meine sommersprossige Nase hervor.

»Wie du«, scheint sie zu sagen.

Sie hat recht: Ich bin mancher Mensch.

Fünfzehn Minuten passiert nichts. Onkel Wendelin schläft. Keiner bewegt sich. Stille. Der Flieger steht in der Luft. Alles eine Blase.

Ich schaue angestrengt auf den schlafenden Onkel.

Ich schaue auf den schwarzen Bildschirm vor mir.

Ich schaue auf mein bisheriges Leben. Ich bereue nichts, doch ich beschließe: Der Whiskybecher in meiner Hand soll der Startschuss eines Lebenswandels sein. Einem flüssigen Jakobsweg gleich. Einer spirituosen Mount-Everest-Besteigung. Meine bisherige Schonhaltung will ich ummünzen. In einen Geist der Umtriebigkeit, des Entdeckens.

Mit diesem Becherchen Whisky? In einem Lufthansa-Flieger? Na und, denke ich mir. Immerhin in einer Höhe, die den Gipfel des Mount Everest übertrifft. Ich proste dem schlafenden Onkel zu. Raus aus dem Keller. Zu einer offensiveren Haltung sollte es reichen. Zu einem Nickerchen allemal.

\*

»Sir? Sir? Würden Sie sich bitte anschnallen? Wir befinden uns bereits im Landeanflug.« Eine hübsche Stewardess beugt sich für mich vorteilhaft weit nach vorne. Ihre Bitte gilt aber nicht mir. Genauso wenig der verführerische Duft ihres Parfums.

Tatsächlich haben sich die monotonen Fluggeräusche in ein Dröhnen verwandelt, das Menschen mit Flugangst je nach Kontext Hoffnung schöpfen oder panisch werden lässt. Denn es kann zwei Dinge einläuten: eine Landung oder einen Absturz. Mir persönlich ist das eine so recht wie das andere. Ich habe keine Flugangst. Und Angst vorm Sterben habe ich auch nicht. Glaube ich.

Die Aufregung wegen meines ersten Fluges hat sich schnell gelegt. Ich fühle mich in dieser großen Passagiermaschine weder eingeengt noch ausgeliefert. Selbst Bilder abgestürzter Flugzeuge in Münchner Stadtchroniken erschüttern meine von der Statistik gestützte Überzeugung nicht: Das Flugzeug ist das sicherste Verkehrsmittel. Auch, wenn man es zum ersten Mal benutzt.

»Sieh mal, Heinrich. Da schwimmt doch einer im Meer. Dort. Da treibt doch einer im Wasser.«

»Onkel Wendelin, das ist nicht das Meer. Das ist der große Salzsee. Du musst dich jetzt anschnallen. Wir landen in fünfzehn Minuten.«

»Schau mal genau dort. In den Wellen. Da treibt doch einer.« Ich bedeute der Stewardess, ich würde meinem Onkels schon beim Anschnallen helfen, was sie mit einem Lächeln quittiert. »Falls dem so wäre, würdest du ihn nicht erkennen. Wir sind noch viel zu weit oben. Schnall dich jetzt an.«

Onkel Wendelin nestelt halbherzig am Gurt herum, richtet seinen Blick aber weiterhin aus dem kleinen Fenster. Offenbar spielen ihm die Lichtreflexe auf dem achttausend Meter unter uns liegenden Great Salt Lake einen Streich. Aufblinkende Wellenkämme sorgen bei Wolkenlosigkeit für ein Blitzlichtgewitter. Ich male mir aus, wie es wohl wäre, so frei im offenen Wasser zu treiben.

»Onkel Wendelin, da unten ist nichts. Bitte schnall dich an.«

Immer noch aus dem Fenster blickend, bemerkt er traurig: »Der Krebs frisst meine Augen auf.«

Ich helfe ihm beim Angurten und umfasse seine rechte Hand, die auf der Sitzlehne ruht. Sie ist fleckig und trocken wie Pergament. Seine Fingernägel aber sind wie seit jeher fein maniürt. Die Hand zittert leicht, was nur zu spüren ist, wenn man sie berührt. Er blickt mich an. Sein Lächeln – flüchtig, aber bestimmt – bewegt sich zwischen Erhabenheit und Seelenruhe.

Er schaut wieder aus der Luke, diesmal den Horizont absuchend.

»Ich lande.«

Ich drücke Onkel Wendelins Hand. Wir sinken einige Meter. Der Kapitän kündigt an, die Warteschleife über Salt Lake City zu beenden.

»Für immer«, sagt Onkel Wendelin. Und lächelt aus dem Fenster.

# 2

# Erbe

*Wenige Tage zuvor*

An dem Apriltag, an dem Rolf-Egbert mir das Ableben von Onkel Wendelin mitgeteilt hatte, herrschte Chaos. Auf den Straßen, durch die winterliche Witterung, und in mir ohnehin.

Ich besuchte Onkel Wendelin zwar nicht mehr so häufig wie früher, aber unser Verhältnis war weiterhin eng. Mein durch ihn gewecktes Interesse für alte Gegenstände war sogar ausschlaggebend für meine Berufswahl. Denn ich arbeitete inzwischen als Archivar im Münchner Stadtarchiv. Eine Tatsache, die – wie jede meiner Entscheidungen – zu Hause murrend hingenommen wurde. Meine Schulnoten, Abschlüsse, Prüfungsergebnisse – alles war stets von dürftigem Niveau und den Leistungen eines Pohls unwürdig. Die Entscheidung, Archivwesen zu studieren? Lächerlich. Zum Scheitern verurteilt. Völlig unlukrativ.

Meine Brüder aber!

Rolf-Egbert war mittlerweile Besitzer eines Spielwarenladens. Mit seiner Tweed-Uniform mochte er auf den ersten Blick in dieses Metier passen, allerdings begrüßte er Kinder wie Erwachsene stets mit dem giftig drohenden Satz »Wir schauen mit den Augen, nicht mit den Händen, verstanden?«, was den Einkaufsdrang seiner Kunden erheblich ausbremste. Aber Disziplin muss sein, auch im Kindesalter. Den Laden finanzierte er mit seinem Anteil am Erbe des verstorbenen schwäbischen Metallmoguls Thaddäus Pohl. Der Großonkel aus Stuttgart, der sein Ableben durch eine freudenhäusliche Herzattacke beschleunigte, war spendabel. Auch wenn die Hälfte seines Vermögens an Tochter Gabriele ging, blieb für Neffe Gustav und dessen Söhne Rolf-Egbert und Frederick Maria noch ein erhebliches Geldpaket an Hinterlassenschaft übrig. Dass Neffe Wendelin oder Großneffe Heinrich mit keinem Cent bedacht wurden, überraschte niemanden. Wendelin und mich störte dies nicht. Geld war uns nie so wichtig wie den anderen männlichen Mitgliedern unserer Familie.

Frederick Maria war Beamter im Kreisverwaltungsreferat. Wie unser Vater. Ehrbar und von enormer Wichtigkeit. Verbeamtung ist ein erstrebenswerter, weil unumkehrbarer Status. Seinen Erbschaftsanteil wollte er in eine Touristenreise zum Mond investieren. Nach Erhalt des Geldes reichte er umgehend seine Bewerbung bei Elon Musks Raumfahrtfirma Space X ein und begann sich durch körperliche Fitnessübungen auf den Trip vorzubereiten. Eine Antwort erhielt er bisher nicht. Aber in seinen Träumen steht Frederick Maria den Obermachern und Superbrains aus dem Silikon Valley in nichts nach. Nur Menschen diesen Kalibers, die Elon Musks oder auch Frederick Maria Pohls dieser Welt, können auf dieser Welt wirklich etwas verändern.

Ein Archivar kann nichts. Außer Altes in Regale stellen.

Warum ich für mein Studium nicht in eine neue Stadt ziehe,

wollte Wendelin wissen. Oder gleich auf einen neuen Kontinent. Wenigstens für ein paar Semester. Ich selbst verspürte nie den Drang fortzugehen. Oder ein neues Leben zu beginnen. Onkel Wendelin bezeichnet meinen Zustand als Schonhaltung beim Entdecken. Irgendwie verwandt mit seiner berühmten offensiven Geduld. Doch ich hatte Freude am Konservieren unserer Vergangenheit.

Also beendete ich mein Studium in der Regelstudienzeit und wurde wohl aufgrund meiner »ästhetischen Vorgehensweise beim Konservieren« in eine vorteilhafte Position gebracht, die mich letztlich ins Münchner Stadtarchiv spülte. Sofern ich Zeit dafür hatte, saß ich mit Wendelin bei einer Tasse Tee im Laden. Wir begutachteten neue alte Ware, diskutierten Herkunft und Historie. Manchmal klagte Onkel Wendelin über Rückenschmerzen und Kurzatmigkeit. Manchmal saßen wir zum Abschied für eine kurze Sonate vierhändig am Klavier. Manchmal dankte es die Kundschaft mit leisem, vorsichtigem Applaus, als wollte man die Zerbrechlichkeit der alten Waren nicht herausfordern.

Meine alten Waren sind nun alte Dokumente, die ich in einem Keller des Archivs, dem Gedächtnis der Stadt, ordne und kartografiere, archiviere und konserviere. Kollegen, Professoren und Sammler meide ich, so gut es geht. Nicht aus bösem Willen. Ich bin einfach lieber für mich. Onkel Wendelins Entdeckerdrang hatte ich nie. Irgendetwas hemmt mich. Ich weiß nicht, warum.

Eine Frau an meiner Seite gibt es nicht. Das peinliche Ende der Antiquitätenführung mit Franziska Brand stampfte meine amourösen Ambitionen ein. Dabei erkenne ich sehr wohl, wenn eine Frau mir gefällt.

So wie Stewardess Jenny.

Oder die Notariatsassistentin Bärbel Wank aus der Kanzlei Schimmelreuther & Burg. Womit wir wieder bei besagtem Apriltag wären, an dem Rolf-Egbert mir mitteilte, Onkel Wendelin sei gestorben. Egbert war bei unserer Mutter zu Besuch, deutete auf einen offenen, an Vater adressierten Brief auf dem Tisch, erfuhr, es ginge darin um Onkel Wendelins Erbe. Rolf-Sherlock schloss daraus auf Onkel Wendelins Dahinscheiden. Mutters »Moment mal!« nahm er nicht wahr. Er verließ eilends die elterliche Wohnung, um mich aufzusuchen. Und fand mich zwischen Schneetreiben und Verkehrschaos.

»Onkel Wendelin ist tot.«

Wenngleich Egbert und Frederick vor Boshaftigkeiten in Kindes- und Jugendalter nicht zurückschreckten – für einen Aprilscherz war die Nachricht zu makaber. Panik überfiel mich. Ein plötzlicher Tod wäre nichts Ungewöhnliches bei einem Herrn in Onkel Wendelins Alter. Gestorben wird schließlich immer. Doch Onkel Wendelins Existenz war für mich so unumstößlich wie das Piano in seinem Laden.

Sein Laden …

Er war geschlossen.

Aber nicht für mich, denn ich kannte das Versteck des Zweitschlüssels. Ich trat ein und fand einen Raum vor, der mir gänzlich fremd war. Kein Zirkus der Kuriositäten mehr, sondern ein leer gefegter Lagerraum. Staubpartikel segelten in den Lichtkegeln der Fenster wie die Schneeflocken davor. Doch von dem Chaos, das draußen wütete, war im Antiquariat nichts zu spüren. Das Aroma kalten Pfeifenrauchs lag in der Luft, obwohl Onkel Wendelin vor Kurzem das Schmauchen eingestellt hatte. Ich trat in den Laden, der keiner mehr war.

Eine seltsame Stille erfasste mich. In all den Jahren, in denen ich zwischen den Gegenständen umherschlich, tat ich dies stets vor einer Klangkulisse: Onkel Wendelin, der mit mir oder der Kundschaft parlierte. Brabbelnde Käufer, die den Wert der Waren diskutierten. Tickende Uhren. Summende Weltempfänger. Knarzende Möbel, deren Holz sich immer wieder neu ausrichtete. Das Flüstern der Objekte. Oder ein tiefes H.

All das war verklungen. Nur Kerstins Klavier stand noch stumm inmitten des Ladens. Daneben ein abgewetzter Lederkoffer, von zwei Riemen umschlossen. Und eine braune Seemannskiste. Alles eingepackt in ein Volumenvakuum. Ummantelt von Totenstille.

Das war's.

Onkel Wendelin ist gegangen.

*

»Schimmelreuther & Burg«, sagte Mama.

»Schimmelwas? Warum denn?«, fragte ich.

»Frag Papa.«

»Ich frag dich.«

»Papa soll es machen. Steht im Brief.«

»Was soll Papa machen?«

Ich wurde ungeduldig. Mama nervös. Eine solche Beharrlichkeit war sie von ihrem gefühlsmonotonen, jüngsten Sohn nicht gewohnt.

»Das musst du Papa fragen.«

»Mama!!!«

Ich knallte mit der Faust gegen die Küchentür. Die Milchglasscheibe erzitterte. Mama reichte mir den Brief der Anwaltskanzlei Schimmelreuther & Burg. In diesem wendete sich der Notar Dr. Paul Birkner an Vater, mit der Bitte, Herrn Wendelin Pohls Letzten Willen Folge zu leisten und mitsamt seinen drei

Söhnen zur Verlesung des Erbes zu erscheinen. Verlesungstermin: Mittwoch, 4. April – also morgen.

»Warum weiß ich davon nichts? Der Brief ist vier Tage alt.«

»Frag Papa.«

»Wann ist Onkel Wendelin ...?«

»Ich weiß es nicht, Heinrich. Frag Papa.«

»Du weißt nicht, wann Onkel Wendelin gestorben ist?« Mutters Stimme wurde dünn.

»Wir wissen nicht einmal, ob er überhaupt gestorben ist. Du bist ihm doch näher als jeder andere.«

»Ich war seit drei Wochen nicht mehr bei ihm«, stellte ich so verwundert wie besorgt fest.

»Man muss die Polizei ... warum hat mich Papa nicht informiert? Der Brief ist vier Tage alt.«

Mutter blickte mich beschämt an. Für ihren Ehemann kann sie nichts. Für ihre Stummheit sehr wohl. Ich blickte sie vorwurfsvoll an. Sie blickte mitleidig und gepeinigt zurück. Der Blick einer Frau, die ihrem Mann zeit diesen Lebensabschnitts untertan war. Sie tat mir leid.

»Er hätte es mir nicht gesagt, der miese Sack. Stimmt's?«

Mama begann zu weinen und presste hervor: »Wer hat es dir gesagt?«

»Egbert. Vor zwei Stunden. Ich war dann bei Onkel Wendelin. Der ganze Laden leer. Wer hat den Laden ausgeräumt? Papa?«

Mutter schüttelte den Kopf, zuckte dann mit den Schultern.

»Wo ist Papa?«

Mutter zuckte mit den Schultern, schüttelte dann den Kopf.

\*

Onkel Wendelin war nicht auffindbar. Weder tot noch lebendig. Nichts deutete auf seinen Verbleib hin. Nicht im Verkaufsraum. Nicht in seiner darüber liegenden Wohnung. Ich bin Archivar, kein Privatdetektiv. Auf Nachfragen bei der Polizei bekam ich die Antwort, Herr Wendelin Pohl sei weder vermisst gemeldet noch auf der Flucht vor dem Gesetz. Also kein Fall für die Polizei. Ob man es in den Stehkneipen Schwabings schon probiert habe? Oder in den Reisebüros?

Ich beschloss, mich auf die Mündigkeit meines Onkels zu verlassen, und wartete den Termin bei Schimmelreuther & Burg am nächsten Tag ab.

Notariatsassistentin Bärbel Wank verlangte zur Begrüßung meinen Lichtbildausweis und erkundigte sich, ob ich lieber Tee oder Kaffee serviert bekäme. Ich verlangte nach Kaffee und bekam als Antwort, es wäre nur noch Tee im Haus.

In diesem Moment kam Dr. Paul Birkner auf mich zugeeilt, ein kleiner, schmächtiger Herr mit zu großem Anzug und starkem Haarwuchs an der seitlichen Kopfpartie. Er begrüßte mich hektisch, strich sich über seine Tonsur, wedelte dann durch seine seitlich abstehenden Haarsträhnen und zeigte auf eine Tür.

»Bitte nach Ihnen. Die Herrschaften sind schon da.«

Wer diese bereits anwesenden Herrschaften waren, konnte ich mir denken. Ich trat durch die besagte Tür in einen Raum, in dem ein großer ovaler Holztisch stand. An diesem saß die männliche Verwandtschaft der Familie Gustav Pohl. An der längeren Tischseite ganz links Vater. Mürrischer Blick. Daneben debil grinsend Rolf-Egbert und Frederick Maria. Egbert saß in der Mitte, in voller Baker-Street-Montur: Inverness-Mantel, Deerstalker-Mütze. Frederick Maria trug ein silbernes Kunstledersakko. Darunter ein blaues Space-X-Shirt. Herrgott!

Falls jemand meine Begrüßung erwiderte, so vernahm ich nur ein Grunzen. Nur Otto von Bismarck schien mein Eintreten mit einem unmerklichen Kopfnicken zu quittieren. Sein Gemälde hing an der Stirnseite des Raumes. Der Stuhl darunter wurde von Dr. Birkner besetzt. Ich nahm gegenüber meiner Familie Platz und kam sofort zum Punkt.

»Wann ist Onkel Wendelin ...«

»Verzeihung.« Der Notar schnellte sogleich wieder in die Höhe. Beide Hände beschwichtigend ausgestreckt. Seine Frisur sah aus wie ein Adlerhorst, in dem ein Straußenei liegt. Otto von Bismarck schielte über die hautfarbene Schale.

»Verzeihung, aber bevor Fragen gestellt werden: Wir erwarten noch eine Person. Brauchen Sie noch etwas zu trinken? Wasser steht hier auf dem Tisch. Kaffee vielleicht? Oder Tee?«

In diesem Moment trat Bärbel Wank mit einem Tablett in den Raum, auf dem sie drei Tassen Kaffee und einen Tee balancierte. Mir wollte sie den Earl Grey samt Zitrone und Milch hinstellen, aber ich kam ihr zuvor.

»Ist der Tee nicht für Sherlock Holmes? It's tea time, isn't it?«

Ich deutete auf Egbert und schnappte mir eine Tasse Kaffee.

»Was ist denn jetzt?«, rief Frederick Maria ungeduldig.

»Ja, wissen Sie«, setzte der Notar an, »es ist schade, dass wir hier sein müssen, aber natürlich schön, dass wir alle da sind, nicht wahr? Es fehlt noch eine wichtige Person, sie dürfte jederzeit ...«

»Wer kommt denn noch?«, wollte Frederick Maria wissen.

Bevor Dr. Birkner sich weiter in seinem heillos hektischen Gebaren winden musste, schwang die Tür auf.

»Ich bin ja schon da.«

Natürlich erkannte ich Onkel Wendelins Stimme sofort. Bis zu diesem Moment dachte auch ich, er wäre gestorben. Vater grinste nur verächtlich, offenbar hielt er diese Situation für ein weiteres kauziges Spiel seines Bruders. Egbert und Frederick zogen Gesichter wie zwei um ihre Erbschaft gebrachte Prinzen. Erblasst, entgeistert, bestürzt. Wo keine Toten, da kein Erbe. Welch bittere Enttäuschung. Selbst bei einem Antiquar wäre bestimmt etwas zu holen gewesen. Selbstredend kein Vergleich zu einem Metallmonopolisten wie Thaddäus. Aber ein Paar Mondschuhe hätte auch dieses Vermächtnis sicher abgeworfen. Ich war höchst erregt, Onkel Wendelin zu sehen. Mir fiel ein Stein vom Herzen. Hier wartete ein ganz seltsames Spiel auf uns. Das war deutlich zu spüren.

Dr. Birkner erklärte die Runde für vollzählig. Seine Assistentin fragte, immer noch das Tablett balancierend, nach Onkel Wendelins Personaldokument und ob er auch eine Tasse Tee zu sich nehmen wolle. Onkel Wendelin ließ seinen Reisepass aufs Tablett segeln und präsentierte eine Flasche schottischen Whisky in seiner Rechten.

»Danke, meine Liebe. Wir sind ausgestattet. Und verzeiht bitte meine Verspätung.«

Der Testator setzte sich neben mich. Wir umarmten uns kurz. Ich flüsterte ihm ins Ohr, wie erleichtert ich war, und fragte ihn, ob er noch bei Trost sei. Seine Antwort: ein Lächeln. Ein Lächeln, das Geduld forderte.

Der Notar waltete seines Amtes und verfiel in einen sachlichen Ton.

»Mein Name ist Dr. Paul Birkner. Ich bin Notar und von Herrn Wendelin Pohl, seinerseits Antiquitätenhändler, beauftragt, sein Testament zu verlesen. Beziehungsweise, also ich muss gestehen, ein solcher Fall ist mir noch nicht untergekommen, weil der Erblasser ja noch unter uns weilt, Herrn Wendelin Pohls Letzten Willen an die Männer zu bringen. In seiner Anwesenheit. Ante mortem, sozusagen. Dies entspricht der Richtigkeit, Herr Pohl?«

»So ist es.«

»Also haben wir hier so etwas wie einen partiellen Erbvertrag vorliegen. Rein rechtlich aber …«

»Was soll der Unsinn?«, unterbrach Frederick Maria ihn. Doch bevor der Notar fortfahren konnte, erhob Vater seine drohende Stimme und wies ihn an, der Sitzung bis zum Schluss zu folgen, ohne – um beim Wortlaut zu bleiben – »noch einmal das Maul aufzumachen«.

Onkel Wendelin lobte dies mit einem Augenniederschlag. Vater antwortete seinem Bruder auf die gleiche Weise. So viel Einigkeit zwischen den beiden hatte ich, seit ich denken konnte, noch nicht erlebt. Das stimmte mich nervös.

Als der Notar seinen Vortrag fortsetzte, bemerkte ich bei Onkel Wendelin einen Drang, sich zu Wort zu melden. Dies tat er aber erst in dem Moment, als es um die Verteilung seiner Besitztümer ging. Egbert und Frederick ließen sich stöhnend in ihre Lehnen fallen. Vaters Miene verdunkelte sich.

»Also hört mal. Warum sind wir hier?«

Onkel Wendelin baute die auf dem Tisch stehenden Wassergläser vor sich auf, goss in jedes einige Schlückchen seines mitgebrachten Glen Garioch und verteilte sie. Selbst der Notar wurde bedacht. Wendelin hielt sein Getränk prüfend ins Licht. Otto von Bismarck sah durstig von dem Gemälde herab. Oder blendete ihn die Sonne?

Heute herrschte nämlich kein Wetterchaos. Kein Schneetreiben, das den Schäfflertanz am Rathaus in ein nebulöses Bildnis verwandelt hätte. Ich konnte von meinem Platz aus über die Köpfe der Herren Pohl hinweg den Balkon sehen, auf dem in München Fußballmeisterschaften gefeiert werden. Die hölzernen Schäfflertänzer im Figurenerker oberhalb des Balkons konnte ich nicht erblicken, dafür das Glockenspiel deutlich hören. Es schlug elf Uhr. Das Geknipse der Touristenkameras klang wie eine davonflatternde Vogelschar. Mir knurrte der Magen. Oder war es doch das Gurren der Tauben auf dem Marienplatz?

Schimmelreuther & Burgs Kanzlei hatte eine ausgezeichnete Lage.

»Dem alten Schimmelreuther habe ich einst ein hundertteiliges Set eines chinesischen Geschirrs besorgt. War nicht einfach. Seitdem ist er mein Freund. Und Otto da oben ist auch von mir.«

Wendelin deutete auf das Ölgemälde über dem nickenden Dr. Birkner. Otto von Bismarck stierte finster aus dem geschwungenen Rahmen, als wollte er sagen: Und jetzt zum Anlass.

Wendelin holte tief Luft.

»Ich habe Lungenkrebs. Unheilbar. Ich war in den letzten Tagen in der Klinik. Kompletter Check. Nichts mehr zu machen. Wendelin Pohl war voll da, hat alles mitgenommen, jetzt aber geht er. So ist das Leben. Wir machen daraus kein Drama. Wir machen daraus auch keine unnötigen Klinikaufenthalte, nur weil es mittlerweile lebensverlängernde Medikamente gibt.«

Er sah mich an. Ich nickte unsicher. Eine Träne fiel mir aufs Handgelenk.

Onkel Wendelin roch vorsichtig an seinem Glas. Vater sah ihn reglos an. Egbert und Frederick blickten vor sich auf den Tisch, als wären sie geohrfeigt worden. Dr. Birkner war plötzlich unsichtbar.

»Das Antiquariat habe ich verkauft. Drei Laster voll und weg war der zweite Teil meines Lebens.«

Ich war schockiert. Schließlich war das ja auch ein wenig

mein Antiquariat. Mein Wohnzimmer. Meine Kindheit. Meine Jugend. Meine Schule. Mein Proberaum. Für Musik und für historische Lagerung. Der Schauplatz meiner ersten und einzigen Fast-Amourösität.

»Von euch will es eh keiner führen.«

»Moment«, wackelte es aus meinem Mund. Mehr brachte ich nicht hervor. Ich konnte mir beim besten Willen nicht vorstellen, ein Geschäft zu leiten. Verkaufen hat etwas Exhibitionistisches. Wobei die Befriedigung des Exhibitionisten bereits durch Hinsehen getilgt ist. Der Geschäftsmann braucht den Griff. Den Kauf.

Seht her, das ist, was ich habe! Kommt und holt es euch!

Ich bin ein Kellermensch. Kein Ladenbesitzer.

»Die Antiquitäten habe ich an einen Händler in Salzburg veräußert. Das Haus geht an dich, Gustav. Und an Maria natürlich. Müsste seit meinem günstigen Kauf damals ein wenig im Wert gestiegen sein.«

Er schob ihm zwei Briefumschläge über den Tisch. Vater rührte sie nicht an, nickte Wendelin aber zu. Was war darin? Überschreibungen? Notarielle Beglaubigungen? Meine beiden Brüder glotzten dummdreist in der Gegend herum. Wo blieb ihr Erbanteil? Enttäuschung ist keine unsichtbare Maske.

Wie auf Kommando fragte Frederick Maria wieder: »Was soll der Unsinn?«, und Egbert schob nach: »Was ist mit unserem Anteil?«

Ich fuhr fast aus der Haut. Da saß ein Mann im Antlitz seines Todes, koordinierte den kurzen Rest seines Lebens, und da frotzelten seine Neffen mit einer Arroganz, die mir vor Jähzorn Blut in die Augen trieb.

Onkel Wendelin lächelte mich beschwichtigend an, als wolle er mir sagen: Jeder bekommt, was er verdient.

»Geduld, ihr beiden, jetzt ist erst mal Heinrich dran.«
Die Güte in seinem Gesicht ließ keinen Schluss auf eine
lebensbedrohliche Krankheit zu.

»Heinrich. Mein Heinrich. Dir habe ich viel gegeben. Du
hast dir viel genommen. Ich hoffe, es war zu deinem Besten.
Mein Letzter Wille hier und heute ...«

»Können wir jetzt gehen?«, fragten Frederick Maria und
Rolf-Egbert unisono.

Onkel Wendelin antwortete: »Wenn hier einer geht, dann
bin ich das, aber wohl erst in einigen Wochen. Ihr bleibt sitzen,
denn vielleicht ist für euch am Ende doch noch etwas zu holen.«

Er nahm meine Hand.

»Heinrich, ich brauche dich für meine letzte Reise. Wir fliegen zusammen nach Amerika. Frag nicht, was wir da tun, du
wirst es vor Ort erfahren. Übermorgen geht es los. Es wird etwa
drei Wochen dauern, so viel Zeit habe ich gewiss noch.«

Amerika! Drei Wochen! Keine Fragen!

»Aber ich muss ins Stadtarchiv, ich glaub ...«, entgegnete ich
perplex.

»Du hast Überstunden für acht Wochen Urlaub.«

»Stimmt.« Wer hat schon Überstunden für acht Wochen?
Nur einer, der nie auf Reisen geht.

Ich stierte vor mich hin. Amerika. Was will ein sterbens-
kranker Achtzigjähriger in Amerika?

Dr. Birkner räusperte sich und hob sogleich entschuldigend
die Hand. Das Vogelnest auf seinem Kopf glich nun einem glatt
gestrichenen Helm mit hautfarbenem Rallyestreifen. Er erinnerte mich an Evel Knievel vor seinem Motorradsprung über
den Snake River Canyon. Der Sprung ging schief.

Gleichwohl hatte ich plötzlich ein Gefühl, als würden sich die
Tore der Welt öffnen. Eine Reise. Ein Sprung ins Unbekannte.

Ein einmaliges Entfliehen aus dem Archivkeller, aus dem Arbeitstrott, aus meinem Versteck.

Ich bin noch nie verreist. Immer war ich zu Hause. Ich habe funktioniert. Ich war zufrieden damit. Aber man kann zufriedener sein.

Jetzt würde ich zusammen mit Onkel Wendelin den Sprung wagen. Notariell beglaubigt.

Raus aus der Schonhaltung.

»Und was ist jetzt mit uns?«, fragte Frederick Maria.

»Was soll mit euch sein?«, wollte Wendelin wissen.

»Du hast gesagt, wir kommen auch noch dran.«

»Da hab ich mich wohl getäuscht.«

Onkel Wendelin stand auf und schüttete in einem Zug den Whisky in seinen geöffneten Mund. Schmatzte kurz, nickte zustimmend und lehnte sich über den Tisch. Er streckte seinem Bruder Gustav die Hand hin. Vater erhob sich und reichte ihm die seine.

Ein stummer, aber inniger Moment zwischen zwei völlig unterschiedlichen und doch blutsverwandten Menschen. Teil einer tieferen Resonanz.

Eine stille Abmachung. Entschuldigung lag dabei in Wendelins Blick. Und Dank.

Und Abschied.

# 3

## Utah

Ich sitze in der warmen Aprilsonne am Flughafen in Salt Lake City und trinke eine Diet Coke. Schmeckt wie eine deutsche Cola light. Wendelins Lederkoffer mit den beiden Riemen steht eng angeschmiegt an meinem extra für die Reise gekauften XL-Hartschalenkoffer. Ein ungleiches Paar. Wie ein alter Wanderstiefel neben einem Nike-Air-Huarache-Drift-Turnschuh. Onkel Wendelins Koffer sieht aus, als hätte er vier Jetlags zugleich. Ich blicke auf die große Digitaluhr über dem Parkplatz. Onkel Wendelin bleibt lange weg. Er will das Sperrgepäck mit einem Wagen, einem Mietwagen nehme ich an, am dafür vorgesehenen Schalter abholen. Ich bot besorgt an, diese Aufgabe zu übernehmen. Er meinte erzürnt, falls ich nicht aufhören würde, ihn wie einen in Ganzkörpergips gemörtelten Greis zu behandeln, könne er ziemlich unangenehm werden. Ich solle den Cowboy aus Reihe 14 vor uns fragen. Ich nehme einen weiteren Schluck aus meiner Diet Coke. Neben einem Werbeplakat für Sun-King-Bier, das wohl eher nicht wie ein Augustiner Helles schmeckt, hängen Konzertankündigungen des USANA

Amphitheatre. Daneben bewirbt eine riesige Reklametafel mit am Lagerfeuer sitzenden Hipstern die Freiheit der Zigarettenraucher. Ich kann mir im Ansatz vorstellen, zu ihnen zu gehören. Auch ein Abenteurer zu sein. Dies war bis zu dem Termin bei Schimmelreuther & Burg nicht denkbar. Meine geordneten Bahnen waren manifestiert. Alles gut. Aber alles risikofrei. Mir ist nach einer Zigarette.

Neben der Reklame steht ein alter weißer Pick-up-Truck. Auf der Ladefläche eine Seemannskiste und ein Klavier. Auf der Fahrerseite sitzt ein älterer Herr und stiert in meine Richtung. Er beginnt zu winken. Ich winke zurück. Der Fahrer beugt sich aus dem Fenster und ruft: »Sag mal, Junge, wird's heute noch was?«

Seine Stimme ist die von Onkel Wendelin.

*

Ich staune über die Vielspurigkeit der Straße, auf der ich den Pick-up in die untergehende Sonne steuere. Noch am Flughafen übernahm ich das Lenkrad des Ford F 250, Baujahr 1978, 272 PS. Das Gefährt ist kein Leihwagen. Onkel Wendelin hat ihn bei einem Gebrauchtwagenhändler in der Nähe des Flughafens vorab käuflich erworben.

Der Pick-up fährt sich für sein fortgeschrittenes Alter sehr gut. Wie ein altes John-Wayne-Pferd, das den Indianergäulen auf langer Strecke zwar nicht davonrennt, aber Fauna und Flora in- und auswendig kennt.

Ich bin aufgewühlt. Zum einen macht mich die Fülle an Fahrspuren nervös. Zum anderen steche ich vollgepackt ins Unbekannte.

Onkel Wendelin gibt die Zieladresse ins Navigationsgerät

ein. Es dauert seine Zeit. Für einen Mann, der Faxgeräte bedient, sind digitale Wegweiser wie störrische Sudokurätsel.

Ich genieße das langsame Dahintreiben und muss gestehen, mich kitzelt leichtes Hochgefühl, begleitet von der Frage: Warum Amerika? Will er seinen letzten Deal machen und das Klavier veräußern? Unser Klavier? Ist es eine Schenkung an seinen Lieblingsjazzklub The Crimson Room in Denver?

Das Röhren eines silbernen Multivans hebelt mich aus meinen Gedanken. Der vollbärtige Fahrer versteckt sich hinter Sonnenbrille und Baseballcap. In seinem ärmellosen Unterhemd verkörpert er den Lifestyle vom »die-perfekte-Welle-suchenden« Surfertum. Bestimmt blickt er gleich zu uns rüber, streckt die Zunge raus und macht die Pommesgabel, denke ich. In diesem Moment blickt er wirklich zu uns herüber, streckt die Zunge raus – und macht das Peace-Zeichen.

Auf seiner Heckklappe prangen unzählige Aufkleber von Sportartikelmarken, Skigebieten und Rockbands. Aus seinem geschlossenen Fenster pumpt entfernt das Foo-Fighters-Lied »All My Life« zu uns herüber. Ich sehe zu Onkel Wendelin, der zufrieden lächelnd abwesend mit dem Kopf zum Rhythmus nickt. Das meiste »Of His Life« hat der Mann hinter sich. Einen Pfeil hat er anscheinend noch im Köcher. Den will er abfeuern. Seine Stirn ist gerunzelt. Seine Gesichtshaut zerrissen wie die Oberfläche des Great Salt Lake. Ob er Schmerzen hat?

Ich blicke wieder auf die Fahrbahn. Auf dem davonziehenden Kfz-Kennzeichen des Vans erkenne ich das Wort *Utah* und den Satz *Greatest Snow On Earth*.

Die Gegend ist wundervoll.

Ein Blick nach links zeigt mir die Wasatchkette, einen zu den Rocky Mountains zählenden Gebirgszug. Den Alpen nicht unähnlich. In mir keimt nervöses Reisefieber auf. Ich schiebe meine Sonnenbrille etwas nach unten, blicke in die Bergwelt und frage mich, ob auf den gezuckerten Gipfeln Skifahrer unter Lawinen begraben liegen.

*

»Erstaunlich, wie sich die Fettleibigkeit einer Nation im Antlitz dieses Essens spiegelt.« Ich glaube, Onkel Wendelin beißt in den ersten Hamburger in seinem Leben. Wenn er so etwas Ähnliches überhaupt schon einmal gegessen hat, dann vielleicht eine Fleischpflanzerlsemmel am Viktualienmarkt.

Onkel Wendelin hat viel erlebt, vor allem im ersten Teil seines Lebens, wie er es nennt. Soweit ich weiß, war er aber noch nie in den Vereinigten Staaten.

Die Entscheidung »pro Fast Food« ist ein weiteres Indiz dafür, während dieser Reise mit einigen Gewohnheiten zu brechen. Den Körper vor Verdauungsrätsel zu stellen war während des Studentendaseins der Geldknappheit geschuldet. Heute allerdings hat das Abendmahl etwas von Kumpanei. Eine Verschwörung gegen die Gesundheit.

Ich bin angespannt. Und aufgeregt.

Und traurig.

Warum bin ich mit Onkel Wendelin vorher nie verreist? Warum musste ich mit Vater, Mutter und den beiden Idioten lahme Bergwanderungen unternehmen? Warum plagten mich nach Campingferien am Chiemsee immer nur Mordgelüste oder Selbstmordgedanken? Warum bin ich nie selbst aufgebrochen?

Nun gut, ich musste studieren. Ich musste … archivieren. Wenn man das, was man hat, richtig verstaut, nimmt es einem keiner mehr weg. Aber, was habe ich denn schon?

Wir blicken von unserer Betonsitzbank auf unseren Pick-up. Das Klavier festgezurrt. Sollte es regnen, haben wir eine Plane an Bord, die bei Wetterumschwung schnell fixiert ist. Ansonsten sieht Onkel Wendelin keinen Grund, dieses schöne Möbel zu verbergen. Ich frage mich, wie schnell das Wetter hier wohl umschlagen kann? Immerhin sind wir in Gebirgsnähe. Die Wasatch Mountains sind bombastisch. In der Ferne flimmert die Skyline von Salt Lake City. Unser Pick-up steht auf einer erhöhten Parkplatzterrasse, die zu einem riesigen Gebäudekomplex gehört, der nicht schön ist und es vermutlich auch nie war. Menschen gehen hinein und kommen heraus. Einige wirken erlöst oder optimistisch. Andere verzweifelt. Manche tragen weiße Kittel. Manche tragen Aktenkoffer oder Kisten mit medizinischen Utensilien. Hinein. Hinaus. Ein nicht abreißender Strom an Trägern. Hoffnungsträger. Lastenträger. Träger von Erstausstattungen. Träger letzter Habseligkeiten.

Zweifelsfrei eine medizinische Einrichtung.

Ich habe es geahnt. Onkel Wendelin lässt es doch nicht unversucht. Er knickt das Verpackungspapier des Hamburgers zwischen seinen Fingern. Sein in die Ferne gerichteter Blick sucht etwas. Eine Erinnerung. Als versuche er, etwas zu sortieren.

Ich würde ihm gerne helfen, aber ich will nicht aufdringlich sein. Also blicke ich einfach in die gleiche Richtung wie Onkel Wendelin. Auf der Rückseite der Rocky Mountains ist die Sonne ins Tal gewandert. Eine diffuse Dämmerung versprüht weichen, roten Schimmer über die Berge. Vermischt mit der goldenen Salt-Lake-City-Lichtglocke fast ein Naturschauspiel. Direkt über uns ist der Himmel dunkelblau. Nur zwei Sterne sind zu erkennen. Dieselben, die sich an Deutschlands Himmel als Erstes in den Vordergrund drängen. Starre, funkelnde Lichtpunkte. Auf dem Highway dagegen bewegen sich viele Lichtpunkte.

Weiße und rote. Wie zu Hause. Amerika unterscheidet sich bisher nicht eklatant von Deutschland. Im Land der unbegrenzten Möglichkeiten kann man auch nur bis zu den Sternen sehen. Was wirklich anders ist: Onkel Wendelins Wortkargheit. Seine Nase steckt ständig in einer ausgefransten Landkarte. Er studiert die Staaten auf Papier. Stets wirkt er beschäftigt, nie ruhig und besonnen wie zu Hause. Gerade fummelt er wieder am Verpackungsmüll seines Hamburgers herum.

Ich weiß nicht, was ich sagen soll. Onkel Wendelin schon.

»Prof. Dr. Ernst Zuber.«

»Der Mann, der dir helfen wird?«

»Der Mann, der mir geholfen hat. 1974.«

Der Verpackungsmüll in Onkel Wendelins Händen hat sich in einen Papier-Krebs verwandelt, den er nun auf seinem Handrücken balanciert.

# 4

## Hit

Durch die Dämmerung nähert sich langsam, aber zielstrebig ein Schatten, dem sich Onkel Wendelin ebenso langsam wie zielstrebig entgegenstellt. Nachdem ein in weißem Kittel gekleideter und ebenso mit weißem Haar beschenkter Mann Onkel Wendelin kurz fixiert, verlässt ein freudiges, aber kurzes »Ernst« Wendelins Mund. Dieser kontert mit einem ebenso freundlichen, wenngleich lang gezogenen »Wendelin«. Als die beiden Männer sich schließlich inmitten des Krankenhausparkplatzes umarmen, bleibt die Zeit stehen. Prof. Dr. Ernst Zuber spielt in Onkel Wendelins Leben offenbar keine belanglose Geige.

Er hat, wie ich später erst erfahren werde, viele Menschenleben gerettet. Als Koryphäe der Onkologie war er maßgeblich für den Aufbau des UTAH Cancer & Care Medical Centers in den Siebzigerjahren verantwortlich. Er war kein Zauberer, sondern Arzt. Und somit letzter Wegbegleiter vieler Tumorpatienten. Vielleicht lässt die jahrelange Erfahrung mit Schicksal, Überleben und Tod Prof. Dr. Ernst Zuber so erhaben wirken. Eine personifizierte Souveränität. Trotz seines hohen Alters.

Eine geschlagene Minute später lösen sich die beiden aus ihrer brüderlichen Umarmung. Ich frage mich, woher diese Innigkeit kommt. Die Distanz München – Salt Lake City ist sicher nicht unerheblich, ich sehe den weißhaarigen Professor zum ersten Mal. Daraus schließe ich: Die beiden Männer haben sich seit Jahrzehnten nicht gesehen.

Er steht vor mir. Seine massige, für einen Arzt eigentlich viel zu grobschlächtige Hand fühlt sich an wie ein Handschuh. Sein Händedruck ist kräftig, aber auf eine beruhigende und behütende Art, sodass ich ihm fast auch noch die Linke reichen will.

»Du also … du bist Heinrich. Herzlich willkommen. Ich bin Ernst.«

Sein Schweizer Dialekt macht mich weniger stutzig als das »also« zu Beginn seines Satzes. Onkel Wendelin muss mich offenbar angekündigt haben.

»Heinrich Pohl. Guten Tag. Ich freue mich, Sie kennenzulernen.«

Nach kurzer Überlegung schiebe ich hinterher: »Schön, dass Sie meinem Onkel helfen wollen.«

Dr. Zuber lächelt erst mich, dann Wendelin, dann die mittlerweile erhellte Parkplatzlaterne an. Onkel Wendelin hebt die Augenbrauen.

»Heinrich, wir haben darüber gesprochen. Mir hilft niemand mehr. Außer dir. Mit deiner Anwesenheit hier.«

»Sie haben ihm doch schon einmal geholfen«, sage ich zu Ernst Zuber, forscher, als mir lieb ist.

Er entgegnet beschwichtigend: »Es ist, wie soll ich sagen, Ansichtssache. Ich hätte ihm damals gerne … anders geholfen.« Der alte Mann lächelt immer noch. Ein Lächeln, das maligne Tumore zum Schmelzen bringen könnte. Ich spüre eine besondere Energie von diesem Mann ausgehen, gespeist von Verständnis, Feingeist und Fachkenntnis. Er erinnert mich an Onkel Wendelin. Nur massiver. Und kein bisschen wacklig. Seitdem er bei uns ist, leuchten die Sterne um die Wette. Vielleicht ist er doch ein Zauberer. Oder ein Illusionist, was schade wäre. Dr. Ernst Zuber sieht Onkel Wendelin fragend an. Dieser antwortet mit einem Kopfschütteln und hebt kurz beschwichtigend die Hand. Aha, noch ein Geheimnis. Ein »Aha« liegt auch in Ernsts verständnisvollem Nicken. Jetzt beginnt er zu lachen. »Ist das deine von damals?«, fragt der Schweizer auf Wendelins Schoß deutend. »Das darf ja nicht wahr sein. Du hast sie all die Jahre aufgehoben?«

Onkel Wendelin nickt und hält eine Kamera in die Höhe. Wo kam die plötzlich her? Gerade lag noch ein Origami-Krebs in seiner Hand.

Der Fotoapparat sieht aus wie das billige Miniaturexemplar einer alten Spiegelreflexkamera. Wie ein Plastikteil aus einem Überraschungsei.

»Die sieht aus wie die Kamera aus der Vitrine«, fällt mir plötzlich auf.

»Sie sieht nicht nur so aus.«

Onkel Wendelin reicht sie dem Doktor und sagt: »Sie ist kaputt. Der Film lässt sich nicht entwickeln. Der Rückspulmechanismus klemmt. Ich kann den Film nicht entnehmen, wenn er in den Jahrzehnten des Ausharrens nicht ohnehin zerstört wurde.«

»Jahrzehnte? Wann hast du denn den Film zuletzt gewechselt?«

»Noch nie.«

»Du meinst, es ist immer noch der Film von damals drin? Seit Beginn eurer Reise?«

»Richtig. Und ich habe Angst, ihn zu beschädigen, wenn ich

die Kamera gewaltsam öffne. Auch in einer Dunkelkammer. Es ist heikel. Ich will es nicht riskieren.«

»Es wäre egal«, meint der Arzt. Er nimmt die Kamera aus Onkel Wendelins Hand und inspiziert sie eingehend.

»Wäre es nicht«, sagt Onkel Wendelin bestimmt. »Es sind Kerstins letzte Fotos.«

Dr. Zuber verbirgt den Apparat schützend in beiden Händen. Er ist sich seiner Kostbarkeit bewusst. Ich versuche, das Gesagte einzuordnen. Kerstin ist vor über vierzig Jahren gestorben. Also hat die Kamera vor über vierzig Jahren das letzte Bild geschossen. Das letzte Bild von Kerstin?

Ich fange an, Onkel Wendelins Behüterinstinkt zu verstehen. Zumindest was diese Kamera betrifft. Sie bewahrt den letzten eingefrorenen Moment seiner liebsten Person. Aber was hat Prof. Dr. Ernst Zuber mit der Kamera zu tun?

Im Laternenschein schwirren flatternde Insekten über unsere Köpfe hinweg. Ich bilde mir ein, in der Peripherie Fledermäuse im Sturzflug zu erkennen.

Der Professor rät uns zur Bettruhe, ein Jetlag sei kein Mückenstich, und beordert uns morgen zum Frühstück in ein Lokal namens Draper Black Bear Diner, nicht weit entfernt von unserem Eagle Inn Motel. Alles voller Tiere, denke ich. Fehlt nur noch der silberne Storch aus der Apothekervitrine. Und die Pfeife mit dem Beutel. Und die Pistole. Und die Schüssel mit den Kastanien.

Dr. Zuber verabschiedet sich: »Ich muss zurück. Nachtdienst. Menschen wollen auch überleben, wenn es dunkel wird.« Er hätte auch sagen können: »Auch nachts wird gestorben.« Hat er aber nicht.

Dr. Zuber ist Optimist. Und ein Zauberer. Die Hit-Kamera ist schon wieder verschwunden. Eben noch hielt er sie in seinen

126

heilenden Händen, die ein Geheimnis bergen, das Wendelin, ihn und offenbar auch Kerstin verbindet. Vielleicht war er damals noch kein Professor. Ein Arzt wahrscheinlich schon. Kerstins Krankheit war offenbar der Auslöser ihrer Bekanntschaft. Die kleine, japanische Kamera trägt Kerstins letztes Foto in sich. Materiell gesehen Billigware, aber mit unschätzbarem Wert für Onkel Wendelin.

Ich blicke dem Arzt hinterher. Er bewegt sich aufrecht auf das Hospital zu, einem Sturm entgegen, in dem ihm Hoffnung und Verzweiflung gleichermaßen entgegenschlagen. Dort hindurchzumanövrieren kommt einer Seemannskunst gleich.

»Er hat mir geholfen, soweit es ihm möglich war.«

Onkel Wendelins Hand liegt ruhig auf meiner Schulter. Zu jedem Manöver bereit. Jedem noch notwendigen Manöver in den letzten stürmischen Tagen des Wendelin Pohl. Die Hoffnung in seine Rettung habe ich verloren. Ich gewinne aber die Zuversicht, aus dieser Reise etwas Entscheidendes mitnehmen zu dürfen.

*

Onkel Wendelin lugt in mein Zimmer im Eagle Inn Motel. Ich habe das Zimmer Nummer 1. In Hitchcocks Spielfilm *Psycho* war dies kein guter Ort. Deswegen erschrecke ich, als sich plötzlich die Tür bewegt. Onkel Wendelin sieht nicht aus wie Anthony Perkins, auch nicht wie Norman Bates. Schon eher wie dessen verstorbene Mutter, die von ihrem Sohn noch Jahre nach ihrem Tod in einem Schaukelstuhl sitzend umsorgt wurde.

»Ich will nun beginnen, es dir zu erklären«, sagt Onkel Wendelin. Gut so, denke ich. Ich hätte nämlich so einige Fragen. Er schließt die Tür, setzt sich ans Bett, reicht mir eine kühle, perlende Bierdose der Marke Cutthroat. Sie zeigt einen aus einer schäumenden Woge aufspringenden gelben Fisch auf rotem Blech. Die schönste Bierdose, die ich je gesehen habe. Wobei ich grundsätzlich noch nicht viele Bierdosen gesehen habe. Ich habe nämlich grundsätzlich noch nicht viel Bier getrunken. Es zischt. Onkel Wendelin nippt. Setzt ab. Sieht den Fisch an. Lächelt. Sieht mich an. Lächelt immer noch. Es tut gut, ihn lächeln zu sehen.

»Ich lege dir sozusagen das erste Puzzleteil in die Hand.«

»Onkel Wendelin«, sage ich in einem Ton, der klingt, als hätte ich Magenschmerzen. »Ist jetzt nicht der falsche Zeitpunkt für Spielchen? Die ganze Geheimniskrämerei? Ein Puzzleteil? Du stirbst und gibst Rätsel auf. Sag mir doch einfach, was du hier vorhast. Ich helfe dir, zweifelsfrei, versprochen. Aber denkst du nicht auch, wir hätten beide einen enormen Mehrwert, wenn ich wüsste, wie und bei was eigentlich?«

»Du kennst doch die holländische Standuhr, die bis vor Kurzem an der Westwand des Verkaufsraums stand? Zwischen dem Porzellangeschirrschrank und der französischen Hängelampe mit den bodenlangen Quasten?«

»Onkel Wendelin …«

»Gut, du weißt, welche ich meine. Du weißt aber nicht, was es mit ihr auf sich hat. Theo Marc Overhuis, Uhrmacher und Schnitzmeister aus Amsterdam, entwarf diese kunstvoll gestaltete Uhr im Jahre 1801. Er galt zu seiner Zeit regional als herausragend, aber ebenso als hektischer, nervöser und deswegen oft an seinen eigenen Ansprüchen scheiternder Künstler. Keine Berühmtheit in der großen Öffentlichkeit. Kenner aber wussten ob seines Genies und Wahnsinns. Nun gut. In dieser Holzstanduhr sind die wichtigsten Brücken und Grachten Amsterdams in Miniaturform eingeschnitzt, eingekerbt, eingearbeitet. Eine Fleißarbeit der Extraklasse. Auftraggeber war Tim Vannebroot, Innenarchitekt und enger Freund von Wilhelm V. von Oranien. Wilhelm schloss als geflohener Statthalter der Niederlande und nun Vorsteher der Batavischen Republik, seit dem Friedensvertrag von Den Haag 1795 Partner Frankreichs, einen Vertrag zur Sicherheitsverwahrung der Kolonien mit Großbritannien. Die kunstvolle Standuhr war ein Geschenk an Georg III., König des 1801 im *Act of Union* eingeführten Vereinigten Königreichs von Großbritannien und Irland. Sozusagen ein Zeichen der Unterwürfigkeit. Im Grunde egal. Wichtig hierbei: Marc Overhuis schnitzte diese hochwertige Präzisionsuhr mit Kompensationspendel in der Annahme, es wäre ein Hochzeitsgeschenk des ihm unbekannten Tim Vannebroot an dessen Frau Gemahlin. Teuer, zweifelsfrei, aber Herr Vannebroot wäre nicht der Erste, der sich seine Liebe etwas kosten ließe. Sein Kunstwerk gelang ihm ohne Blockaden oder Aufregung. Als er später erfuhr, dass diese Uhr in Wahrheit für König Georg III. angefertigt wurde, erlitt er einen schlimmen körperlichen wie geistigen Zusammenbruch, obwohl seine Arbeit weder Mängel noch minderen Kunstcharakter aufwies. Stell dir einmal vor, Marc Overhuis hätte bei Annahme des Auftrags gewusst, wer der wahre Empfänger sein würde. Also, Heinrich, was will ich damit sagen?«

»Dass du an dieser Uhr ein Vermögen verdient hast?«

»Es war nur eine Attrappe. Nicht der Rede wert. Aber was bedeutet diese Overhuis'sche Parabel?«

»Dass Politik und korrumpierende Kunstgeschenke seit jeher Hand in Hand gehen?«

»Dass es oft besser ist, wenn der Ausführende das Ziel seiner Mission erst später erfährt, weil er sonst durch seine eigene Bedeutsamkeit korrumpiert wird.«

Mir ist schwindelig. Dieser kurze Exkurs passt in das rätselhafte Verhalten von Onkel Wendelin, wie das Kompensationspendel in die Präzisionsuhr.

»Ich verstehe, Onkel Wendelin. Ich verharre also weiterhin wie ein Idiot und warte auf neue Anweisungen.«

»Das Nichtstun ist nicht gleichgesetzt mit dem Idiotentum, Heinrich. *Doing Nothing Is Art*. Es geht hierbei eher um offensive Geduld.«

Offensive zeigt gerade allenfalls das Plakat an der Wand des Eagle Inn Motels: Karl Malone, mittlerweile pensionierter NBA-Basketballprofi der Utah Jazz, im Anflug auf den Basketballkorb. Im Hintergrund eine Digitaluhr. Keine Standpendelpräzisionsuhr. Sie zeigt den Spielstand an: 0:0. Uhranzeige erstes Viertel: elf Minuten, einundfünfzig Sekunden. Ein fulminanter Dunking also, nach neun Sekunden Spielzeit. Von Geduld keine Spur. Aber ich bin nicht Karl Malone. Ich bin Heinrich Pohl. Ich drücke keine Basketbälle in Körbe, sondern Aktenordner in Regale. Ich trinke zusammen mit meinem neben mir im Sterben sitzenden Onkel eine mittlerweile lauwarme Bierdose. Genüsslich. Geduldig.

*

Zwei Zahnputzgläser, gefüllt mit Whisky. Eins halb voll. Eins halb leer. Zwei schimmernde Bernsteine. Los geht's.

»Heinrich. Auf dein Wohl.«

Okay, prost, jetzt aber …

»Wir befinden uns hier auf einer Reise durch meine Vergangenheit. Mein Entschluss, Antiquitätenhändler zu werden, findet hier seinen Ursprung.«

Onkel Wendelin sieht mich an.

»Dass Kerstin nach schwerer Krankheit gestorben ist, weißt

du. In Deutschland konnte ihr nicht geholfen werden. Krebser-
krankungen kamen im Jahre 1974 einem Todesurteil gleich.
Kerstins Erkrankung begann fast unbemerkt. Beschwerden
beim Atmen und schleichender Gewichtsverlust. Die Schmerzen in Rücken und Brust steigerten sich lapidar. Bis es zu spät
war. Die Diagnose zog uns die Beine weg, haute uns um. Wir
pendelten von einem Krankenhaus ins nächste. Der Tenor war
überall gleich: Genießen Sie die letzte gemeinsame Zeit. Wir
waren schockiert. Kerstin gab auf und fiel in einen Zustand des
Wartens. Sie meinte, sie sitze nun an der Bushaltestelle der Linie
Tod. Wollte nichts mehr essen. Saß nur am Klavier und versuchte ihr Spiel so lange aufrechtzuerhalten wie möglich. Hierbei verspürte sie einen gewissen Trotz. Eine Auflehnung gegen
den Verfall. Das hielt sie psychisch einigermaßen aufrecht. Ich
hingegen verlor mich in Recherchen und forschte in Büchern
und Zeitschriften nach onkologischen Heilungsmethoden.
Derweilen stieß ich durch meine Kontakte aus Zirkuszeiten auf
den Berner Zauberer Zubertus, mit gebürtigem Namen Lutz
Zuber. In einem langen Telefonat erzählte er von seinem ältesten Bruder, mittlerweile praktizierender Arzt in den Staaten. Er
war sogar Teilnehmer der ersten Weltkonferenz über Spontan-
remission in Baltimore, auf welcher sich Experten verschiede-
ner Krebsforschungszentren über unerklärliche Heilungsvor-
gänge austauschten. Mir war klar: Dieser Kontakt würde bei
Kerstin keine Spontanheilung bewirken, aber ein Ertrinkender
klammert sich auch an ein Krokodil, wie ein türkisches Sprich-
wort besagt.«

Zwei Dinge. Erstens: Ich komme inhaltlich endlich mit.
Zweitens: Die Zubers sind eine Zaubererfamilie.

»Ernst Zuber stellte sich als äußerst zuvorkommend heraus.
Er war ein junger, entdeckungsfreudiger Arzt, gerne bereit,

unkonventionelle Wege zu gehen. Bei seinen Forschungen untersuchte er zum Beispiel die Blutreaktion in Höhenlagen. Er wollte wissen, ob Sauerstoffverknappung positive Veränderungen hervorrufen kann. Außerdem widmete er sich psychoneuroimmunologischen Mechanismen, weswegen er sehr interessiert zuhörte, als ich ihm schilderte, welchen Einfluss Musik auf Kerstins Gemüt nahm, vor allem dann, wenn sie selbst musizierte. Er versprach uns keine Heilung, bot uns aber noch während des ersten Telefonates an, ihn in Salt Lake City zu besuchen, sofern die Reise keine zu hohe Strapaze für Kerstin darstellen würde. Kerstin war Feuer und Flamme. Statt weniger verbleibender Wochen sahen wir plötzlich eine medizinische Hand, die wir ergreifen konnten.«

»Also seid ihr geflogen.«

»Natürlich. Wir wollten doch nicht dasitzen und warten, bis die Schlange zubeißt wie bei einem Kaninchen. Wir wollten versuchen, der Schlange eine zu zimmern.«

# 5

## Frühstück mit Ernst

Das amerikanische Frühstück lebt von der Reichhaltigkeit an Eiweiß, Weißmehl, Süßstoffen und Fetten. Zumindest was den Tellerinhalt betrifft, den mir ein beleibter Küchenmitarbeiter vor den Latz knallt. Na ja, zu Hause essen wir Weißwürste. Das Frühstück schmeckt jedenfalls wunderbar. Dr. Ernst Zuber sitzt Onkel Wendelin und mir gegenüber. Auf seinem Teller liegt Obst. Daneben steht eine Schale Joghurt mit Cerealien. Zusätzlich zum Kaffee, den der Küchenmitarbeiter uns ausgeschenkt hat, trinkt er eine große Tasse Tee, den er aus selbst mitgebrachten Kräutern aufbrüht.

»Ihr habt bei euch daheim doch diese leckeren Weißwürste«, brummt er in seinen Apfel hinein. »Und Bretzeln.«

»Brezn heißt das!«, verbessert ihn Onkel Wendelin mit gespielter Schärfe.

Dr. Ernst Zuber, der älteste Sohn eines Holzfällers, hat in jungen Jahren seinen Großvater und kurz darauf seinen Vater an unheilbare Tumorerkrankungen verloren. Einige Jahre später starb seine Schwester Rosi, welche der Zuckerkrankheit zum

Opfer fiel. Grund genug, dem Tod schon im Kindesalter den Kampf anzusagen.

Im Grunde war schon seine Geburt selbst ein Kampf, bei welchem er sich gerade noch rechtzeitig auf die Seite des Lebens brüllte.

Vielleicht daher seine frühe Neugier für den Tod.

Kaum konnte er laufen, begann er tote Frösche und Vögel zu inspizieren, wachte bei den in der eigenen Landwirtschaft geschlachteten Kühen, wühlte mit Stöcken in den Gedärmen von gefallenem Wild und kostete gar von dem ein oder anderen entseelten Insekt. Beim Ableben seiner Versuchsobjekte half er nie aktiv nach. Im Gegenteil. Er versuchte meist erfolglos, die im Sterben liegenden Tiere zu heilen. Hierfür fertigte er selbst Salben und Tinkturen aus Kräutersud und Milch an, legte verletzten Pferden Verbände an, baute rollende Gehhilfen für humpelnde Katzen oder kühlte kranken Kälbern mit in Brunnenwasser getauchten Lappen die Stirn.

Sein Vater ließ ihn zunächst gewähren, schickte schließlich nach dem Veterinär oder griff bei aussichtsloser Lage eigenhändig zum Richterhammer. Getötete Tiere kamen umgehend zum Metzger oder auf den Misthaufen. Von dort brachte sie Ernst an den Waldrand und schaufelte ihnen eine letzte Ruhestätte. Jedes Tier sollte seine Erlösung finden.

Seine Geschwister staunten über Ernsts Drang, dem Tod in seine vielen Gesichter zu blicken. Warum schenkt Gott Leben und nimmt es verfrüht? Dies war in Ernsts Augen ein Fehler des Herrn. Ein so gewaltiger, dass er sich sehr früh weigerte, Gottes Unfehlbarkeit anzuerkennen. Indes sah er sich als Hirte der Schwachen.

Schon bald griff sein Helfersyndrom von der Tierwelt auf

seine Familie über: Geschwister, Eltern und Großeltern fanden sich bei kleinsten Wehwehchen in Ernsts heilenden Händen wieder. Später rief man ihn zu benachbarten Höfen. Aus anfänglicher Skepsis wurde Vertrauen. Ärzte und Doktoren waren in dieser Zeit nicht an jedem Ackerrain zu finden. War jemand krank, wurde gefälligst weitergearbeitet, bis Schwäche und Zusammenbruch selbst die einfachsten Aufgaben nicht mehr zuließen. Auf den Misthaufen wollte keiner, und die lange, holprige Fahrt in die Stadt zum Doktor wollte man sich ebenso ersparen. Also riss man sich eben zusammen, schlürfte Kamillentee und war froh, wenn Ernst seine Hilfe anbot.

Der erweiterte sein Wissen stetig, las alle medizinischen und naturwissenschaftlichen Bücher, die er in der Schule oder der Bibliothek finden konnte, und probierte die neuen Heilungsmethoden sogleich aus, wobei seine beiden Brüder und seine beiden Schwestern als Probanden herhalten mussten. Zu größerem Schaden kam niemand.

Als sein Großvater und sein Vater beide binnen weniger Wochen jämmerlich dahinsiechten, war in Ernst endgültig der Entschluss geboren, Arzt zu werden.

Durchs Studium in Zürich flog er nur so hindurch. Homöopathische Ansätze waren in der Schulmedizin damals noch nicht vorhanden, dennoch fiel seinen Professoren Ernsts ganzheitlicher Blick positiv auf. Denn Fachmedizin bedeutet Spezifizierung und Einordnung. Der Tod fragt aber nicht nach Regeln oder Systematiken.

Dr. Ernst Zuber schlendert zur Theke, greift nach einem Wasserkrug und drei Gläsern, kehrt zurück. Er schenkt jedem von uns im Stehen ein. Sein Leben gleicht einer Geschichte von Oskar Maria Graf. Szenen eines Strebenden. Als Bauernsohn Arzt werden. Ist das Mut oder Überzeugung? Die Graf'sche Rückschau lässt beides vermuten.

Ernst sitzt da, und das Trinkglas sieht in seinen riesigen Händen aus wie ein Schnapsstamperl. Seine weißen Haare formen eine wirre Frisur, die sich nicht so richtig entscheiden kann, wohin es gehen soll. Das braune Gesicht wirkt schmutzig. Ist es aber gewiss nicht. Dr. Ernst Zuber gleicht einem kantigen Landwirt. Statur und Struktur berichten von Handwerk und Arbeit. Von seinem früheren Leben. Aber was ist das frühere Leben eines Fünfundsiebzigjährigen? Wann beginnt das Früher? Ab wann ist man, was man ist? Dem einen sieht man es an, dem anderen hört man es an. Beim Dritten fühlt man es. Oder es bleibt verborgen. Manche wissen, was sie wollen und wer sie sind. Andere zweifeln und hadern. Der Bauernsohn, der Doktor wurde, weiß, was er will. Leben retten. Und den Unrettbaren zur Seite stehen. Man kann auch etwas für die Sterbenden tun, hat Ernst Zuber gestern erklärt. Und wenn es nur Reisebegleitung ist. Reisebegleitung für einen Schwindenden.

Ernst Zuber lächelt Onkel Wendelin an und umfasst mit seiner Linken die beiden ineinander gefalteten Hände meines Onkels. Mit der Rechten greift er in seinen Rucksack, der viel zu sportlich für ihn wirkt, und knallt ihm einen Briefumschlag und die Hit-Kamera auf den Tisch.

»Die Technologien in unserem Labor sind nicht nur in medizinischer Hinsicht hilfreich.«

Ich trinke einen Schluck Wasser, während Onkel Wendelin nach dem Kuvert greift. Sein Inhalt könnte ihm größte Freude bereiten. Aber auch tiefe Enttäuschung. Er wirkt beängstigt. Der Umschlag liegt im Schatten der Minikamera. Bildlich gesprochen, denn eine Kamera in der Größe einer Schnupftabakdose wirft so gut wie keinen Schatten.

»Ich hab das nie geschafft«, murmelt Onkel Wendelin.

»Du hast es nie versucht«, weiß Ernst. »Erst hattest du Angst, dass du daran kaputtgehst. Später hattest du Angst, dass die Fotos kaputtgehen.«

Onkel Wendelins zweiflerisches Lächeln stellt den Respekt für Zubers treffende Analyse zur Schau. Gleichzeitig ist es eine Mischung aus Ungeduld und Verzweiflung. Was Onkel Wendelins Kopf gerade ertragen muss, ist eine Explosion vergangener Emotionen.

»Ich werde sie mir ansehen«, sagt er. »Aber nicht jetzt.«

Das Lächeln seines Schweizer Freundes greift auf mich über. Selbst der beleibte Restaurantangestellte beginnt sich zu straffen und zu lächeln, als er zu uns herübersieht. Die wenigen anderen Gäste halten plötzlich inne, als würde jemand im Radio das Ende der Welt ankündigen. Auch sie lächeln. Das ganze American Diner hat sich in ein Schweizer Lächeln verwandelt. Der blinkende, piepsige Fifties-Flair ist nun ummantelt von Geruhsamkeit und Souveränität. Dieses Lächeln heilt Menschen. Und selbst wenn nicht, wäre es das Letzte, was ich gerne im Leben sehen möchte.

»Lieber Wendelin, ob du es nun hier oder erst später öffnest – es lohnt sich.«

# 6

# Moab

Mit einem Plastikschild, das ich am Straßenrand gefunden habe, kratze ich zerplatzte Insekten von der Windschutzscheibe. Richtig gelingen mag mir das nicht. Aber in Utah gibt es nicht nur endlose Weiten, sondern auch endlos viele Tankstellen. In einer davon werden schon Eimer, Wasser und Abzieher bereitstehen.

Onkel Wendelin bat um eine kleine Pause. Nun sitzt er, nachdem er sich von seinem Harndrang befreit hat, auf einem zurückgelassenen Ackergerät, das sich direkt neben der Straße um Aufnahme in ein Agrarmuseum bemüht. Das hohe Alter des Geräts honoriert er mit einem süffisanten Lächeln und einer Miene, die besagt: In meinem Laden hättest du trotzdem nichts verloren.

Wir sind auf dem Weg zum nächsten *Gegenstandpunkt*, wie Onkel Wendelin es nennt. Einen Standpunkt kann man haben. Einen Standort erreichen. Onkel Wendelin vertritt weiter den Standpunkt, ich müsse die Reiseroute nicht kennen.

»Pass auf deinen Onkel auf«, hatte Dr. Ernst Zuber mir zum Abschied gesagt. »Solange es nötig ist. Und wenn er loslässt, lass auch du los. Sonst geht man im Argwohn. Und mit verhärmtem Gesicht kommt keiner rein ins Paradies.«

Gedankenverloren starre ich noch immer auf das alte Ackergerät. Warum es in dieser brachen Gegend am Highway 191 steht, weiß der Geier, der hier, über diesen Hügeln nach Aas suchend, seine Kreise zieht. Ob Onkel Wendelin ins Beuteschema passt? Er sieht zu mir rüber, grinst, wischt sich mit einem weißen Halstuch den Schweiß von Stirn und Nacken und blickt gen Himmel. Ziemlich selig. Dann schickt er einige Hustenstöße in sein Stofftuch.

Er ist dem Ackergerät nicht unähnlich, denke ich mir. Ein ausrangierter Gegenstand. Durch jahrelange, harte Arbeit und dem Lauf der Zeit nicht mehr, beziehungsweise nicht mehr lange dienlich. Ein an der Straße des Lebens abgelegtes, kaputtes, krankes Wesen. Man könnte das abgestellte Nutzgerät begraben, so wie man Onkel Wendelin begraben wird. Plötzlich kommt mir ein beunruhigender Gedanke: Dies kann früher geschehen, als mir lieb ist. Was soll ich tun, falls Onkel Wendelin nun dort drüben im Sitzen einschläft? Für immer. Entschläft, sozusagen. Ich kann ihn schlecht einfach *abstellen*, so wie das Gerät. Bürokratische, organisatorische, emotionale Hindernisse würden sich aufbäumen. Hat er selbst an so etwas gedacht? Entsprechende Vorkehrungen getroffen? Einen Leichnam zurück nach Deutschland zu transportieren klingt aufwendig. Finanziell wie logistisch. Auch rechtlich. Würde er das überhaupt wollen?

Ich will nicht, dass Onkel Wendelin stirbt. Er war ein Leben lang für mich da. Im Grunde ist er meine Wurzel. Im Gegensatz zu meinem eigenen Vater, der mir seine Zeit nur widmete, um schadenfroh auf meine Mängel hinzuweisen.

Ich erinnere mich so lebhaft wie ungern an mein erstes

Klaviervorspiel bei einem Nachwuchskonzert in der Grundschulturnhalle. Das mit Fleiß Erprobte sollte den gespannten Eltern vorgestellt werden. Zur Freude an den Melodien.

Mein Vater wusste von meinen Klavierstunden bei Onkel Wendelin. Auch, dass wir diese sehr frei gestalteten und nicht nach Lehrbuch und Noten. Eine derart unpädagogische Vorgehensweise konnte nicht von Erfolg gekrönt sein. Er wollte sein Vorurteil bestätigt wissen. Nur dies trieb ihn dazu, dem Vorspiel beizuwohnen. Kleine Beethovens ratterten gekonnt, fast mechanisch ihre Notenblätter herunter. Weiter Fortgeschrittene wiegten schon professionell den gesamten Oberkörper zu ihrem Spiel. Ich hingegen spielte ohne Noten, ohne Schnickschnack, eine Melodie, die Onkel Wendelin und ich uns ausgedacht hatten. Ich fühlte mich das ganze Spiel hindurch beflügelt, die Töne fielen wie Dominosteine. Also wurde ich mutig, begann zu improvisieren und hämmerte als Schlussakkord einen h-Moll-Akkord ins Elfenbein. So überraschend wie melancholisch. Die Klangfahne verwehte in die zum Antiquitätenladen metamorphosierte Turnhalle.

»Verpatzt!«, vernahm ich augenblicklich meinen Vater aus einer der mittleren Zuschauerreihen. Voll Gift und Schadenfreude. »Er hat's verpatzt!«

Meine Finger lagen immer noch auf den Tasten. Die von der Decke hängenden Turnringe schienen aus dem Jahre 1650. Die Taue wirkten wie Takelagen der *Santa Maria*. Die einfache Saalbestuhlung hatte – von Tönen umwabert – etwas von Villa Blanc. Selbst die Zuschauer wirkten wie aus teurem Eichenholz geschnitzte Skulpturen, denen man die Mundwinkel gen Himmel modelliert hatte. Und über all dem hing das gallige »Verpatzt« aus dem Mund meines eigenen Vaters. Der h-Moll-Akkord verklang im Raum. Doch sein Ausruf rutschte mir langsam die Speiseröhre hinunter. Ich schluckte ihn. Wie immer. Der danach eintretende Applaus des Publikums erleichterte diese Kost. Onkel Wendelin grinste zufrieden. Mein Vater verließ den Saal. Eine Wurzel würde so etwas nicht tun.

*

Die Landschaft des Arches-Nationalparks ist das Beeindruckendste, was ich je zu Gesicht bekommen habe. Erosion und Verwitterung haben für Steinformationen in Bogen- und Säulenformen gesorgt, wie durch Menschenhand geschaffen. Mächtige, in der Sonne rot schimmernde Skulpturen, Muster und Bataillone an Felsen, denen der Durchzug von Wasser und Wind über Millionen Jahre ihr Aussehen verlieh. Wer hier nicht staunt, staunt nirgendwo. So weit das Auge reicht Kunstwerke aus Sandstein, rötlich-braun erleuchtet. Überdimensionierte Bögen mit Namen wie Delicate Arch, Balanced Rock, Double Arch, Landscape Arch oder The Three Gossips. Eine markante Felsgruppe, die drei Klatschweiber darstellen könnte. Oder drei Cowboys, die in dieser vorzeigewürdigen Westernlandschaft nach Indianern Ausschau halten. Oder drei Ureinwohner, die sich den weißen Eindringlingen entgegenstellen, um die Wunderwerke ihrer Heimat zu schützen.

Den Pick-up parke ich am Rand des Arches Scenic Drive am Courthouse Viewpoint. Onkel Wendelin steigt aus. Ich folge ihm, nachdem ich gierig den Rest Wasser aus einer Plastikflasche geleert habe. Er steht gedankenverloren auf einem kleinen, ovalen Felsen und blickt in die flirrende Weite des Nationalparks.

»The Three Gossips. Hier, Sheep Rock.«

Dabei deutet er auf einen Berg, der einem trägen, fahrig gelbbraunen Tier gleicht.

»Tower of Babel.«

Sein Zeigefinger gleitet weiter zum nächsten Monument. Als er etwas sagen will, schnellt die andere Hand mit dem Halstuch an den Mund. Seine Worte verschwinden in Husten und Stoff. Ich biete ihm meinen Arm als Stütze an, will ihn zum Auto führen. Bestimmt, aber nicht grob, windet er sich aus meiner angebotenen Gehhilfe.

»Danke, Heinrich. Das bisschen Husten bringt mich nicht um.«

Er muss lächeln und sieht mir in die Augen. Noch nicht, liegt mir auf den Lippen. Ich sage es nicht. Er auch nicht.

Nach einer so langsamen wie imposanten Fahrt durch die Naturdenkmäler landen wir etwa eine halbe Stunde später im Devils Garden Trailhead, einem Sackgassenparkplatz, umrundet von Felsen, Steinsäulen und Steinplatten.

»Hier sind wir richtig, Heinrich.«

In Onkel Wendelins Augen blitzt es. Er gurtet sich ab, hüpft aus dem Pick-up, und ehe ich denselben verlasse, hat er die Heckklappe geöffnet. Er kraxelt auf die Ladefläche. Die behände Bewegung steht im Gegensatz zu seinem stärker und häufiger werdenden Husten. Es sind keine direkten Attacken oder Anfälle. Sehr wohl aber alarmierende Signale der tödlichen Lungenerkrankung. Und die Ausstöße färben das Halstuch zunehmend rot. Es wird langsam zu einer blutigen Fahne.

»Hast du Schmerzen, Onkel Wendelin?« Ich mache mir Sorgen.

»Du Rotzbub, was fällt dir ein? Hier, nimm den Rucksack. Und pack noch zwei große Flaschen Wasser ein.«

Onkel Wendelin bugsiert aus der riesigen Kiste einen länglichen, beigen Karton, den er mir über die seitliche Reling der Ladefläche reicht. Ich trete an die Hinterseite und will ihm eine

Hand zum Abstieg reichen. Er klettert wie ein sturer Bock über die Seite am Hinterrad ab. Onkel Wendelin setzt sich zur Wehr. Mag der Tod noch so an ihm zerren, er umdribbelt seine Angriffe wie der junge Beckenbauer.

»Soll ich das auspacken?«, frage ich und halte ihm den Karton entgegen, als würde ich dem Kaiser sein Schwert reichen. Dem chinesischen, nicht dem bayerischen.

»Wasser. Karton. Alles in den Rucksack. Und ab …«

Ich folge seinen Anweisungen. Zeit ist Leben, denke ich mir.

*

Wir sitzen am wohl schönsten und zugleich abgelegensten Ort meiner bisher erlebten Welt.

Erreicht haben wir diesen Platz über einen canyonartigen Weg durch ein Labyrinth aus Steinsäulen, Wänden, Gängen, Büschen und Höhlen. Nach dem Navacho Arch verließ Onkel Wendelin den offiziellen Trail und zog, für seinen gesundheitlichen Zustand beachtlich kräftig und geschmeidig, einen eigenen Weg über einige kleine Kletterpassagen, den er sich tief in seiner Erinnerung eingebrannt haben musste. Als würde er einer gespannten Schnur folgen. Die Anstrengung war enorm. An vertrockneten Wacholderästen und verkrüppelten Pinyon-Kiefern kletterten wir durch Steinkluften. Sprangen über Felsbrocken, krochen sogar unter Bögen aus Gestrüpp und Wildwuchs wie Mormonentee und Antilopensträuchern hindurch.

Während des gesamten Weges sprachen wir kein Wort miteinander. Ich sog die Natur auf, und Onkel Wendelins zufriedene Blicke schienen zu sagen: Ja, Junge, mach endlich die Augen auf!

Ich öffnete sie nicht nur, nein, sie gingen mir über. In meinem

Innern vernahm ich ein leises Klicken. Eine unmittelbare, unumstößliche Freude an diesem Naturschauspiel ergriff mich. Ein nie da gewesener Glücksmoment, getrübt nur von der Gewissheit, bisher viel zu wenige Ecken dieser wundervollen Welt entdeckt zu haben. Abgelenkt durch dieses fantastisch melancholische Gefühl übersah ich Onkel Wendelins Ankerplatz.

»Hey Junge, hierher!«

Onkel Wendelin saß auf einem rot leuchtenden Felsplateau, das in der Abendsonne zu schweben schien. Ein fliegender Steinteppich, der meinen Onkel, meine Sehnsüchte und meine Versäumnisse trug.

*

Vor uns auf meinem vom Schweiß durchnässten T-Shirt liegt der mitgeführte Karton. Die beiden Wasserflaschen, jeweils zur Hälfte geleert, stehen daneben. Meine Sommersprossen blinken auf meiner hellen Haut um die Wette und ähneln ein wenig den Flechten, die als rötliche, weiße und hellgrüne Kryptogame den Stein überziehen. Dieser sondert eine Wärme aus, als sei unter seiner Oberfläche eine Art Bodenheizung eingelagert. In meiner erschöpften Zufriedenheit lasse ich mich rücklings niedergleiten und blicke mit hinter dem Kopf gefalteten Händen gen Abendhimmel, der so rötlich ist wie mein Haar. Ich suche den Himmel nach einem Weißkopfseeadler ab, und vielleicht ist dieser Wunsch – gespeist durch Westernfilme wie *Sacramento* – so groß, dass nun tatsächlich ein Vogel in mein Blickfeld segelt. Viel zu weit entfernt, um zu entscheiden, ob Weißkopfseeadler, Fischadler oder doch nur Kanadareiher, aber ich könnte später einfach behaupten, dass es ein Weißkopfseeadler war. Mit steifen, ausgebreiteten Flügeln gleitet der König der Lüfte am Himmel und hinterlässt an der Schwanzfeder einen wolkenhaften Schweif. Spätestens jetzt wird die romantische Vorstellung wieder zur Wirklichkeit – es ist ein Flugzeug.

Mit geschlossenen Augen versuche ich das Rauschen des Fliegers zu erhaschen, höre allerdings nur das Klicken einiger Zahnräder in meinem Kopf. Sie setzen eine Melodie in Gang. »Gibst du mir Feuer?«

Ich blinzle in Richtung meines Onkels. Verwirrt richte ich mich auf. Onkel Wendelin hat eine Friedenspfeife im Mund. DIE Friedenspfeife. Eines seiner Heiligtümer aus dem Antiquitätenladen. Jahrelang, jahrzehntelang war dieser Gegenstand ein wohlbehütetes Geheimnis. Ein Kuriosum. Ich wurde sozusagen für diese Pfeife zur Persona non grata. Plötzlich soll ich meinem schwerstkranken Onkel Feuer reichen, zum Entflammen dieses Mysteriums. Okay, ich mach's. Ich finde das Feuerzeug in einer der vorderen Taschen des Rucksacks, reiche es Onkel Wendelin und denke mir: Rauchen ist hier bestimmt verboten, aber was soll's.

Das Feuerzeug klickt zweimal. Onkel Wendelin saugt, die Flamme an den metallischen Bisonkopf haltend, mit hoher Frequenz am Mundteil. Es knistert und knattert wie kleine Ladycracker. Brutzelnde Tabakglut verteilt sich glimmend im Pfeifenkopf. Bullige Rauchschwaden verlassen in Zweierreihen Onkel Wendelins Mund. Die Adlerfeder, welche mithilfe eines Lederbands an dem Beil befestigt war, hängt ihm vom Kopf, dreht sich leicht im warmen Windhauch. Zwischen seinen Beinen liegt der geöffnete, ranzige Lederbeutel, aus dem eine Mischung aus Tabak, Kräutern, getrockneten Blättern und, ja, es könnten Dörrpflaumen sein, lugt. Mit geschlossenen Augen summt er eine Melodie, dieselbe wie schon so oft, wenn er im Antiquitätenladen vor der Vitrine stand. Ein bekanntes Lied, dessen Name mir immer auf der Zunge liegt. Auch jetzt.

Die ganze Szenerie wirft unzählige Fragen auf: Warum die Friedenspfeife? Warum hier? Welches archaische Tabakgemisch raucht er da überhaupt? Haben wir eigentlich den Pick-up abgesperrt? Wer bringt ...

Onkel Wendelin pustet mir Rauch ins Gesicht. Ein Hustenreflex setzt ein. Ich merke allerdings, dass ich gar nicht husten muss. Im Gegenteil. Eine geheimnisvolle Note von Zedern- und Sandelholz umgibt uns. Ein Geschmack herber Beeren und süßer Minze. Der aromatische Rauch übt eine seltsame Anziehung auf mich aus. Doch bevor ich es selbst tun kann, stopft mir Onkel Wendelin das Mundstück zwischen die Lippen. Ich halte die Tomahawk-Pfeife so, wie ich es aus Westernfilmen zu kennen glaube, und inhaliere mutig einen kräftigen Zug dieses indianischen Dunstes. Kein Zögern. Kein Habacht. Kein Respekt vor den Folgen des Dampfes. Ich bin ein Abenteurer. Der vergessene Teil einer Zigarettenwerbung. Entgegen aller Erwartung muss ich weder husten, noch schnürt es mir die Kehle zu. Eher verspüre ich, wie mein Lungenvolumen sich vergrößert. Kokablätter sollen diesen Effekt hervorrufen. Ich nehme noch einen Zug. Aus Lunge, Mund, Nase, aber auch Augen, Ohren, Poren fließt Zufriedenheit. Bedürfnislosigkeit überfällt mich. Es kommt mir so vor, als könnte ich kubikmeterweise reine Luft aufnehmen. Entspannt lege ich meinen Kopf in den Nacken, und dort liegt er so gut, wie eine auf Kissen gebettete Wahrsagerkugel. Der vor Abendrot brennende Himmel wird durchkreuzt von einzelnen grellgelben Kondensstreifen. Onkel Wendelins Stimme trifft mich so klar und weise, als hätte ich Kopfhörer aufgesetzt.

»Du bist die vierte Person, die aus dieser Pfeife raucht. Hier, genau auf diesem Felsen saß ich mit Kerstin. Genau hier.«

Er streicht über den Stein neben sich. Seine von Altersflecken und Falten überzogene Hand gleicht den Flechten und Moosen. Auch ich lege meine Hand auf den Stein. Ein Junikäfer streift mich. Tante Kerstin hatte auch Sommersprossen, kommt mir in den Sinn.

»Die Wanderung war für sie etwas beschwerlicher als für mich. Ernst war zu dieser Zeit einer der ehrgeizigsten Forscher im onkologischen Segment. In jeglicher Hinsicht. Es war seine Idee hierherzukommen. Man mag es aus schulmedizinischer Sicht für Humbug halten, aber Tellerränder sind dazu da, um darüber hinaus zu blicken und auch nach dem zu greifen, was man nicht sieht.«

Fragend halte ich ihm die Pfeife hin. Er nimmt sie mir aus der Hand, schmaucht ein wenig. Offensichtlich wurden auch seine Lungen von dem Kraut lieblich umgarnt.

»Und Ernst dachte in alle Himmelsrichtungen, um Heilung oder zumindest Linderung herbeizuführen. Die herkömmlichen Behandlungen schlugen bei Kerstin nicht mehr an, das erkannte er schnell. Es war an der Zeit, ungewöhnliche Methoden auszuprobieren. Übersinnliches. Homöopathie. Schamanenkult. Medizinmannapotheke. Nenn es, wie du willst. Auf alle Fälle hatte er sich mit dem Parkplatzwächter des Krankenhauses angefreundet. Ein Mann halbindigener Abstammung. Sein Name war William Rudanovic der Dritte. Die Vorfahren seines Vaters waren vom Stamme der Ute. Und, ich weiß nicht, ob es in den Familien amerikanischer Ureinwohner die gleichen Verwandtschaftsgrade gibt wie bei uns, jedenfalls hieß es, ein Familienmitglied von ihm sei so etwas wie der Urururgroßcousin eines Heilers und Seelenforschers und würde die traditionellen kurativen Praktiken beherrschen. So sagte es Ernst.«

Wendelin sieht mich an. Meine Ergebenheit wird hart auf den Prüfstand gestellt.

»Rudanovic könne, wenn wir mit Übersinnlichem experimentieren wollten, ein Treffen mit einem Ute-Medizinmann herstellen. Ein anstrengendes und undurchsichtiges Unterfangen zwar, denn der Schamane lebte mittlerweile zurückgezogen und abgeschieden im Land seiner Ahnen. Aber Ernst glaubte an deren Kraft. Für mich klang das alles wie aus einer schlechten Winnetoueske. Ich musste lachen. Kerstin lachte nicht. Sie meinte, wenn der Tod sowieso am Ende aller Wege wartet, dann nehme sie gerne den experimentellen. Den undurchsichtigen. ›Vielleicht findet mich der Tod dort nicht so schnell wie auf den ausgetretenen Pfaden. Wir verstecken uns in Abenteuern, Wendelin.‹ Außerdem meinte sie: ›Wir Schweden glauben doch ohnehin schon an Trolle und Geister. Vielleicht kann Manitu mir helfen.‹ Dann lachte sie, Heinrich, sie lachte dem Tod ins Gesicht.«

In Onkel Wendelins Blick liegt neben Sehnsucht auch Hochachtung und Stolz. In diesem Moment verändert sich meine Sicht auf diese Reise. Da, wo ich sitze, saß Tante Kerstin. Sie rauchte dasselbe Kraut wie ich. Die Hand von Dr. Ernst Zuber, die ich gestern schüttelte, behütete und führte Kerstin und Wendelin. Den aufreibenden Weg hierher nahm Kerstin damals wohl in ähnlichem Zustand auf sich wie Onkel Wendelin. Wozu? Um sich heilen zu lassen? Ich denke eher, um zu leben. Um zu erleben, was noch erlebbar ist. Der Bindung wegen. Der Zuneigung und Liebe wegen. Onkel Wendelin fasst sich an die Brust. Ich fürchte, er hat eine Herzattacke, bin schon dabei aufzuspringen. Doch als er die Pfeife an den Mund führt und kräftig daran zieht, tue ich so, als wolle ich mir nur die Schuhe binden.

»Sitting Rudy.«

Wie bitte?

»So wollte Rudanovic genannt werden. Nicht wegen seiner
Verehrung des berühmten Lakota-Häuptlings Sitting Bull,
immerhin ist er ein halber Ute, sondern weil er im Parkwäch-
terhäuschen sitzend von einem passablen Footballspieler zu
einem Schokoriegel vernichtenden Fettsack verkümmerte. Er
war witzig. Trug zu enge Jeans, ein zu weites Basketball-Shirt
der Utah Stars und zwei lange schwarze Zöpfe, die jeweils seitlich aus einer Truckermütze baumelten. Sitting Rudy begleitete
uns von Salt Lake City nach Moab. Damals noch keine überlau-
fene Touristenattraktion, sondern ein Tal für Aussteiger und
Romantiker. Den Parkplatz, auf dem wir mit dem Pick-up stehen, gab es damals schon, auch wenn er noch nicht so gut aus-
gebaut war. Rudy brachte uns zum Treffpunkt, indem er Kerstin
die Hälfte des Weges in einer Art Kraxe transportierte. Es sah
aus, als ob er ein Kind durch den Canyon schleppte, so zerbrechlich und klein war meine Kerstin. Rudy ließ sich von den
Strapazen nichts anmerken, lächelte stets, erkundigte sich nach
Kerstins Zustand und versicherte, dass wir die Begegnung mit
dem Zauberpriester nicht bereuen würden. Denn ein offener
Geist filtert aus jedem Erlebnis individuelle Sinnhaftigkeit. Das
sei ein Ute-Sprichwort, das er gerade selbst erfunden habe.«

Onkel Wendelins Gesicht verliert sich wieder für kurze Zeit
in der Vergangenheit. Ein wehmütig lächelnder Mund kämpft
gegen traurige Augen. Und doch funkelt es entschlossen darin.
Was in meinen Augen funkelt, weiß ich nicht. Eine Mischung
aus Erstaunen und Sentimentalität vielleicht. Im Angesicht des
Todes nimmt man womöglich Dinge wahr, die jenseits von
Norm und Nachvollziehbarkeit liegen. Damals wie heute.

»Sitting Rudy brachte uns hier zu dem Stein und versicherte

uns, bevor er ging, der Schamane komme bald, was auch der Fall war. Sein eingetragener Name war Edward Nooch, aber er nannte sich Dancing Bear. Er war bestimmt über zwei Meter groß, hatte ein Lederkostüm an. Seine schwarzen Haare waren mit bunten Holzstäben zu einem Dutt hochgesteckt, um seinen Hals baumelte eine Kette aus Horn, Calcium und Holzkugeln in den gleichen Farben wie die Haarstäbe. Unterm Arm trug er eine zusammengerollte Decke, und um seine Schultern hing ein bestickter Beutel. Ich schätzte ihn auf Mitte sechzig. Kerstin war sichtlich aufgeregt. Ich blieb skeptisch, wollte meiner Liebsten aber nicht den letzten Strohhalm knicken, auch wenn dieser ein Ute-Medizinmann war.

Doch siehe da: Nach der Zeremonie ging es ihr erst mal richtig gut. Die Landschaft hatte sie schwer beeindruckt. Sie war befreit und glücklich. Ein Hochgefühl in Absenz ihres Leidens. Du spürst es selbst, Heinrich, hier ist es wundervoll. Hier wohnt eine unglaubliche Kraft.«

Ich nicke. Ein perfekter Ort. Vielleicht zu perfekt?

Nachdem Onkel Wendelin einen weiteren Zug aus dem Tomahawk nimmt und den Rauch wie ein Dampfross stoßweise aus seinem Mund entlässt, fährt er mit dunklem, schwerem Timbre fort: »Hualecheti Raorkon! Glaube, Heinrich, was ist Glaube? Ich habe das Leben probiert, geschluckt, und wenn es mir nicht geschmeckt hat, ausgespuckt. Kirchen waren für mich vorher nur architektonisch von Bedeutung. Aber als Kerstin krank wurde, haben wir gebetet. Mehr als das. Wir haben Gott angefleht. Zum ersten Mal habe ich mich an Ihn gewandt. Mich sogar für diese verspätete Zuwendung entschuldigt. Ein später Apostel ist besser als ein ewiger Ungläubiger, dachte ich. Doch unsere Gebete gingen in Kerstins Hüsteleien unter. Da kann ich mir doch ebenso anhören, was der große Manitu zu einer malignen Neoplasie zu sagen hat. Es war, als würden wir einen Eimer mit Wasser füllen, der immer mehr Löcher bekam.«

Wendelin hält inne und blickt in das gelbrote Kreissegment der untergehenden Sonne. In seinen Augen lodern zwei kleine Flammen.

Etwas naiv frage ich:»Was habt ihr dann getan?«

»Wir hörten auf, Wasser in den Eimer zu füllen.«

Wie auf ein Stichwort läuft Wendelin eine Träne aus jedem Auge. Sie liefern sich ein Rennen durch das faltige Labyrinth und kommen fast gleichzeitig am Kinn an, so wie Onkel Wendelin und sein damaliger Kontrahent beim Eislaufwettrennen in Schweden. In den Tränen des Achtzigjährigen spiegelt sich die Wucht seiner harten Zeiten. Ich schlucke. Es klemmt im Gaumen.

»Kerstin kam mir eines Tages nach einem dreitägigen Krankenhausaufenthalt mit gepackter Tasche auf dem Parkplatz entgegen. Sie sah so rosig aus, dass ich dachte, sie wäre nach kompletter Heilung entlassen worden. Ich bemerkte allerdings eine Gereiztheit in ihr. Ihr Gang, ihre Aura, ihr Gesichtsausdruck hatten etwas, na ja, Unleidliches. Alles an ihr sagte: Aufbruch statt Zusammenbruch. ›Raus hier‹, sagte sie. Das war ein Wendepunkt. Kurz danach kam Ernst ins Spiel.«

Ich bin immer noch oberkörperfrei. Der leichte, warme Wind legt eine wohlige Decke um meine Schulter.

Ich frage:»Dann seid ihr hier hergeflogen – zu Ernst?«

»Mit voller Überzeugung. Hopp oder Top. Ich ließ mich von Kerstins Courage anstecken.«

Ich greife nach der Pfeife. Die Glut ist ausgegangen. Ich zünde sie erneut an. Mit gespitzten Lippen ziehe ich daran, wie ein Ansaugstutzen am Vergaser. Der Rauch schmeckt wirklich gut. Ob es sich dabei nun um Medizin, Drogen oder eine einfache Kräutermischung handelt – es tut uns gut. Onkel Wendelins lächelnder Mund ist eine von unzähligen Falten in seinem Gesicht. Ich reiche ihm die Pfeife. Husten, Lungenrasseln und Niedergeschlagenheit lassen ihn in Frieden, sobald er daran zieht. Ganz die Friedenspfeife, denke ich mir und lege den Kopf in den Nacken. Es knackt in der Halswirbelsäule, als wären Zapfen und Atlas eingerastet.

Onkel Wendelin inhaliert und schickt der niedergehenden Sonne den Rauch entgegen. Der sich zerkräuselnden Rauchfahne schiebt er ein paar gebrummte Wörter hinterher. Er dreht sich um seine Achse und wiederholt den Vorgang gen Osten. Eine Neunzig-Grad-Drehung lässt ihn nach Norden blicken. Dorthin segeln Rauch und Worte durch den Abendhimmel. Mit dem gleichen Ritual wird der Süden bedacht. Dann der Himmel, den Kopf im Nacken. Abschließend beugt sich Onkel Wendelin gen Erde auf die Knie. Lässt den Pfeifenrauch über den Steinboden tänzeln. Nach seinen unverständlichen Worten klopft er mit der flachen Hand vehement auf den Stein. Er imitiert hier offensichtlich das Ritual einer fremden Kultur. In der Hoffnung auf spirituelle Hilfe. Ich hinterfrage nicht, ob wir uns diesen Brauch einfach so ausleihen dürfen.

Nach einem innigen Moment der Stille steigt eine unbekannte Spannung meine Kehle empor. Als müsste ich gleich lachen. Ein nervöser Drang lässt mich jählings eine Melodie summen. Wie eine Klangfolge aus einem Westernstreifen. Wissen die Darsteller in *Der Mann, den sie Pferd nannten,* was sie da singen?

Aus meinem Summen wird ein *Heyjaheyjaheyjaheyja…* und ich meine dies in keiner Weise despektierlich.

Vor einigen Minuten kam mir der Gedanke, Onkel Wendelin leide an Konfabulation. Ich habe als Kind, Jugendlicher und

Erwachsener Kerstins Geschichte erzählt bekommen, aber sie offenbar nie in allen Einzelheiten zu Ende gehört. Was ich gerade erfahren habe, gleicht einer Fabel. Einer furchtbar traurigen. Einer wunderbar schönen. Kerstins und Onkel Wendelins Mut der Verzweiflung hat etwas Anmutiges. Etwas Erhabenes. Etwas Waghalsiges. Waghalsig war ich nie, erkenne ich schmerzlich. Niemals wäre ich von selbst auf die Idee gekommen, einem Ort wie diesem für mich, für mein Wesen, für meine Seele etwas abgewinnen zu können. Schon die Reise nach Amerika gleicht einem Quantensprung.

Ich bin bequem. Ich scheue das Risiko.

Es ist Zeit aufzustehen!

*Heyjaheyjaheyjaheyja…* Ich erhebe mich zu meiner monotonen Melodie. Beginne zu tänzeln. Vornübergebeugt und im Viertakt das Sprungbein wechselnd. Ich bin weder überrascht von diesem Ausbruch, noch mache ich mir Gedanken über dessen Angemessenheit. Ich bin frei von Scham. Mich drängt ein Gefühl der Katharsis. Onkel Wendelin interveniert nicht. Im Gegenteil. Seine Augen funkeln. Zu meinem rhythmischen Gesang lässt er die Friedenspfeife mit beiden Händen über seinem Kopf auf und ab schweben. Als folgten wir einem plötzlichen, archaischen Befehl. Onkel Wendelin kommt auf die Beine. Wir inhalieren abwechselnd. Ein Achtzigjähriger und sein Neffe vollführen wilde Ausdruckstänze inmitten des Arches-Nationalparks. Eigentlich psychotisch. Aber es macht unglaublichen Spaß und fühlt sich so an, als würden unbekannte Lasten und Ketten von mir abfallen.

Ich balanciere einbeinig am Rande des Felsens. Den Körperschwerpunkt lotrecht über der Kante des Steinplateaus. Es fühlt sich an, als würde ich durch Luft schwimmen. Plötzlich knattert es in schamanenhaftem Echo durch die Abendwärme:»Ho!

Cante Tinza! Hakamya upo! Hanhepi wakan, hanta yo! Huka! Huka! Ho!«

Ich verliere vor Schreck das Gleichgewicht und kann mich gerade noch so vor dem Absturz retten. Wäre nicht schlimm gewesen, der Sturz überschaubar, dennoch gab es schon Genickbrüche aus geringeren Höhen. Ich kauere am Rande des Steines und sehe zu Onkel Wendelin hoch. Er thront stehend über mir. Beide Arme in voller Spannweite weit von sich gestreckt, den Oberkörper nach hinten gebeugt, so weit es das Alter seiner Knochen erlaubt. Den Kopf im Nacken und die Tomahawk-Friedenspfeife wie einen Hammer in der rechten Hand, schmettern die dunklen Umrisse meines Onkels wiederholend diese Worte in den Abendhimmel:

»Ho! Cante Tinza! Hakamya upo! Hanhepi wakan, hanta yo! Huka! Huka! Ho!«

Ich bekomme eine Gänsehaut. Onkel Wendelin scheint abwesend, fast apathisch. Seine Stimme klingt seltsam fremd. Rau und voller Stimmritzenverschlüsse. Als würden alle Geister dieser Gegend in ihm fließen, beschwört er, tja, was nur? Er steht da, aufrecht und heroisch wie Häuptling Chief Ignacio. Keinesfalls wie ein achtzigjähriger Krebspatient. Ist das Voodoo? Es ist magisch – aber auch gespenstisch und unheimlich.

*Huka! Huka! Ho!*

Ich male mir singend ein Bild von Kerstins und Wendelins Zusammenkunft mit dem Ute-Indianer aus. Vernunft weicht Getriebenheit. Es geht um Befreiung. Das spüre ich genau.

*Huka! Huka! Ho!*

Entfernen vom Herkömmlichen, vom Bekannten. Ein Tanz zwischen dem Spirituellen, dem Mystischen, dem Berauschten. Bar jeglicher Reue. Fern von »Das macht man aber nicht als braver Bürger!«

*Huka! Huka! Ho!*

Hält ein echter Medizinmann eine solche Predigt, dann sind Heilung, zumindest Linderung möglich, solange man das Unbekannte, das Ungewohnte, den Bärentänzer nicht fürchtet. Da bin ich mir sicher.

Wovor sollte man Angst haben, wenn man eh mit dem Tod wandert?

*Ho! Cante Tinza! Hakamya upo! Hanhepi wakan, hanta yo! Huka! Huka! Ho!*

Meine Visionen verschwimmen mit der Realität. Trugbilder tänzeln um uns herum. Ist da noch wer? Ich sehe weibliche Umrisse und den Schatten eines Kopfschmuck tragenden Hünen. Schemenhafte Gestalten kreisen vor mir, vielleicht auch hinter meinen geschlossenen Augenlidern.

Meine Brüder schlagen nach mir. Mit Peitschen aus Brennnesseln bewaffnet. Meine Mutter versucht mich zu umarmen. Sie hat vier Busen, aber keine Arme.

Das Gesicht meines Vaters ziert eine tadelnde Belanglosigkeit. Er spuckt nach mir, aus Lichtjahren Entfernung.

Franziska Brand lacht mich aus. In einem schwedischen Hochzeitskleid.

Ich baue mich auf. Stemme mich gegen die Geister, die ich zwar nicht rief, die nun aber die Vergangenheit auf mich loslassen.

Ich halte stand. Ich lehne mich auf.

Ich könnte Bäume ausreißen. Ängste erschlagen. Zweifel zermalmen. Sorgen zerhacken. Neues Leben erfinden.

*Huka! Huka! Ho!*

Alles dreht sich. In meinen Ohren surrt es. Ein Signal. Wir taumeln. Und segeln davon.

Es ist finster. Einzelne, vom Mond bestrahlte violette Wolkenfetzen ziehen unter den Sternen hindurch. Ich sitze im Schneidersitz auf dem warmen Steinboden. Onkel Wendelin gegenüber lächelt mir müde zu. Die Friedenspfeife liegt quer zwischen uns auf dem Stein. Der mehlige Schimmer des Mondes taucht uns, und alles um uns herum, in stilles, geisterhaftes Licht. War der wilde Ausbruch nur ein Traum? Eine Halluzination?

Onkel Wendelin dreht die Friedenspfeife um neunzig Grad. Sie liegt nun wie ein Pfeil zwischen uns. Heute habe ich ihre Geschichte kennengelernt. Ich sehe mich als Kind mit großen Augen in Wendelins Laden. Er erklärt mir: In all den Gegenständen wohnen Geschichten. Nur jene hinter den Gegenständen in der Vitrine habe ich nie erfahren – bis jetzt. Bis zu dieser Reise.

»Ho! Cante Tinza! Hakamya upo! Hanhepi wakan, hanta yo! Huka! Huka! Ho!«

In Wendelins feucht schimmrigen Augen flackert der Mond. Leise übersetzt er mit tiefer Sonorität: »Ich bin bereit! Tapferes Herz! Komm, folge mir dichtauf. Wundersame Nacht, mach den Weg frei. Ich fürchte mich nicht. Ich fürchte mich nicht. Ich bin bereit!«

Völlig ruhig nehme ich jedes Wort in mir auf. Wucht und Bedeutung finden ihren Weg in meinen Verstand. Wir verharren in Stille, in unseren Gedanken. Gezirpe und Nachtgeräusche werden vom Schein der Sterne und des Mondes geschluckt.

Meine Augen füllen sich mit Tränen.

*Tapferes Herz! Komm, folge mir dichtauf. Ich fürchte mich nicht.*

Das ist eine Drohung. Eine Bedrohung für meinen bisherigen Werdegang in Deckung und Genügsamkeit. Für Kerstin und Wendelin war es eine Drohung an die Bedrohung des

Dahinsiechens. Ich spüre unermesslichen Respekt, ja, Verehrung für Kerstin.

Ich hätte sie gerne kennengelernt.

# 7

## El Morro

Die Highways sind lange, langweilige, leicht wellige Straßen, deren Verlauf sich verfolgen lässt, so weit das Auge reicht. Gemächlich ziehen links und rechts Steppen, Gestrüpp und Karglandschaften vorbei. Hier und da grenzen Stacheldrahtzäune endloses Land ein. Es ist aber weit und breit kein Vieh zu sehen, welches sich an diese Einzäunungen halten könnte. An Stacheldrähten enden Menschenleben. Auch hier? Ob in diesem endlosen Areal zwischen Beifußgewächs und Stein Leichen verbuddelt sind? Was liegt hier unterm Staub? Einsamkeit und Enttäuschung? Aufbruch und Herzlichkeit? Streben und Verfall? Familiendramen?

Wir passieren Ortschaften, Tankstellen und Truckstops mit ihren typischen, bunten Diners. Vereinzelte Wellblechhütten stehen neben einfachen, mal bunt leuchtenden, mal schmuddeligen Wohnhäusern. In längeren Abständen tauchen wild zusammengewürfelte Schuppen, Scheunen, Fabrikgebäude und Lagerhallen auf, die eine Betriebsamkeit vorgeben, von der wenig zu sehen ist.

Wir überqueren ausgetrocknete Flussläufe, überholen schmutzige Lastwagen und blitzende Trucks. Hier und da liegt Aas am Straßenrand oder ein gestrandetes Vehikel.

Schilder tauchen auf: Tempolimits, Entfernungsangaben in Meilen, Highway-Nummern. Gefühlt fahren wir Stunden auf eins davon zu, sehen, wie es größer wird, bis es dann plötzlich von der Peripherie verschluckt wird.

Auf einer Blechtafel bei Sheep Springs weist ein Pfeil in Richtung Navajo Nation Reservation. Ich überlege, ob die Ureinwohner dieses Kontinents sich gegen das gewaltsame Eindringen des weißen Manns anders hätten wehren können.

Der endlose gelbe Mittelstreifen ist ein Farbklecks in der grau-braun-grünen Monotonie. Mich beeindruckt diese Weite. Sie schwankt zwischen Offenheit und Trostlosigkeit. Immer eingefangen von Hügeln und kleineren Gebirgsketten in weiter Ferne. Zwischen Tohatchi und Gallup muss ich freudig feststellen: Onkel Wendelin sieht frisch aus.

In Vanderwagen tanken wir den Pick-up auf, holen uns reichlich Wasservorrat und einige Äpfel, Orangen und Tomaten. Letztere essen wir noch mit Käsesandwiches an der Tank- und Gemüsestelle El Sabino Grocery & Fuel. Die kleine, adrette Ladenbesitzerin, die mich irgendwie an Hillary Clinton erinnert, steht rauchend neben uns vor der Eingangstür. Eine riesige Brille aus rot-weißem Perlmutt liegt an einer Kette baumelnd auf ihrem offenen Dekolleté. Sie deutet neugierig auf den Truck.

»Immer schön, wenn Vater und Sohn was zusammen unternehmen. Was transportiert ihr denn da unter der Plane? Sieht aus wie ein Klavier.«

»Er ist mein Onkel«, verbessere ich sie.

»Bist du Ire?«

Sie pustet ihren Zigarettenrauch in Richtung meiner Frisur.

»Wir sind aus Deutschland, und ich erbe gerade diese Fahrt.«

Ich denke nicht, dass es auf dieser Erde jemals eine dümmere Antwort gab.

»Jedenfalls ist er mein Onkel«, schließe ich meinen Beitrag.

»Sehr schön. Sehr schön.«

Die Dame wirft ihre glühende Zigarette in den Staub, nicht weit entfernt tropft Benzin von der Zapfanlage auf den Betonsockel.

»Und wohin des Weges?«, versucht sie noch einmal ein Gespräch.

»Wohin uns der Wind trägt«, antwortet Onkel Wendelin.

»Immer schön, wenn man nicht genau weiß, wohin es einen verschlägt. Ich glaube, der Wind kommt heute von Westen.«

Sie blinzelt in die Sonne, grinst uns an und geht zurück in ihren Verkaufsraum. Ich weiß genau, der Wind bläst uns Richtung Florida. Und auf unserem Pick-up befindet sich ein Klavier. Und eine indianische Friedenspfeife. Und eine Miniaturkamera der Firma Tougodo.

Ich blicke auf die Ladefläche unseres Pick-ups.

Wahrscheinlich ist da auch ein Storchenkunstwerk aus Messing.

Und wahrscheinlich eine Pistole.

Und wahrscheinlich ein paar Kastanien.

*

Wir haben zwei Betten im Ancient Way Café gebucht. Vielmehr in einer Holzkabine, die wie eine rote finnische Sauna aussieht und sich hinter dem Haupthaus zwischen Pinienbäumen und Kaktusblumen versteckt. Eine weitere Hütte steht unweit der unseren. Frei laufende Hühner bewegen sich auf den Pfaden, die das Café mit drei Zeltplätzen und den beiden Schlafhütten verbinden.

Das Café ist eine größere bunte Blockhütte an der Ice Caves Road mit einer Veranda an der Straßenseite, leckerem Essen – vor allem die mongolischen Spareribs sind sehr zu empfehlen –, liebevollen Besitzern und einem herrlichen Blick auf das El Morro National Monument, ein helles Felsmassiv, das in zwei Kilometern Entfernung scharf aus der flachen Wüstenlandschaft emporragt. Sechzig Meter abfallende Steilwände zeichnen diese steinerne Landzunge.

Nach dem Abendessen führen wir ein lustiges Gespräch mit einem texanischen Hundebesitzer, der behauptet, sein Lakeland Terrier sei die Reinkarnation von Mr. Ed, dem sprechenden Pferd aus der gleichnamigen Sechzigerjahre-Fernsehserie. Echt verrückt, diese Welt. Nur dass man von diesen Verrücktheiten oft nichts mitbekommt. Außer man jagt sie. Schließt man sich ein, verpasst man sie. So wie derjenige, der mich aus dem verkratzten Badezimmerspiegel aus müde ansieht.

Es war ein langer Tag. Wir fallen völlig erschöpft in unsere Stockbetten. Onkel Wendelin liegt unten. Auf dem harten Federkernuntergrund übermannt mich in wenigen Sekunden eine zufriedene Ohnmacht. Ich träume von der endlosen Steppe der Mongolei, gesalzenem grünen Tee, der mir in einer Jurte serviert wird. An den Stoffwänden hängen schiefe Fotos von Franziska Brand und Tante Kerstin. Und von Onkel Wendelin, der immer näher zu kommen scheint. Dann sagt er etwas. Aufstehen oder so. Dann bin ich wach.

Nach einer erquickenden Dusche und dem Organic Breakfast fahren wir mit zwei geliehenen Fahrrädern die zehn Minuten zum National Monument. Im Gepäck haben wir eine Flasche Wasser. Sonst nichts. Keine Pistole, keine Kühlerfigur, keine Kastanien.

Onkel Wendelin fährt zwar sehr weit in der Straßenmitte, ansonsten scheint er aber gut in Form zu sein. Wir surren auf den Berg zu. Die steile Felsformation des National Monuments fällt in der sonst flachen Wüstenlandschaft schon von Weitem ins Auge. Wie ein Wegweiser oder ein Orientierungspunkt ragt es kastenartig sechzig Meter in die Höhe.

Die Räder stellen wir am Eingang des Besucherzentrums ab. Schlösser haben wir keine. Onkel Wendelin steckt einen längeren Ast durch die Speichen der beiden Vorderräder. Irgendwie lässig.

Gemeinsam gehen wir zum Inscription Rock, der riesigen Felsformation des El Moro National Monuments.

Lange bevor Europäer Amerika »entdeckten«, begannen amerikanische Ureinwohner den Fels mit Petroglyphen zu verzieren. Einfache Felsbilder wie Handflächen, Tierkörper oder Muster, die durch Schaben, Gravieren oder Ritzen eingetieft wurden.

Auf der Anhöhe, die durch eingeschlagene Steintreppen erreicht wird, befindet sich eine kleine Hochebene. Auf dieser liegen Überreste des freigelegten Pueblos Atsinna der vor zweitausend Jahren hier siedelnden Anasazi-Indianer. Am Fuße des Berges befindet sich ein natürliches Wasserbecken, gespeist von Regenwasser und einer natürlichen Zisterne. Das führte dazu, dass hier früher Reisende im Schatten der Felsen Rast machten oder ihr Nachtlager aufschlugen. Und mit Reisenden meine ich die Flut an europäischen Einwanderern nach der »Entdeckung« des Kontinents.

Als Zeugnis ihrer Anwesenheit verewigten sie sich mit ihren Namen im Stein. Manche mit Datum versehen, andere mit der

Reiseabsicht. Auf Englisch oder Spanisch. Siedler, Forscher, Armeeangehörige, Entdecker, Pioniere und Vagabunden.

Die älteste Inschrift stammt vom spanischen Konquistador Don Juan de Oñate aus dem Jahr 1605: *Pasó por a[qu]í, el adelantado Don J[ua]n de Oñate del descubrimiento de la mar del sur a 16 de Abril de 1605.* Sinngemäß: *Hier zog Don Juan de Oñate auf einer Südsee-Expedition am 16. April 1605 vorüber.*

Ein weiterer spanischer Herr namens Juan de Arechuleta schrieb: *We passed by here, the Captain-Sergeant-Major Juan de Arechleta and the Adjutant Diego Martin Barba and the Lieutenant Agustin de Ynojos, year of 1636.* Neuankömmlinge in einer alten Welt. Veränderung im Gepäck. Nicht nur positive. Die historischen Petroglyphen wurden von der Neuen Welt überschwemmt.

Fast fieberhaft lasse ich meine Augen über die eingravierten Inschriften wandern. Brillantes Futter für einen leidenschaftlichen Archivar.

*Lt. J. H. Simpson, USA & R. H. Kern, artist, visited and copied these inscriptions, September 17-18-1849.*

Interessante Kombination. Was machen ein Leutnant *und* ein Künstler auf Reisen? Und welche Art von Künstler? Maler? Bildhauer? War R. H. Kern ein Artist? Ein Zauberer? Ein Clown? Ich erfahre von Onkel Wendelin, dass diese beiden Männer die Inschriften bei einer Armee-Expedition entdeckten, sie zwei Tage lang untersuchten und archivierten. Ich weiß aus eigener Erfahrung: keine leichte Aufgabe. Vor allem für einen Clown. Offenbar löste diese Entdeckung einen wahren Reise- und Graffitiboom aus.

*P. Gilmer Breckinridge, 1859* – wie aus der Schablone gestanzt.

163

Leserlicher geht es nicht. Darunter *D. Morrow und Mic H. Lt.* – offenbar mit einfachem Kratzwerkzeug eingeritzt.

*R. Coclan, Ohio 1866* – zwei angebrachte Hilfslinien vermochten eine windschiefe Schrift nicht zu verhindern.

*E. Pen. Long Baltimore* – verziert geschwungen, wie mit feiner Feder angebracht. Ein Kunstwerk.

*Pablo Lusero, W.W. Watkins, H.P. Pinegar, L. Dorsh, S.D. Cray, H. Weber, W. Shaw, H.P. Williams, W.J. Williams,* Brüder, Schwestern, Freunde, Kollegen, Kameraden.

Diese Inschriften sind Chronik eines Zeitphänomens. Mich fröstelt. Ich sehe bildlich, als wäre es eine kriegerische Taktiktafel, die darwinistische Übernahme eines indigenen Volkes durch Fremde. Ein in Stein gemeißelter, aggressiv herbeigeführter Wandel der Kulturen. Tragische Symbolik.

Jeder Einzelne dieser tausend Namen steht für eine Geschichte, einen Auftrag, ein Schicksal, ein Vorhaben, so wie unseres. Am Eingang des Parks ist ein Felsen angebracht, in dem man sich als Besucher dieses National Monuments verewigen kann. Eigene Signaturen in die eigentliche Felswand sind seit der Ernennung zum Naturdenkmal 1906 verboten. Verständlich, würden doch touristische Verewigungen irgendwann die historischen Bestände überlagern. So wie die Pionierinschriften die der Ureinwohner überlagerten.

Mich faszinieren diese Zeitzeugnisse. Ob sich der Stein wohl leicht bearbeiten lässt? Plötzlich habe ich ein Taschenmesser in der Hand. Ich muss es unterbewusst aus meiner seitlichen Hosentasche gefischt haben. Schon ertönt hinter mir die giftig helle Stimme einer Frau in zu enger, neonfarbener Sportkleidung, Wanderstöcke in beiden Händen haltend.

»Seit 1906 verboten! Denken Sie nicht einmal dran. Sie bekommen mächtig Ärger.«

Ihr Ehemann trägt einen Safarihut und Trekkingsandalen. Beide entfernen sich stampfend. Wie ein Elefantenbulle seiner Elefantenkuh wackelt der Safarist seiner Gattin, der Denkmalschützerin, kopfschüttelnd hinterher.

»Aber ich …«, rufe ich ihnen halbherzig nach. Onkel Wendelin grinst mich an.

»Es ist verboten«, sagt er bloß. »Seit 1906.«

Das Taschenmesser behalte ich in der Hand.

Ich werfe noch einmal einen Blick auf das Gesamtkunstwerk an der Felswand, da fällt mein Blick auf eine kleine, aber tief eingestanzte Inschrift.

*Huka! Ho!*

Darüber deutlich lesbar: *Kerstin & Wendelin*

Mich trifft der Schlag. Ich drehe mich zu Onkel Wendelin um, der immer noch das gleiche Elefantengrinsen im Gesicht trägt. Ich überprüfe wiederholt die Inschrift. Meine Augen täuschen mich nicht.

*Kerstin & Wendelin, Huka! Ho!*

Frevelhaft, denke ich mir. Solch ein Lumpenpack. Ich kann mir ein Schmunzeln nicht verkneifen.

»Es ist verboten«, sage ich weise. »Seit 1906.«

Onkel Wendelin blickt stolz auf seinen und den Namen seiner geliebten Ehefrau.

»Ihr seid hier vorbeigekommen und habt einfach einen kriminellen Akt begangen?«

»Unser beider Route, Heinrich, ist die gleiche, die ich damals mit Kerstin genommen habe. Und ja, ich habe das da hingeschrieben. Nun steht es da. Für immer. Verbote zu missachten ist nicht immer falsch. Vor allem dann nicht, wenn man sich vom Leben ungerecht behandelt fühlt. In diesem Fall war es einfach ein Bubenstreich, dem Willen nach Verewigung geschuldet. Uns ging es darum, im Angesicht von Kerstins Verblassung einen Lichtstrahl zu hinterlassen.«

»Das ist euch gelungen.«

Die Namen der beiden fügen sich stimmig ins kalligrafische Gesamtbild. Nichts weist auf einen späteren Eingriff hin. Als wären sie schon immer da und würden dort für immer bleiben.

»Es war Kerstins Idee, stimmt's?«

Aus seinem süffisanten Grinsen wird ein zustimmendes Lächeln. Ich weiß es nun und sage: »Überdauern. Die Zeit. Die Krankheit. Den Tod. Auf diese Weise ist sie immer noch hier.«

Die Sonneneinstrahlung auf den hellen Felsen blendet mich. Ich blinzle zu Onkel Wendelin, der aus dem Meer der ringsum wild wachsenden Blumen eine Aster gepflückt hat.

»Cante Tinza! Tapferes Herz!«

Er dreht die lila leuchtende Blüte zwischen seinen Fingern.

»Sie ist immer noch da!«

Onkel Wendelin schlägt vor, den Mesa Top Trail zu erkunden, eine Wanderung auf dem Hochplateau. Ich erlaube ihm einen Vorsprung, und er verschwindet um die Ecke in Richtung des Wasserbassins.

Das Taschenmesser liegt immer noch schwer in meiner Hand. Ich folge ihm. Nach einer kurzen Weile.

An dem natürlichen Wasserbecken hole ich ihn ein. Sein glasiger Blick prallt von der Wasseroberfläche gegen die glatte helle Felswand und von da zurück in seinen Tagtraum. Er ist im Jahre 1974.

»Kerstin ist da reingesprungen«, sagt er selbst so ungläubig, als würde er seinen Erinnerungen nicht mehr trauen. Nach einem vandalistischen Akt auch noch im nächstgelegenen Wasserbecken zu baden, was natürlich ebenso verboten war und ist, grenzt an Auflehnung. Das ist fast schon Punk.

»Nachtbaden? Das habe ich mich nicht mal im Freibad getraut.«

»Du hast dich vieles nie getraut, Heinrich.«

Das klingt nicht nach Vorwurf, sondern nach Aufforderung. Onkel Wendelin hat sicher recht. Ein Rebell war ich nie. Im Gegenteil. Soll ich jetzt da hineinspringen?

»Nachtnacktbaden«, fährt Onkel Wendelin fort. »Kerstin war splitterfasernackt. Ich wollte schnell verschwinden, nach der Kratzerei. Ich war aufgeregt, wollte nur weg von hier. Außerdem machte ich mir Sorgen, sie könnte sich erkälten ...«

Onkel Wendelin lässt einen heiseren Lachstoß von sich.

»Kerstin stand völlig still im Mondlicht. Ihre Sommersprossen vermischten sich mit den Sternen im Nachthimmel. Sie wollte im Blut des Berges baden. So nannte sie es. Unsterblich werden, wie Siegfried Drachentöter. Sie war manchmal so fantastisch kindlich.«

Und ihre Schwachstelle lag ebenso wie bei dem Sagenhelden zwischen den Schulterblättern, denke ich mir. Kein Lindenblatt, das die Haut an dieser Stelle durchlässig sein ließ, sondern eine Wucherung auf den Lungenflügeln.

Wie sich Kerstin wohl nach dem Bad gefühlt hat? Wieder erstarkt? Oder noch müder? Man stelle sich vor, sie wäre hier ertrunken? Ob auf dem Grund des Wasserbeckens Leichen liegen? Ertrinken, denke ich mir, ist das Allerschlimmste.

Auf dem Rückweg zum Ancient Way Café fahre ich, weil es der Verkehr zulässt, ziemlich mittig auf der State Road 53. Wenige Wolken ziehen in die andere Richtung. Uns überholt ein Lastwagen, der offenbar belustigt von meiner Fahrweise seine Fanfare dröhnen lässt. Klingt wie eine Eishockeyhymne nach einem Torerfolg. Sehr passend, wie ich finde.

»Seit 1906.«

Onkel Wendelin strampelt gemächlich neben mir her. Seine Stimme klingt vergnügt, keine Spur von Anstrengung, Überforderung oder Krankheit.

»Seit 1906 verboten«, wiederholt er. »Das war ein krimineller Akt!«

Ich bin ein wenig stolz auf mich. Das Surren der Räder mischt sich mit dem Zirpen der Grillen, die in den Steppengräsern neben dem zerrissenen Fahrbahnasphalt sitzen. Beim Heben des rechten Beines drückt mein Taschenmesser auf meinen Oberschenkel. Onkel Wendelin richtet sich über dem Lenker seines Rades auf. Mit erhobenem rechten Zeigefinger zeichnet er phonetisch eine imaginäre Inschrift nach und sagt: »Kerstin und Wendelin UND HEINRICH. Huka! Ho!«

Ich muss gestehen, es ging einfacher als gedacht. Fast wie Speckstein bearbeiten.

# 8

## Loving

Onkel Wendelin schläft auf dem Beifahrersitz. Sein Kopf ist mithilfe meiner Jacke an die Fensterscheibe gebettet. Ich folge den Anweisungen des Navigationsgerätes, das offenbar ein wenig mit dem GPS-Empfang hadert. Ab und an schickt uns das Gerät querfeldein durchs Steppengras. Aber das macht nichts, dann wirft Onkel Wendelin einfach einige Blicke auf seine alte Landkarte.

Der Tempomat ist seit einer gefühlten Ewigkeit auf siebzig Meilen pro Stunde eingestellt. Eine seltsam diesige Atmosphäre trübt das Licht.

Die Landschaft ändert sich kaum. Grüne Pflanzenflecken sprenkeln sich über die ebene Kargheit. Vereinzelte Flachbauten lassen nicht erkennen, ob darin Menschen leben oder Maschinen für Ackerbau und Landschaftspflege geparkt sind. Manche Ortschaften bestehen nur aus zwei Häusern, andere haben sogar kleine Industriegebiete. Verfallene Schuppen neben rostigen Boliden. Dann wieder meilenweit nur grauer Asphalt, der die gelbgrüne Steppe durchtrennt. Bergkämme am Horizont kommen und gehen. In naher Entfernung sehe ich, wie aus einem gelben Schulbus drei Kinder aussteigen, dem davonfahrenden Gefährt hinterherwinken und in einen Feldweg ins Nichts einbiegen. Weit und breit ist kein Städtchen oder Dorf zu erkennen. Auch keine Farm. Kein Haus. Keine Hütte. Die drei Schüler wohnen offenbar in Erdhügeln oder unter der Sandlandschaft. Ich würde gerne erfahren, wohin sie gehen. Wohin ihr Weg führt. Vielleicht werden sie von dem Traktor abgeholt, der in weiter Ferne den Horinzont entlangfährt.

Wir durchqueren Albuquerque. Dort nahmen Kerstin und Onkel Wendelin beim internationalen Ballonfest teil, wie ich gestern Abend noch erfuhr. Onkel Wendelin erzählte vor unserer Hütte sitzend: »Kerstin flehte: ›Lass uns fliegen, wie beim Bärentanz. Abheben und Schweben. Für einen luftigen Moment alles hinter- beziehungsweise unter uns lassend.‹ Wir fanden rasch eine Mitfahrgelegenheit bei einem englischen Ehepaar. Mr. und Mrs. Blakeney. Very british. Reizendes Paar, wenngleich mich die Glut seiner Zigarre etwas nervös machte. Alles voller Tauwerke, Ballonseide und Propan. Und der paffte da mit riesiger Glut in den Himmel hinein.«

Onkel Wendelin imitierte Winston Churchill und zitierte: »›Ich trinke viel, ich schlafe wenig und rauche eine Zigarre nach der anderen. Deshalb bin ich zweihundert Prozent in Form.‹ So Mr. Blakeneys churchillige Rechtfertigung.«

Ich musste an die Friedenspfeife in den Arches denken und blickte Onkel Wendelin an. Zweihundert-prozentige Fitness. Könnte hinkommen.

»Ballonfahren, Heinrich, bietet einen ganz anderen Weitblick als aus dem Flugzeug. Rundherum das ganze Universum. Die Probleme der Menschheit weit unten. Oben absolute Stille. Völlige Freiheit, wenngleich wir inmitten einer Ballonarmee schwebten.«

Onkel Wendelin grübelte.

»Kerstin genoss die Fahrt sehr. ›Hier oben ist es doch gar nicht so schlecht‹, sagte sie verheißungsvoll, während ein trauriges Lächeln ihren aufsässigen Panzer durchbrach. ›… sollte es doch zu Ende gehen‹, schob sie hinterher. Misses Blakeney empörte sich sofort. ›Was reden Sie da, Sie süßes Ding. Ihr Turteltäubchen werdet beide hundert, so wie euch die Liebe ins Gesicht geschrieben ist.‹ Das gut gemeinte Urteil ließ Kerstin bis zur Landung verstummen. Mit einem verzweifelten Händedruck, der meine Fingerknochen knacken ließ, hielt sie sich in der Gegenwart fest.«

Onkel Wendelins Fingerknöchel, die sich um eine kleine Flasche Light Beer krümmten, traten weiß hervor. Ich befürchtete, die Flasche könnte zersplittern.

»Ein Ballon ist übrigens abgestürzt. Es kam niemand zu Schaden, außer der Gondel. Aber dieser Ballon trug das Wappen der sizilianischen Stadt Bivona.«

Onkel Wendelins verschmitztes Grinsen baute Spannung auf.

»Einen Krebs. Kerstin wertete dies als gutes Zeichen, wenn du verstehst, was ich meine.«

Zwei Biker überholen uns, wobei sie neugierig ins Innere unseres Wagens gucken.

Ich blicke zu Onkel Wendelin herüber. Er ist eingeschlafen. So friedlich wie über den Wolken. Er atmet stellenweise ein wenig angestrengt. Vielleicht kommt der Krebs wieder in Fahrt. Vielleicht träumt er von Bivona.

Wir passieren Moriarty. Ein Professor diesen Namens fungiert in einigen Sir-Arthur-Conan-Doyle-Geschichten als Gegenspieler von Sherlock Holmes. Kurz zuckt das fiese Bild meines jüngeren Bruders Rolf-Egbert auf. Das Bild wird abgelöst von vierzehn gelben Caterpillar-Baufahrzeugen, die alle verwaist am Straßenrand der Interstate 40 stehen. Gleich darauf biegen wir auf den Highway 285 Richtung Texas.

Wir durchqueren Roswell. Ich halte nach der Ufo-Absturzstelle von 1947 Ausschau. Entdecke tausend Hinweisschilder, die sich mit dem Thema Aliens befassen, aber keine Absturzstelle.

Onkel Wendelin wacht auf. Wir haben Hunger.

Wir kehren in Carlsbad, einer weiteren Kleinstadt, die wie jede andere in dieser endlosen Prärie aussieht, im Buffalo Wild Wings ein und stärken uns mit Pepper Jack Steak Wraps, Eisbergsalat und Eistee.

Einige mexikanische Cowboys tippen sich galant an ihre Hüte, als wir an ihnen vorbei ins Freie treten. Onkel Wendelin vollführt noch ein paar Dehnübungen im Dampf der heißen Sonne, wirft mir ein Lutschbonbon zu, das er aus einer Gratisschale am Tresen mitgenommen hat, steigt auf den Beifahrersitz und schläft binnen fünf Minuten wieder ein.

Wir kommen durch eine Ortschaft namens Loving. Loving. Welch schöner Name für einen Ort. Mich erfreut das Schild. Kurz vor Ende der Ortschaft sagt Onkel Wendelin: »Hier rein!«

Ich erschrecke, ging ich doch fest davon aus, dass er schläft, verreiße leicht das Lenkrad und stoße quietschend in eine staubige Seitenstraße, an einigen Flachbauten vorbei Richtung Highschool.

»Mann, Onkel Wendelin, du erschreckst mich zu Tode.«

»Bin von den Toten erwacht«, knarzt er grinsend. »Hier rein.«

Gemächlich lenke ich den Ford zu einem großen asphaltierten Platz, auf dem ein Schild den Parkplatz der Loving Middle

Highschool ankündigt. Nichts los hier. Wir parken vor einem Sportgelände. Das Spielfeld ist von einer Tartanbahn und vier Flutlichtmasten umgeben.

»Die Schule gab es damals nicht. Nur eine kleine Autofirma. Dahinter allerdings, vielleicht genau da, wo nun dieser Sportplatz liegt«, Onkel Wendelin macht Wischbewegungen mit der linken Hand, »da war ein Schrottplatz. Eisenwaren, alte Elektrogeräte, aber in erster Linie Autowracks. Unfallwagen, ausrangierte Vehikel, verrostete Boliden, verrottetes Blech. Mehr Autos als Einwohner, schätze ich.«

Onkel Wendelin stiert auf den Rasen. Dass er diese Stelle überhaupt noch findet, nach so langer Zeit, ist erstaunlich. Das Herz als Navigator.

»Wir hatten unseren Ford vorne an der Hauptstraße bei einem Diner stehen, gingen spazieren und fanden hier einen Autohändler samt Schrottplatz. Nichts los. Keiner in der Verkaufsbaracke, niemand auf dem Gelände, ein typischer Sonntagnachmittag. Also stromerten wir wie Detektive durch das Alteisen. In einem verwinkelten Gang stieß Kerstin auf ein offensichtlich unter einer Plane verstecktes Auto. Sie kiebitzte erst, bevor sie die Abdeckung mit einem Ruck anhob. Darunter ein wunderschöner alter schwarzer Wagen. Ein Hispano Suiza K6 Baujahr 1935, wie wir später erfuhren. Edel. Geschwungene Kotflügel. Ein Oldtimer in perfektem Zustand, geöffnetes Faltdach, braune, feine Ledersitze, Armaturenbrett aus Holz, riesige Scheinwerferlampen mit grün gefärbtem Glas. Wohl das schönste Gefährt, das ich bis dato gesehen hatte. Ein edles Auto an einem echt schmutzigen Ort. Warum war es da versteckt? Eingehüllt wie ein Geheimnis. War es Diebesgut? War es Hehlerware? Zwischengelagert? Endgelagert? Wir setzten uns zaghaft hinein, Kerstin auf die Fahrerseite. Wir kicherten, scherzten.

Ich mit der fieberhaften Angst, entdeckt zu werden. Kerstin frei und unbekümmert. Aus Jux und Tollerei wurde Übermut. Warum wir nicht mit diesem Auto unterwegs sind, fragte sie und klopfte auf das Lenkrad. Sind nicht Bonnie und Clyde mit so einem Auto gefahren? Und wären wir nicht ebenso auf der Flucht? Die gemeinsamen Minuten in Freiheit zählend, in dem Versuch, einer größeren Gewalt zu entkommen? Ich meinte noch lachend, wir hätten uns wohl weniger zuschulden kommen lassen als die beiden Ganoven, worauf Kerstin nachdenklich feststellte: ›Und doch werde ich für irgendetwas bestraft. Nur, dass ich ein paar Jahre älter werde als Bonnie Elizabeth Parker und mich keine Kugeln durchsieben, sondern Tumore‹. Ich fasste ihre Hand, sie lächelte.«

Onkel Wendelin starrt auf den Sportplatz, auf dem nun ein vollschlanker junger Mann in Footballmontur seine Runden dreht. Vielleicht Straftraining. Vielleicht Extraschichten. Vielleicht einer, der irgendwo dazugehören will. Sein Helm blinkt in der Abendsonne auf. Sonst ist niemand zu sehen. Eine Szene wie aus einem Musikvideo einer College-Rockband.

»Was dann, Onkel Wendelin?«

»Sie ließ den Motor an.«

»Wie bitte?«, lachte ich.

»Das freche Luder ließ den Motor an. Der Zündschlüssel, eher ein metallener Haken in einer Versenkung, steckte im Schloss. Sie ließ den Motor an, und bumm, der Wagen startete. Erst stotterndes Wiehern, dann tief getaktetes, warmes Nageln eines Sechszylinders. Ich warnte sie, noch einen Gang einzulegen, da ruckelte sie schon aus der Parklücke über die Plane hinweg, in leichtem Trab die Gänge voller Schrott entlang, ich gefangen zwischen tollkühner Abenteuerlust und spießiger Feigheit. Kerstin fuhr lachend und zunächst unsicher über den

Hof der Autofirma. Niemand echauffierte sich. Sie bog auf diese Straße ein, nachdem ein Lastwagen der New Mexico Salt Company vorbeigebrettert war. Ich erklärte ihr, dass eine Spritztour mit einem fremden Auto – selbst bei noch so geringer Lebenserwartung – Diebstahl sei und eine gehörige Strafe nach sich ziehe. Eine Autoimmunerkrankung bedeutet keine strafrechtliche Immunität. Schmunzelnd gab sie daraufhin Gas, und das ästhetische Fahrzeug glitt schnurrend die Straße entlang. Verdammt, Heinrich, wir haben ein Auto geklaut und sausten mit dem Fahrtwind als Friseur in einem damals schon alten und einzigartigen Wagen durch den warmen Sonnenuntergang.«

Onkel Wendelins Blick gleitet glasig in die Ferne, in der sich auch jetzt flimmernde Sonnenstrahlen fangen. Dieselbe Sonne, andere Zeit.

»Sie begann zu singen, schwedische Mittsommerlieder, hatte mittlerweile das Fahrverhalten des schwarzen Hispanos voll im Griff. Die Dämmerung schlug sich auf unsere Seite, und ich entspannte mich. Der Anblick ihrer unbeschwerten Zufriedenheit beglückte mich. In diesem Moment war mir so egal wie ihr, ob ein Polizeiauto auftauchte oder nicht. Kerstin wechselte auf kleinere Nebenstraßen. Schließlich tuckerte sie über einen verwaisten Feldweg auf eine Reihe steiniger Hügel zu, umrundete einige Felsen und parkte das alte Gefährt, als wäre es ein Unimog, in einer höhlenartigen Gesteinsformation. Das glimmende Licht der Dämmerung verwandelte Kerstins Sommersprossen in goldene Glühwürmchen. ›Du bist ja irre‹, sagte ich zu ihr. Und dann wandte sie sich mir zu, bis wir uns beide auf der Beifahrerseite befanden.«

In weiter Ferne erkenne ich einige Hügelketten. Dieselben Hügel, andere Zeit.

»Und was dann?«, frage ich ein wenig plump.

»Loving. In Loving haben wir uns zum letzten Mal geliebt, Heinrich. Ist das nicht das Romantischste, was man sich vorstellen kann?«

In diesem Moment ist es das Traurigste, was ich mir vorstellen kann.

»Wir saßen eng umschlungen aufeinander. War nicht so einfach, platztechnisch, wenn du verstehst, was ich meine. Über uns ein blaues Meer, im Hintergrund glitzerten die ersten Sterne. Wir genossen jede Sekunde. Kerstin blieb danach lange an meiner Brust liegen, sofern ihr das mit ihrem Bauch möglich war.«

»Ihrem Bauch?«, frage ich.

»Ihr Bauch, ihre Brust, Ihre Lungen, der Krebs ...« Onkel Wendelin streicht sich mit beiden Handflächen über die gesamte Vorderseite seines Hemdes, Kerstins vom Krebs verwüsteten Körper nachzeichnend. Bedächtig spricht er weiter.

»Wie auch immer ... Wir wussten, dass es ein besonderer Moment war, auch wenn wir beide nicht aussprechen wollten, dass es unsere letzte Zusammenkunft gewesen sein könnte.«

Mit geschlossenen Augen genießt Onkel Wendelin den Reiz, aber auch die Schwere der Vergangenheit.

»Danach ... stieg Kerstin aus dem Auto, angestrengt, weißt du, und doch beseelt, raffte ihre Kleidung und schritt um den Kotflügel zur Front des Autos. Dort stützte sie sich mit langen Armen auf die Motorhaube und blickte, als wäre es Kimme und Korn, mit einem Auge über die Kühlerfigur hinweg in mein Gesicht.«

Er wirft mir einen prüfenden Blick von der Seite zu, als wolle er sich vergewissern, dass ich von selbst daraufkomme.

»Es war ein Storch, Heinrich, ein silberner Storch. *Der* Storch.

Und dann ...« Onkel Wendelin erkichert sich einen Hustenanfall. Es klingt seltsam, wenn eine maligne Wucherung auf
eine ausgeprägte Heiterkeit trifft.

»Sie formte ihre Arme zu abgespreizten Flügeln und begann
gemächlich zu flattern, tanzte nackt im Kreis und rief: ›Der
Storch bringt die Kinder!!‹«

»Hä?«, entfährt es mir etwas unwirscher als gewollt.

»Ciconia Ciconia! Leptoptilos! Mycteria Ibis!«, sagt Onkel
Wendelin auffordernd. Ich kontere so schnell und sicher wie
Jörg Roßkopf mit der diagonalen Rückhand im WM-Finale
1989.

»Weißstorch! Marabus! Nimmersatt!«

»Du hast es noch drauf, Heinrich. Wie ein Nimmersatt tanzte
Kerstin einen Bärentanz im Storchengewand. Vorsichtig und
sanft, die Augen geschlossen, den Geist in die Ferne verbannt.
Eine Verneigung vor der Schönheit des Moments. Wie gran-
dios.«

»Wie verrückt«, stelle ich fest. »Mein Gott ...«

»Es geht noch weiter, mein Sohn. Ich wollte zurückfahren,
zog mich umständlich wieder an, wollte auf den Fahrersitz
wechseln. Kerstin meinte, ich könne bei meiner nächsten Ehefrau Fahransprüche stellen, schmiss sich in ihre Klamotten und
schwang sich hinters Lenkrad. Jegliche Vorsicht war verschwunden. Steine spritzten gegen Trittbrett und Kotflügel, als
sie davonjagte. Sie rief: ›Wollen doch mal sehen, wie viel Pferde
der Vogel unter den Flügeln hat.‹ Der Motor röhrte bedenklich
auf, die Tachonadel tanzte zitternd, als wir auf die Landstraße
einbogen. Die schwerfällige Karre beschleunigte schneller als
gedacht. Kerstin beförderte sich in den Rausch der Geschwin-
digkeit. Ich hingegen suchte Halt am Türgriff. Kurz fürchtete
ich, Kerstin wolle ihren Kampf gegen die Krankheit an einem

Strommast beenden. Plötzlich riss sie die Hände nach oben und schrie dem sanften Wind, dem dunkelblauen Himmel und den Geistern, die sie jagten, entgegen: ›Huka ho! Ich lebe noch! Seht her, ich lebe noch!‹ Und plötzlich, auf einer leichten Anhöhe im Nirgendwo, passierte, was passieren musste.«

»Reifen geplatzt? Benzin alle?«

»Es tauchte ein Polizeiauto auf.«

Erschrocken ziehe ich Luft zwischen meine Zähnen hindurch, als wären die Cops in diesem Moment hinter mir selbst her.

»Wie man es aus dem Fernsehen kennt, Heinrich. Erst uns entgegen, Kehrtwende, dann hinter uns her, überholte, scherte nach rechts aus und bremste am Straßenrand. Ohne Blaulicht, ohne Kelle, dennoch war klar: hinten ranfahren. Kerstin folgte der unausgesprochenen Aufforderung. Ich wähnte uns im Knast, fühlte aber Kerstins ruhige, rechte Hand auf meinem Knie. Ein riesiger Cop stieg aus dem für ihn viel zu kleinen Auto. Etwa Mitte fünfzig, Sonnenbrille trotz Dunkelheit. Seinem selbstgefälligen Gang war zu entnehmen, dass er froh war, irgendwen anhalten zu können. Offenbar war ihm langweilig. Ich stotterte noch einige mögliche Ausreden über den Sitz, da schwang Kerstin sich, so weit ihr Körper dies zuließ, aus dem Wagen. Der Bulle sofort in Habachtstellung, flache Hand am Halfter. ›Madam, ich muss Sie bitten, stehen zu bleiben.‹ Kerstin ließ sich mit übergeschlagenem Bein auf dem geschwungenen vorderen Kotflügel nieder, grinste wie ein Schulmädchen und sah aus, wie Greta Garbo auf ihrem Düsenberg Coupé. Genau das ging mir gerade durch den Kopf, und jetzt pass auf: Der Polizist nahm die Hand vom Halfter, marschierte dennoch in dienstbeflissener Haltung auf unser Auto zu. Als er Kerstin gegenüberstand, schob er seine Sonnenbrille in die Hemdtasche. Auf dieser war in gelben Lettern sein Name vermerkt, nämlich Gustafsson. Er tippte sich an die Mütze und warf einen ernsten Blick auf den Beifahrersitz des Hispanos, in dem ich immer weiter in die Polster rutschte. Ich wusste nicht, was ich tun sollte: Ebenfalls aussteigen, mich auf den Boden werfen, Hände über den Kopf? Oder sitzen bleiben und ihm unaufgefordert meine Dokumente präsentieren? Ich blieb so starr, wie der in Bronze gegossene Karl Valentin am Viktualienmarktbrunnen. Kerstin übernahm wieder. ›Welch schöner Abend, Officer.‹ Sie breitete einladend die Arme aus. ›Madam‹, meinte der Wachtmeister streng. Er war mindestens eins neunzig groß, trotz seines Alters mächtig in Form. Unter seiner Dienstmütze lugten im matten Licht des Oldtimers blonde Büschel hervor. In der Stille der Nacht vernahm ich jedes Wort. ›Ist der Teufel hinter Ihnen her, oder warum fliegen Sie so durch die Nacht?‹ Anerkennend betrachtete er unseren Wagen. ›Ist das Ihr Automobil?‹ Ich wollte schon aussteigen und reumütig zu beichten beginnen, da sagte Kerstin: ›Sind Sie mit Greta Garbo verwandt?‹ Wie gibt's denn so was, Heinrich, eben noch musste ich an Greta Garbo denken, schon erwähnt sie die Dame selbst. Kerstin deutete auf sein Revers und fuhr fort: ›Gustafsson. Greta Lovisa Gustafsson, Greta Garbos bürgerliche Name.‹ Und dann legte sie los wie die Feuerwehr:

›Sagen Sie schon, sind Sie Schwede? Ich heiße Kerstin Pohl, geborene Holmgren. Ich komme aus Stockholm, und es würde mich sehr freuen, wenn ich hier in der unendlichen Weite Amerikas ein wenig Heimatverbundenheit erfahren dürfte. Sie müssen wissen, wir waren oben in Albuquerque beim internationalen Ballonfestival und haben die schwedischen Fahnen vertreten. Jetzt wollen wir das alte Ding hier‹, sie klopfte dreimal viel zu fest auf den Kotflügel, ›für meinen Onkel Magnus

Magnusson, der in Vail skandinavische Blockhütten vermietet und steinreich damit wurde, nach Fort Lauderdale überführen. Dort wartet seine Frau Senja, ehemalige finnische Olympionikin im Langlauf, die mit dem Gefährt auf die Bahamas, genauer nach Nassau, übersetzt. Sie wollen sich dort einen Zweitwohnsitz aufbauen. Und da Fidel Castro nach der Revolution 1959 die Amerikaner aus Kuba warf und in Havanna überwiegend alte, feine, bunte Oldtimer die Straßen säumen, wollen sie auf den Bahamas eine ähnliche Automobilkultur aufbauen. Die Magnussons wollen mit ihrem Ding hier zur Upperclass der Fahrzeughalter Nassaus zählen. Eigentlich kommen sie aber, genau wie ich, ursprünglich aus Stockholm. So wie die Garbo auch.‹

Der Polizist sagte keinen Ton. Eine autoritäre Stille setzte ein, und ich befürchtete schon, er würde gleich den Schlagstock rausholen. Aber nichts dergleichen passierte. Kerstin grinste, sah kurz zu mir herüber und formte mit ihren Lippen das Wort *Bahamas*, so als wäre es ein neues, ausgemachtes Ziel unserer gemeinsamen Flucht vor Teufel Krebs. Ich kramte in meinen Hosentaschen so heimlich wie möglich nach etwas, das ich im Notfall als Waffe nutzen konnte, fand aber nur eine Münze, die weder zur Verteidigung noch zur Bestechung zu gebrauchen war. Plötzlich, als ich dachte, die Welt sei eingefroren, fragte Inspektor Gustafsson: ›Woher aus Stockholm?‹ Kerstin sofort: ›Gamla Stan.‹ Der Cop: ›Wo genau in Gamla Stan?‹ Kerstin: ›Lilla Nygatan.‹ Er, als wäre es die einzige richtige Antwort auf Lilla Nygatan: ›Stora Nygatan.‹ Wie wenn man auf Petri Heil mit Petri Dank antwortet. Kerstin hopste vom Kotflügel und rief: ›Auch Gamla Stan! Ich wusste es! Sie sind Schwede! In der Stora Nygatan haben wir uns immer bei Oma Irma in der

Polkagriskokeri Karamellbonbons geholt. Kennen Sie den Laden?‹ Der Cop schüttelt ungläubig den Kopf, sein linker Mundwinkel zog sich dabei weit nach oben, dann zerbröselte seine dienstliche Ernsthaftigkeit: ›Meine Tante!‹ Kerstin flippte aus: ›Waaaas? Das glaube ich nicht. Oma Irma ist Ihre Tante? Ich fass es nicht. Wir hier mitten in der Prärie und Oma Irma ist Ihre Tante, was sagt man denn dazu?‹ Der Polizist verbesserte schnell, dass sie seine Tante *war*, denn sie sei vor ein paar Jahren gestorben.

Versonnen sagte Kerstin eher zu sich als zu dem Polizisten: ›Jeder stirbt einmal, sogar Tanten, die sich mit Zuckerstangen unsterblich machen.‹ Nach kurzer Pause umarmte Kerstin den Polizisten, sie seien schließlich Nachbarn gewesen und hätten vielleicht sogar einmal gleichzeitig in Gamla Stan eine Straßenbahn bestiegen oder die Nikolaikirche besucht oder Kartoffeln gekauft. Heinrich, es war absolut irrsinnig. Am absoluten Arsch der Welt mit einem gestohlenen Oldtimer auf einen Polizisten zu treffen, der in Stockholm mehr oder weniger neben Kerstin gewohnt hatte. Das war eigentlich unmöglich. Einen Kojoten in rosa Unterwäsche anzutreffen wäre wahrscheinlicher gewesen. Mit der Garbo sei er übrigens nicht verwandt, sagte er noch, Gustafsson hin, Gustafsson her, seine Mutter sei aber eine glühende Anhängerin ihrer späteren Filme gewesen. Weder Ausweis noch Papiere mussten wir vorzeigen. Der eingelullte Polizist warf nicht einmal einen Blick aufs Nummernschild. Zum Abschluss meinte er noch, in Loving hätte ein Auto- und Schrotthändler namens Lopez einen so ähnlichen Wagen, nur seiner hätte noch die Kühlerfigur an der Front, erst letzte Woche hätte er ihn in Carlsbad oben gesehen. Erst in diesem Moment habe ich registriert, dass sich der Storch nicht mehr an seinem angestammten Motorhaubenplatz befand. Er war weg, ich war irritiert. Der Polizist verabschiedete sich mit sanfter Stimme. Ich brachte immerhin ein ›Takse Mykke‹ zustande. Dann stieg er in seinen Wagen und hinterließ eine funkelnde Sternennacht, eine sich ihrer überwältigenden Frechheit bewussten Kerstin, einen verdutzten Wendelin und einen Hispano-Suiza K6 ohne Kühlerfigur, der einem Mann namens Lopez gehörte.«

Ich bin von dieser Geschichte ebenso geplättet wie der Footballspieler, der inzwischen im Gras liegt und nach Atem ringt. Ich reiche Onkel Wendelin eine Flasche Wasser, die er dankend annimmt. Nach dem Vortrag sehnt sich seine trockene Kehle nach Ölung. Trotz geöffneter Fenster ist es heiß im Wagen. Die Sonne war Zeuge dieser kuriosen Episode. Das Wort Konfabulation ploppt kurz auf. Ich schlucke es mit dem Rest einer warmen Cola herunter. Onkel Wendelin steigt aus dem Pick-up. Ich folge ihm, klettere wie befohlen auf die Laderampe und reiche ihm aus der Seemannskiste einen großen Plastikkoffer, mit dem wir zur Motorhaube zurückmarschieren.

Onkel Wendelin reckt plötzlich die Kühlerfigur des Hispano-Suiza K6 wie eine Olympiafackel in die Sonne und lächelt. Der Storch prangt in seiner Hand, als wäre er nach einem vierzigjährigen Vitrinenschlaf zum Leben erweckt worden.

»Kerstin hat die Kühlerfigur von mir unbemerkt nach ihrem storchenhaften Tanz in der Nacht abgerissen. Sie packte sich den Vogel und riss ihn mit einem *Huka Ho!* aus der Verankerung.«

Er reicht mir den Storch, den ich nun zum ersten Mal in meinen Händen halte. Wie viele meiner fragenden Kinderblicke kleben an dem glänzenden Metall? Wie oft fragte ich mich, wohin dieser Vogel wohl im Begriff ist, zu fliegen?

Seine Form beweist ästhetische Dynamik, eine bei gesenktem Flügelschlag vorwärtsstrebende Bogenspannung, nobel und majestätisch. Mit den Enden der beiden Flügel klammert er sich an einen runden metallenen Sockel, der unten Spuren abgerissenen Metalls aufweist. Sein Gewicht ist geringer, als ich immer dachte, sein Inhalt aber tonnenschwer. Es ist Diebesgut, kommt mir in diesem Moment in den Sinn. Ein Hauch von Bonnie und Clyde umgibt ihn. Neben mir blitzt und funkt und kracht es. Ich blicke von dem Kunstwerk in meiner Hand auf und sehe, wie Onkel Wendelin ein portables Schweißgerät der Marke Stamos auf der Motorhaube platziert und die beiden Elektroden aufleuchten lässt. Mit seiner Schutzbrille sieht er aus wie der Polarforscher Amundsen bei Sonnensturm.

»Genau hier in die Mitte«, befiehlt Onkel Wendelin. Eine Galionsfigur, die allen Widerständen trotzte, muss mittig, aufrecht und für alle sichtbar sein. Von nun an wird uns das Tier vorne auf der Motorhaube den Weg weisen.

Die schrillen Geräusche des Schweißgeräts sorgen bei dem ohnmächtigen Footballspieler für defibrillatorhafte Erweckungszustände. Mittlerweile auf dem Parkplatz angelangt, blickt er mit abgenommenem Helm, aber immer noch in Montur, zu uns herüber und scheint erheblich älter als zunächst angenommen. Er winkt und steigt zu einer älteren Dame ins Auto. Sie küssen sich kurz, aber innig und schleichen langsam vom Parkplatz.

Onkel Wendelin schüttelt gedankenverloren den Kopf. »Kerstin sagte damals zu mir: ›Nimm den Storch, min resande, er ist ein wundervolles Souvenir. Vielleicht das zweitwichtigste Souvenir, das dir bleibt.‹«

»Was war denn das wichtigste Souvenir? Die Pfeife? Die Kamera? Die Kastanien?«

Onkel Wendelin nimmt einen großen Schluck aus der Wasserflasche, stellt sie verschlossen auf den Asphalt, poliert mit seinem Taschentuch kurz den abgekühlten Storch, nickt langsam, einem tiefen Gedanken nachhängend. Mir ist, als würde er etwas sagen wollen. Etwas Wichtiges. Stattdessen schreitet er den Zaun entlang bis zu einem Durchlass auf den Sportplatz. Auf der Tartanbahn vollführt er einige langsame, behäbige Dehnübungen, dann marschiert er flott los. Immer der inneren weißen Linie entlang.

Ich setze mich auf die Kühlerhaube, sehe ihm zu und lächle. Hinter mir und der Windschutzscheibe befindet sich das Kuvert mit den Fotos aus der Minikamera samt der Friedenspfeife, neben mir der silberne Storch. Drei Fünftel des Vitrinengeheimnisses. Bleiben noch die Kastanien und die Pistole.

Ich blicke wieder zu den Hügeln in der Ferne und denke an die wundersame Geschichte dieser tiefen Romanze, die mit all ihrer Liebe und trotz all ihrer greifbaren Endlichkeit das Wesentliche des Lebens auskostet. Tiefes Vertrauen genauso wie frisch verliebte Unbekümmertheit. Zwar nicht Bonnie und Clyde, aber immerhin Kerstin und Wendelin.

Bis in alle Ewigkeit. Till the end of Loving.

Über den Guadalupe Mountains, die hinter uns liegen, erheben sich dunkle Wolkentürme. Ein Sturm zieht auf. Nach den trockenen, für Ende April fast heißen Tagen quillt nun eine finstere Dichtigkeit am Firmament. In der Nähe von Abilene, wo wir in einem Motel nächtigen, holt uns das Unwetter ein.

# 9

## Moonwalk in Texas

Wassermassen stürzen herab. Der texanische Regen wäscht den Rost von den Dächern und Abflussrinnen unseres Motels. Braune Tristesse fließt an unserem Zimmerfenster herunter. Draußen will man gerade nicht sein. Leider ist es drinnen nicht viel schöner. Einer muss Frühstück holen. Es trifft nicht den kranken alten Mann.

Ich will vom gegenüberliegenden Mini-Supermarkt Croissants, Marmelade, Bananen, Äpfel und Milchkaffee besorgen, trete ins Freie, da trifft mich die Wucht des Regens. Ich schaffe es spurtend in den amerikanischen Verschnitt eines Krämerladens, verteile Regenwasser in den engen Gängen, während ich Verpflegung einsammle. In der Ecke für Tierfutter stöbert eine ältere Dame mit Gehwagen. Sie ist komplett in eine mit Tropfen behangene Klarsichtfolie gehüllt. Auf ihrem Kopf sitzt eine triefende Truckerkappe mit der Aufschrift *Don't mess with Texas*. Ein begossener Pudel kauert winselnd zwischen ihren Beinen.

An der Theke steht ein grinsender dunkelhäutiger Junge, etwa zwölf Jahre alt. Er trägt ein weißes Run-DMC-Shirt, hat kurz rasierte Haare und eine kleine Narbe über der Nase. Als aus den Boxen über ihm die Klänge von »Smooth Criminal« ertönen, tanzt er einen galanten Moonwalk, dreht so eine kleine Runde und bleibt noch einen kurzen Robot-Dance aufführend vor mir stehen.

»Guten Morgen. Bist du Michael-Jackson-Fan?«

Ich lege meine Artikel auf die verkratzte Ablage vor der Kasse und öffne meinen Geldbeutel.

»Guten Morgen, Sir. Schlimmes Wetter, was? Bist du Ire?«

Mann … als hätten die Iren ein Vorrecht auf rote Haartracht.

»Ich bin Archie, ich arbeite hier.«

»Hast du keine Schule?«, frage ich neugierig.

»Es ist Samstag. Der Laden gehört meinem Onkel. Ich bin hier jede freie Minute. Ist irgendwie mein zweites Zuhause. Und ich würde sagen, du bist kein Ire.«

»Stimmt«, sage ich schmunzelnd. Ich sehe ihm zu, wie er gemächlich und gut gelaunt eine Papiertüte mit meinen Einkäufen füllt.

»Ich bin Heinrich, wohne drüben im Motel«, sage ich, obwohl ich nicht weiß, ob ihn das interessiert.

»Iren kaufen Whisky. Und wenn sie keinen kaufen, würden sie zumindest einige Zeit am Whisky-Regal verbringen. Ich weiß, das ist ein Vorurteil, und mein Vater meint, Vorurteile rotten Menschen aus.«

»Dein Vater ist ein weiser Mann.«

»Finde ich nicht, weil, wenn er weise wäre, wüsste er, dass man von Ohrfeigen immer so ein Surren im Kopf kriegt. Also, ich finde, Ohrfeigen sind mindestens genauso schlimm wie Vorurteile. Ich habe zumindest noch keinen gesehen, der wegen verfluchter Vorurteile gegen den Bollerofen gefallen ist.«

Ich sehe mir das mutige Bürschchen genauer an. Ein hübscher, aufrechter Junge, der zu Hause wohl ordentlich einstecken muss.

»Vorurteile können in Ohrfeigen münden. Zumindest haben die Ohrfeigen, die Jesse Washington 1916 unten in Waco bekommen hat, ihn zu Boden gestreckt. Den hat man verdächtigt, eine weiße Frau ermordet zu haben. Dann ...« Der Junge fährt sich mit dem Daumen über die Kehle. »Mit Ohrfeigen ging es los, am Marktplatz wurde er auf einen Scheiterhaufen geworfen, Finger abgeschnitten, mit Öl übergossen und angezündet. Dann aufgehängt. Gelyncht. Das ist vielen Schwarzen so ergangen. Passiert immer noch, sagt mein Vater. Wie grausam ist das denn bitte? Warum machen Menschen so was?«

»Wegen verfluchten Vorurteilen«, sage ich traurig. Die grausame Geschichte von Jesse Washington und seinen Qualen hat mir Onkel Wendelin während der Fahrt hierher erzählt. Waco war um 1910 eine Hochburg des Ku-Klux-Klans. Lynchjustiz implizit geduldet. Die texanische Stadt ist heute allerdings eher durch die Davidianer-Sekte und der selbst gelegten Inbrandsetzung ihres Sektenhauptquartiers 1993 bekannt. Dies geschah, nachdem die Bundesbehörde nach einer zweimonatigen Belagerung ihr Anwesen stürmte. Sechsundachtzig Menschen kamen dabei ums Leben.

»Du bist Deutscher«, sagt Archie.

»Stimmt, woran hast du das gemerkt?«, frage ich.

»Deutsche Touristen erkennt man an den Sandalen und weißen Tennissocken. An umgehängten Kameras und Sonnenhüten. An blau getönten Sonnenbrillen mit Sehgläsern. Kaufen ab und an hier ein. Mittlerweile erkenne ich den deutschen Akzent. Außerdem ...« Er deutet auf meine geöffnete Geldbörse, die ich in der Hand halte. Im Sichtfolienfach obenauf steckt mein Personalausweis.

...*srepublik Deutschlan*... prangt obenauf.

Ein aufgeweckter Junge. Ich frage ihn:»Ist das nicht auch ein Klischee? Sandalen und weiße Tennissocken?«

Archie zuckt mit den Schultern, reicht mir die Tüte. Ich drücke ihm ein paar nasse Scheine in die Hand. Er denkt nicht daran, das Wechselgeld auszubezahlen.

»In jedem Klischee steckt ein Funke Wahrheit. Zumindest ein kleiner, sonst würde es das Klischee nicht geben«, murmelt er stattdessen.

»Stimmt«, sage ich nun schon zum dritten Mal. Archie gefällt mir.

Als ich gehen will, sagt er noch:»Ein verfluchtes Vorurteil wär's, wenn ich sagen würde, du bist ein Nazi.«

Sein Mund lächelt, aber seine Narbe verschwindet in einer gerunzelten Stirnfalte.

Beeindruckt von dem kleinen Archie eile ich zurück auf die Straße. Ich hoffe, er bekommt eine Chance, die große Welt zu entdecken. Manche verpassen diese nämlich.

Nach kurzer Vergewisserung, dass weder ein Automobil noch ein Blitz die Überquerung zum Motel behindern, laufe ich los. Mit der Frühstückstüte unter der Jacke buckle ich über den spritzenden Asphalt. Auf dem Parkplatz sammelt sich das Wasser zu einem kleinen See. Der Regen sticht in den Augen, allerdings erkenne ich die Person auf dem Stellplatz des Motels sofort. Onkel Wendelin steht da mitten im Regen, die Arme ausgestreckt, als wolle er Schwermut und Krankheit von sich waschen. Blick zum Firmament, zu all den Verstorbenen, zu all den Hoffnungen.

»Onkel Wendelin, bist du verrückt?«

Meine Worte ersaufen ungehört. Warum steht er in diesem Sauwetter? Er saugt den Regen auf, denke ich. Betet er? Es sieht aus, als würde der Regen nicht auf ihn einschlagen, sondern von ihm abstrahlen. Onkel Wendelin regnet. Er gibt ab.

Ich lege meinen Kopf in den Nacken und richte mein Gesicht ebenso gen Himmel. Meine Augen sind fest geschlossen. Bilder aus der Vergangenheit schießen mir stroboskopartig durch den Kopf.

Ich sehe Onkel Wendelin, wie er mit mir vor seinem Antiquitätenladen steht. Im Regen. Der Schulranzen liegt unter der kleinen Holzbank vor dem Schaufenster. Wut und Zorn haben ihn dort hingeschleudert. Ich weine bitteres Bubengeheul. Meine Tränen mischen sich mit den Regentropfen.

»Versuche, die Augen offen zu halten, Heinrich. Schenke dem Regen deine Tränen.«

Ich sehe Onkel Wendelin, wie er mit mir am Klavier sitzt, das sich gerade unter einer dicken Plane den gleichen Tropfen erwehren muss wie wir. Onkel Wendelin erklärt mir das Bewusstsein und die Bedeutung eines tiefen Hs.

»Hörst du, wie sich der Raum verändert?«

Ich sehe Onkel Wendelin, wie er mir vor seinem Laden auf einem seiner alten Kinderräder das Radfahren beibringt. Wie er hinter mir hertänzelt und sanft ruft: »Ich hab dich! Keine Angst«, und dabei längst losgelassen hat.

Ich sehe, wie Onkel Wendelin mir mithilfe einer Standuhr, einer Taschenuhr, eines Schiffschronometers, einer Stoppuhr und einer Eieruhr die verschiedenen Zeiteinheiten erläuterte. Die Zeit im Allgemeinen und die Uhrzeit im Speziellen mit allen Zeitverschiebungen, die die Längengrade mit sich bringen.

Auf dem Tresen sitzend betrachte ich durch meine kindlichen Augen ein braunes verkratztes Fernglas in meinen Kinderhänden. Ich bin so nervös wie stolz, durch den Feldstecher von Mathias Kneißl, dem bayerischen Robin Hood, zu spähen. Onkel Wendelin verurteilt viele seiner Missetaten. »Aber ein bisschen Lump darf man schon sein.« Ich war nie ein Lump. Auch nicht ein bisschen. Trotz meiner roten Haare.

Ich öffne meine Augen und versuche mich an einem kurzen Moonwalk, was aber eher nach verunglücktem Regentanz aussieht. Ich blicke zum völlig durchnässten Onkel Wendelin. Hoffentlich verkühlt er sich nicht. Das wäre verheerend.

Wenig später liegen wir in Bademänteln des Motels auf unseren Betten inmitten des geräumigen Zimmers und blicken auf an der Wand hängende Cowboyhüte und Sombreros. Unser durchweichtes Frühstück haben wir längst aufgegessen. Unsere nasse Kleidung hängt über der Duschvorhangstange.

»Wenn der Regen die Seele wäscht, muss jeder für sich selbst entscheiden, ob er dabei tonnenschwere Last abspült oder neues Wachstum fördert. Mancher Waschvorgang misslingt. Dann ist die Seele zu eng. Oder verblichen.«

»Was hattest du überhaupt da draußen zu suchen«, unterbreche ich seine Motelphilosophie.

»Ich wollte nur nach der Vertauung der Pick-up-Plane sehen. Und ob der Storch noch auf der Haube sitzt. Und der Regen meinte: Bleib doch ein wenig und hör mir zu.«

Wir nippen beide an dem heißen Zitronentee, den ich aus dem Automaten neben der Rezeption besorgt habe. Der Regen wirbelt Snaredrum-Soli auf das Flachdach. Wir hören zu.

Ich drehe meinen Kopf. Onkel Wendelin liegt flach mit auf dem Bauch verschränkten Händen und geschlossenen Augen auf dem Bett wie auf einer Totenbahre. Ich sehe, dass er atmet, aber diesen Anblick werde ich wohl bald erleben, ohne dass sich sein Brustkorb hebt und senkt.

# 10

## Bonnie & Clyde

Onkel Wendelin fährt rabiater als ich. Der Ford ist aber auch ein ungelenkes Schiff auf dem Asphalt, ohne Servolenkung oder Bremskraftverstärker, für dessen ausgleichende Manöver einem alten, angeschlagenen Kapitän die Kraft fehlt. Im Sturm segelt sich nicht jede Jacht gleich. Von einem Dreimaster ganz zu schweigen. Captain Wendelin müht sich tapfer. Der Pick-up teilt die nasse Fahrspur wie ein Eisbrecher das Packeis oder ein Kuchenmesser die Sachertorte. Der Regen hat aufgehört. Durch die brüchigen Wolkengebilde sausen Sonnenschwerter herab. Sie knallen auf den nassen Asphalt und blenden uns, weshalb wir wieder unsere Fliegersonnenbrillen tragen.

Flieger, Schiff, Automobil. Land, Wasser, Luft.

Schilder. Trucks. Häuser. Bäume. Eine Menge grüner Bäume. Überall ist plötzlich sattes Grün zu sehen. Und zu riechen.

Die grau-braun-mattgrün-kaki-farbene Steppenseele ist durch die Reinigung und Sättigung des schweren Gewitters aufgeblüht.

Mittlerweile gleiten wir über weite Strecken durch dichte Wälder. Ein Vorgeschmack auf das, was uns erwartet.

Die Appalachen.

»Ein junges Paar aus Dallas hat Kerstin in Albuquerque vom Appalachian Trail erzählt.«

»Apachen Train?«, frage ich verwundert.

»Trail, nicht Train. Der Appalachian Trail ist ein 3500 Kilometer langer Wanderweg durch das Appalachen-Gebirge«, erklärt Onkel Wendelin und sieht entschlossen zu mir herüber, als würde er fragen wollen, ob ich kneife.

»Sag bloß, ihr seid den ganzen Trail gewandert?«

Vielleicht mithilfe der indianischen Wunderpfeife. Wobei die Wirkung offenbar nachlässt. Onkel Wendelin hüstelt.

»Mann …« Er klopft sich mit der Faust gegen die Brust. »Nur verschluckt. Also … natürlich nicht, Heinrich. Was denkst du denn? Aber Kerstin hat von dem irrsinnigen Wanderweg Wind bekommen. Von dem überwältigenden Glücksgefühl, die Herausforderung zu meistern, sozusagen den Weg zu besiegen. Sie hat erfahren, wo er beginnt und wo er endet. Sie wollte ins Ziel laufen. Einfach so. Als Symbol. Verstehst du?«

Ich muss an das alte Rennrad in Onkel Wendelins Laden denken. Maurice Garin fuhr bei der Tour de France 1904 das gleiche Modell. Als vermeintlicher Sieger wurde er später disqualifiziert, da er Abkürzungen über Waldwege genommen und einen Teil der Strecke mit dem Zug zurückgelegt hatte.

»Wir wollten uns treiben lassen. Zeit. Eile. Sinn. Unsinn. Hast. Hektik. Schwarze Katze. Schornsteinfeger. Kurzes Leben. Langer Tod. Umgekehrt. Kerstin wollte den Endpunkt des Appalachian Trails auf dem Springer Mountain berühren. Also …«

Also bei Waskom raus aus Texas. Ein kleines Schild heißt uns in Louisiana willkommen. Direkt auf der Staatsgrenze kann man in einem Kabuff aus Wellblech Tabak kaufen. Gegenüber steht eine Kirche aus Holz in der Größe eines Gartenschuppens.

Davor mäht ein Hundertjähriger im Blaumann mit einem Handrasenmäher die kleine Grünfläche.

Eine Stunde später bei Gibsland wird das monotone Geradeaus unterbrochen. Onkel Wendelin reißt das Steuer nach rechts.

»Jetzt kommt die Pistole, Junge. Jetzt knallt's!«

»Banküberfall?«, frage ich scherzhaft, doch wundern würde es mich nicht.

»Tankstellenüberfall!«

»Was?«

»Heinrich, natürlich nicht. Wir suchten eine Tankstelle, ich fuhr vom Highway 20 in die 154, wie soeben, denn ich erhoffte mir Benzin in diesem Städtchen, und zwar genau hier.«

Wir stehen vor einem verfallenen Gebäude mit angrenzender Garage. Drei rostige Zapfsäulen weisen auf eine ehemalige Tankstelle hin. Hier knabberte nicht nur der Zahn der Zeit am Fundament, sondern das ganze Gebiss. Der gemauerte Vorbau bricht in den nächsten Sekunden zusammen, so scheint es, die weiße Wandfarbe ist rissig wie ein vertrockneter Autoreifen, der blasse orange Streifen, der sich oben um die drei Meter hohen Wände mogelt, blättert an vielen Stellen ab.

»Gab's hier damals noch Benzin?«, frage ich.

»Da steht was.«

Onkel Wendelin deutet auf ein gelbes Plastikschild neben dem Verkaufsstand oder wie man das nennen mag. Bestimmt *Betreten verboten* oder der Hinweis, dass Kinder hier nichts verloren haben. Ich steige dennoch aus und trete vor das Schild. Ein historischer Hinweis, wie die Inschrift verrät. *Von dieser Tankstelle aus telefonierte Texas Ranger Frank Hamer mit Colonel Lee Simmons und sagte: »Die Arbeit ist getan ... Bonnie und Clyde sind tot ...«*

»Hä?«, frage ich Onkel Wendelin.

Der zielt, immer noch auf der Fahrerseite sitzend, mit der alten Perkussionspistole auf mich und befiehlt: »Steigen Sie sofort in dieses Auto oder ich blas Ihnen die Rübe weg.« Ich muss lachen, hoffe dabei inständig, dass die alte Kanone nicht geladen ist. Wenn Onkel Wendelin plötzlich ein Tremor befällt, dann kann Texas Ranger Hamer Junior den nächsten Toten melden.

»Alles in Ordnung bei Ihnen?«

Ein älterer Mann mit aufgeblähtem Bierbauch und einem struppigen Tier an einem Strick, wohl ein Hund, ruft von der gegenüberliegenden Straßenseite herüber. Der Hund pinkelt an seines Herrchens nackten linken Fuß. Onkel Wendelin ruft über die Straße: »Bringen Sie Ihrem Hund Manieren bei, sonst ergeht es ihm wie Clyde Barrow!«

Die alte Waffe lässt er in seinem Schoß ruhen. Der Mann winkt lächelnd herüber, zuckt dann entschuldigend mit den Schultern. Wir fahren weiter.

»Wie gesagt, purer Zufall, dass wir hier landeten. Aber genau an dieser Stelle erklärte uns eine ältere Frau mit Hund, Bonnie und Clyde wären hier erschossen worden. ›Was, hier an der Tankstelle?‹, rief Kerstin. ›Nein‹, sagte die Dame, ›etwas weiter unten bei den Black Lakes auf der 154. Da ist auch ein Gedenkstein angebracht.‹ Kerstin schlug mir aufgeregt gegen die Schulter. ›Wir müssen dorthin‹, meinte sie. ›Bonnie und Clyde gegen den Rest der Welt. Kerstin und Wendelin gegen den Untergang. Los, Wendelin, das will ich sehen.‹ Ich fragte noch, was daran spektakulär sein solle, einen Ort zu besuchen, an dem zwei Gangster erschossen worden waren. Aber Kerstin meinte voller Überzeugung: ›Es war ein Liebespaar auf der Flucht. So wie wir.‹«

Nach einigen Kilometern deutet Onkel Wendelin auf eine Ansammlung von Schuppen. Am Straßenrand hält er an. Ein paar Obstbäume heben knorrig ihre rosig blühenden Äste.

»Hier haben wir Benzin bekommen. Es muss hier gewesen sein. Irgendwo hier.« Onkel Wendelin reckt seinen Hals in alle Richtungen.

»Mann, ist lange her. Ein handgemaltes Schild wies darauf hin. So wie dieses hier.«

Vor uns steht ein eilig zusammengenageltes Holzschild auf einem Pfosten. Eine ungeduldige Kinderhand hat *Limonade* daraufgepinselt. Ein Pfeil deutet auf eine Art Ranch, die sich zwischen Obst- und Laubbäumen versteckt.

»Limonade gab's damals keine. Aber Benzin aus Kanistern, billig, sag ich dir. Der Besitzer nannte sich Colonel Willbillie oder so. Hatte eine Südstaatenkappe auf. Einen Bart, der feuerrot in seinem Gesicht explodierte. Und er salutierte, als wir ankamen. Er verkaufte nicht nur Benzin, sondern auch ein ganzes Kontingent an Trödel. Tausend alte Schlüssel hingen wie Barten eines Wales aufgereiht an riesigen Eisenringen. Darunter ölverschmiertes Werkzeug, Eisenkurzwaren und ein Meer aus grün gefärbten Knöpfen. In einer Kiste lagerten Unmengen von kleinen Knöchelchen. Selbst abgenagte Hühnerknochen, wie er stolz sagte. ›Was will einer damit?‹, fragte ich. ›Musst du ja nicht kaufen‹, meinte er nur. ›Was kostet einer?‹, wollte ich wissen. ›'n Dollar.‹ Einen Dollar für einen abgenagten Hühnchenknochen. Es war klar, dass der Typ einen an der Waffel hatte. Ich überlegte noch, ob er uns da gerade wirklich Benzin verkauft hatte, aber es war ohnehin schon im Tank. ›Und ein Schlüssel?‹, wollte ich wissen. ›'n Dollar‹, sagte er wieder wie selbstverständlich. Ich wollte weiterfahren und verlangte die Rechnung für die zehn Liter Benzin. ›'n Dollar.‹ Zehn Liter –

ein Dollar, Heinrich. Kerstin stöberte währenddessen zwischen alten Kriegshelmen, Bajonetten und Messern in den verschiedensten Größen und Schleifgraden. Und da fand sie diese alte Perkussionspistole. Sie war wunderschön, schwer und zweifelsfrei von hohem Alter. Definitiv in Gebrauch gewesen. Ein museales Schmuckstück, da musste man kein Experte sein. Kerstin grinste mich an und fragte: ›Die Pistole, Sir, was kostet die?‹ Was denkst du, Heinrich?«

»›n Dollar«, sagte ich im Südstaatenslang.

»›Ich gebe Ihnen fünf dafür‹, schlug Kerstin vor. Sie meinte es gut mit ihm und dachte, es wäre ja Betrug, einem geistig Umnachteten sein Hab und Gut für billiges Geld abzuknüpfen. ›Nee, Madam, 'n Dollar‹, wies sie der Mann zurecht. ›Is doch viel zu billig‹, wollte Kerstin zu seinen Gunsten feilschen. ›Musst du ja nicht kaufen‹, sagte der Colonel und fuhr fort: ›Das is die Pistole von General Custer, die trug er, als er am Little Big Horn gefallen is.‹ Glaubten wir ihm natürlich nicht. ›Okay, erwischt‹, meinte er trocken. ›Ich kenn mich mit König Arthus ja nicht so aus, war ja eher bei euch in Russland ne Nummer, aber: Die Waffe gehörte ihm.‹ Sicher nicht, belehrten wir ihn. ›Okay, jetzt aber die Wahrheit: Die Waffe is aus dem Besitz von Bonnie und Clyde.‹ Kerstin lachte auf, aber vor Begeisterung. ›Das gefällt mir‹, meinte sie ehrlich. ›Das ist 'n Dollar wert.‹«

»Und?«, will ich wissen, als Onkel Wendelin den Wagen wieder auf die Straße lenkt.

»Wir fuhren mit zehn Litern Benzin, der alten Knarre und neun Hühnerknochen von seinem Hof. Colonel Willbillie salutierte mit rechts, wedelte links mit seinen elf Dollar und verabschiedete uns mit: ›Lang leben Bonnie und Clyde.‹«

Die Welt ist voller verrückter Paradiesvögel. So bunt wie Pfeilgiftfrösche. Und genauso tödlich.

»Lang leben Bonnie und Clyde, Heinrich. Kuck mal, der Gedenkstein.«

Ich schrecke auf. Wir parken auf einem sandigen Kiesstreifen neben der Straße an einer Baumreihe. Vor uns steht ein Trike, ein dreirädriges Motorrad, mit Totenkopffähnchen über beiden Rückspiegeln auf dem Lenker. Zwei in Leder gekleidete Menschen nehmen gerade schwerfällig darauf Platz. Auf ihren Helmen prangen grüne Klapperschlangen, und ich denke mir, wenn eine Klapperschlange einen Pfeilgiftfrosch beißt, sind beide tot. Würde die Klapperschlange hingegen nur am Frosch lecken ...

Der hintere Fahrgast ist eine Dame. Wir steigen aus dem Wagen. Onkel Wendelin grinst. Der Walrossbart tragende Fahrer startet den Motor, es kracht, als würden Knallfrösche explodieren, wendet und knattert langsam an uns vorüber. Dabei zielt er mit steifem Zeigefinger auf uns. Bam! Bam!

Onkel Wendelin hebt äußerst lässig die Perkussionspistole in ihre Richtung. Wumm! Sekunden später ist das Motorrad nur noch ein kleiner Punkt am Horizont.

»Kerstin wollte unbedingt ein Foto vor diesem alten Grabstein hier.«

Onkel Wendelin lehnt sich auf einen brusthohen Steinquader, auf dem steht, dass am 23. Mai 1934 Clyde Barrow und Bonnie Parker hier getötet wurden. Daneben haben sich Touristen mit Edding-Stiften verewigt. Die tollkühnen Polizisten, die bei diesem Akt nebenbei ein brandneues V8 Ford Coupé zerstörten, sind auf einer Bronzetafel am Betonsockel vermerkt.

»Genau so, Heinrich, hat sie posiert. Hier angelehnt, den linken Fuß an den Stein gewinkelt, den Colonel-Willbillie-Revolver auf mich gerichtet, den Kopf auffordernd im Nacken.«

Onkel Wendelin steht etwas albern an dem Mahnmal. Ich blicke mich um, ob es Zeugen gibt.

»Dann kniete sie sich vor dem Stein hin und fuhrwerkte mit irgendetwas herum. Als sie sich grinsend umdrehte, lagen ein dünnes, bleiches W und ein dünnes, bleiches K vor dem Stein. Geformt aus den neun Hühnerknochen vom Ein-Dollar-Trödelhändler.« Onkel Wendelin legte aus schnell zusammengesuchten Ästchen Kerstins Botschaft nach. I/\I + I< Genau neun Knöchelchen. Hat sie beim Kauf schon daran gedacht? Sehr wahrscheinlich. Egal, ob man Bonnie und Clyde für moderne Robin Hoods halten mag oder für hinterlistige Mörder: Sie umgibt zweifelsfrei die Romantik der Outlaws. Alle gegen zwei. Zusammenhalt, Undurchdringlichkeit, Unbesiegbarkeit, durch dick und dünn bis in den Tod. Ich verstehe Kerstins Verbrüderung mit dem Gangsterpaar. Wer will schon Polizist sein? Keiner unserer Helden ist straffrei. Nicht einmal Franz Beckenbauer.

# 11

## Dagger's Station

Über die Vicksburg Bridge überqueren wir den Mississippi,
hinüber nach Mississippi.

»One Mississippi. Two Mississippi.«

Seit einigen Stunden sitze ich am Steuer. Aus dem Radio
kommen Country und Folk. Ich drehe an fünfzehn Rockstationen vorbei auf einen Klassiksender. Die aufblitzenden Musikfetzen sausen an unseren Ohren vorbei wie Bäume und Lastwagen an unseren Augen. Eine Sonate schallt aus den alten
Lautsprechern des Ford. Chopins Trauermarsch. Ich lasse ihn
durch das geöffnete Fahrerfenster auf die US-80-Bundesstraße
schallen. Neben der Fahrbahn liegt ein langer Gummifetzen,
die Überreste eines zerrissenen Lastwagenreifens. Ich denke
kurz, es ist eine Schlange.

Die vorbeisausenden Strommasten wirken wie Friedhofskreuze. Bei Pelahatchie geht es ins Scott Motel. Ein langer Holzbau, flach wie eine überfahrene Anakonda.

*

Wir sind früh aufgebrochen. Das Navi ist ausgeschaltet. Uns umgibt Grün. Gespalten durch ein graues Band. Das monotone Knistern des Asphalts versickert in den Wäldern. Das ähnlich monotone Röcheln aus Onkel Wendelins Lunge versickert in seinem Taschentuch. Früher hatte er riesige Stofftaschentücher, mit denen er einmal peitschenartig schnalzte, als wollte er genau die Bakterien vertreiben, die ihn zum Gebrauch des kleinen Segels zwangen. Dasselbe benützte er auch, um mir Essensreste aus dem Gesicht zu wischen. Oder die Schlaumeierei.

Wir passieren hölzerne Baptistenkirchen, abgebrochene Strommasten aus Holz, verrostete Strommasten aus Stahl, abblätternde Werbeplakate, mit Schrot durchsiebte Verkehrsschilder, schäbige Familienhäuser, abgewrackte Industriegebäude, vergilbte Wohnwagen mit ausgeblichenen Amerikaflaggen an windschiefen Fahnenstangen, Bäume, Bäume, Bäume und einen Haufen schmutziger Kinder, die vom Straßenrand aus versuchen, unser Auto mit von Steinschleudern abgefeuerten Kieselsteinen zu durchsieben.

Die Natur gleicht der unseren zu Hause, aber etwas Ärmliches liegt hier in der Luft, etwas Kaputtes. Düstere Enttäuschung hängt in den Wäldern und an den Fahnenstangen. Trauerweiden säumen den Straßenrand. Eigentlich sind es nur schlappe Kiefern. Wie viele arme Seelen sich an ihnen wohl schon erhängt haben?

Es wird hügeliger und finsterer.

Auf nach Amicalola, den Appalachian Trail beenden.

Die Abzweigung, die dorthin führt, haben wir offenbar verpasst. Orientierungslos irren wir durch Georgia, den Bundesstaat, der sich Weisheit, Gerechtigkeit und Mäßigung auf die Fahne geschrieben hat. Auf Wendelins alter Landkarte ist der

Maßstab für Straßen wie diese zu groß. Kein Handyempfang, kein GPS-Signal, das Benzin geht zur Neige. Blind durch die Wälder. In mäßigem Tempo durchs amerikanische Hinterland. Wir überholen einen schleichenden Rasenmähertraktor. Der Fahrer trägt eine hellblaue, gefütterte Weste, aus der durch verschieden große Löcher das Füllmaterial quillt. Sein schwarz-rot kariertes Holzfällerhemd ist voller Sägespäne. Vergilbte, ölverschmierte Jeans verschwinden in kniehohen Gummistiefeln. Sein dicker, verfilzter Bart reicht einmal um den gesamten Kopf, auf dem sich eine Baseballcap der Atlanta Braves festkrallt. Als wir in seinem Tempo bei heruntergelassener Scheibe neben ihm herfahren, blickt er wie ein angeekelter Pfau in die entgegengesetzte Richtung in den Wald hinein. Sein körperliches Gebaren ersetzt Frage und Antwort.

Er will nicht helfen.

Wir irren weiter durch dichtes Waldgebiet, das sich immer wieder für Felder, Wiesen und Hügel öffnet. Die Tanknadel zittert sich gegen null, es dämmert bereits. Ich werde nervös.

»Da vorne rechts« oder »Warte mal, hier rein, glaub ich«, solche Sätze höre ich schon seit dreißig Minuten. Wir haben uns verfahren. Die nächste größere Stadt ist mehrere Stunden entfernt. Meine kindliche Sicht auf Onkel Wendelins Unfehlbarkeit schwindet. Das Lungenrasseln wird lauter. Passend zur trostlosen Landschaft. Schrottplätze tauchen zwischen den vorbeiziehenden Bäumen auf. In Waldlichtungen liegen mannshohe Türme von abgenutzten Autoreifen, verrostete Fahrzeugwracks, verbeulte Küchengroßgeräte, zerhackte Möbel und blecherner Unrat. In einem Hundezwinger bitten eine beschmierte Schaufensterpuppe und ein Teddybär um Befreiung.

Aus einem von Schimmel grün überzogenen Wohnwagen

stieren uns durch das milchige Plastikfenster zwei misstrauische, traurige Augen an. Hier leben tatsächlich Menschen. Die heruntergekommenen Behausungen häufen sich. Holzbaracken und provisorische Zwinger verstecken sich in dunklen Waldlichtungen. Zusammengeschusterte Wellblechverschläge lehnen windschief an Containern. Selten rief eine Umgebung in mir ein stärkeres Gefühl der Beklemmung hervor. Deswegen habe ich Bammel, als wir einem Holzschild folgen, das entlang eines noch engeren Waldpfades auf *Dagger's Station: Gasoline, Car Repair & Much Beer for Locals. Vexation for Strangers!* hinweist.

Und dann bleibt die Zeit stehen. Hier direkt vor uns, als wir auf eine Werkstatt zuwackeln, welche den Sechzigerjahren entsprungen zu sein scheint. Die Werkstatt war vermutlich neu, als unser Pick-up neu war. Mittlerweile schnauft er schwer und träge. Mit den letzten Tropfen Benzin rollen wir an eine blecherne Zapfsäule. Sie sieht aus wie ein Roboter aus *Twilight Zone*, Erste Staffel, 1965.

Onkel Wendelin sieht mich an und grinst. Sein Metier, denke ich mir. Altes Zeug.

»Wird bestimmt lustig«, meint er.

Unsicher blicke ich zu dem zusammengewürfelten Haufen aus holzigem Schuppen, gemauerten Garagen, Wellblechhütten und einem größeren Verkaufshäuschen. Ein Bau schmiegt sich an den anderen. Ein sich gegenseitig schützendes Konglomerat. Eine architektonische Armseligkeit, in Deckung vor Widersachern, Eindringlingen und Fortschritt.

Öl- und Gießkannen aus Blech säumen das Areal wie streunende Katzen. Schmutzige Radkappen hängen wie Skalps an Holzwänden. Der Geruch von Schmierstoffen und verschüttetem Benzin liegt in der schweren Luft. Große und kleine Gasflaschen stehen wie Granaten in Ecken und Nischen. Rostige

Blätter von Kreissägen, ein Vorschlaghammer, riesige Schraubenschlüssel, ein verbogener Wagenheber, eine Schweißerschutzbrille und Metallteile liegen im Dreck verteilt. Eine verschmierte Axt steckt in einem Hackstock. Ich meine, am Boden ein Bowiemesser auszumachen. Und Fellfetzen. Wir steigen aus und besehen uns die Zapfsäule. *Hands off!* steht da. In der Werkstatt flackert ein kleines Licht. Aus dem Verkaufsverschlag, der schwer einsehbar ist, da die Scheibe völlig verschmiert und zum Teil mit Brettern vernagelt ist, dringt gedämpfte Musik. Ich bin mir unschlüssig, ob ich will, dass jemand rauskommt. Ich höre mich sagen: »Schnell selbst zapfen und abhauen.«

»Wird bestimmt lustig«, wiederholt Onkel Wendelin. Der Todgeweihte hat gut reden. Als ich mich zu ihm umdrehe, tritt er bereits in das dunkle, schuppenartige Gehäuse. Meine Warnung bleibt ungehört. Ich folge flotten Fußes.

Der Verkaufsraum oder das Tankwarthäuschen, schwer zu sagen, bei all den zusammengesteckten Schachtelbauten und Verschlägen, entpuppt sich als Wundertüte, deren Innenraum sich bei Betreten ausdehnt und weitet. Nicht in die Höhe, aber in die Tiefe.

Wir stehen in einer Art Saloon. Auf dem Tresen thront eine alte Registrierkasse. Daneben ein Zapfhahn, hygienisch nicht im besten Zustand. Durch den rauchigen Dunst schälen sich Werbeplaketten und Poster von Tabakwaren, Motorölen, Werkzeugfirmen und Spirituosen. Sie klammern sich an Holz-, Blech- und Pappwände, von denen Tonnen von Gilb, Nikotin, Schweiß, Bratfett, Depression und Schicksal abgeschabt werden könnten. Leise Rockmusik bewegt sich durch Raum und Rauch. Im hinteren Teil des Saloons stehen kreuz und quer Tische und Sitzgelegenheiten herum. Elektrifizierte Öllampen spenden schummriges Licht. In der diesigen Beleuchtung sitzen Menschen. Menschen, die – mit sich selbst beschäftigt – unser Eintreten nicht bemerkt haben. So scheint es.

»Du belangloser Teil einer müden Vagina!«

»Danke, Harry. Ich liebe dich.«

Der Mann, der Harry genannt wurde, dreht sich am Tresen sitzend in den Raum, verformt seinen Oberkörper zu einer fragenden Geste. Die Frau, etwa Anfang fünfzig, verlebt, blondiertes, hochtoupiertes Haar, stampft auf roséfarbenen Moonboots zur Theke, greift über den Tresen nach einer Tequilaflasche und drei Schnapsgläsern. Nachdem sie die Gläser randvoll eingeschenkt und dabei das Gesetz der Oberflächenspannung außer Kraft gesetzt hat, reicht sie wie selbstverständlich zwei Kurze an Onkel Wendelin und mich. Sie hat uns also doch bemerkt. Ohne Begrüßung werden wir in ein Trinkritual integriert.

Meine zitternde Hand verschüttet einige Tropfen des mexikanischen Schnapses. Onkel Wendelin scheint weniger verblüfft ob der unerwarteten Gastfreundschaft. Er fixiert nicht sein Glas, sondern die Flasche auf dem Tresen, in welcher eine Made, ein Wurm oder der hintere, dünne Teil einer Klapperschlange schwimmt.

»Verzeihen Sie«, sagt Onkel Wendelin freundlich, »wir, also der Junge hier und ich, bräuchten nur etwas Benzin.«

Die Frau, anscheinend die Chefin hier, befiehlt: »Trinken!«

»Verzeihung bitte.« Ich bemühe mich um eine ähnliche Freundlichkeit wie mein Onkel. »Wir bräuchten nur Benzin. Nichts weiter. Aber vielen Dank.«

Ich erhebe das Schnapsglas in gutmütiger Absicht und blicke mich nach einem geeigneten Ort um, wo ich das Glas abstellen kann. Um uns herum sitzen etwa zehn Personen, vor deren geäderten Nasen und blutunterlaufenen Augen ebenfalls randvolle Schnapsgläser stehen.

»Wenn Jeannie sagt, es wird getrunken, dann wird verdammt nochmal getrunken!«

Dem Pegelstand der Flasche nach zu urteilen, sind dies nicht die ersten Gläser, die gekippt werden sollen. Jeannie ist der Boss, und irgendwie will ich sie nicht enttäuschen. Ich kippe den Tequila ohne weiteres Zögern runter. Der Schnaps schlägt im Kopf ein, als würde er mir direkt hinter der Stirn beide Trommelfelle verknoten. Ich verziehe Mund, Nase, Augen. Jeannie schenkt nach, bevor ich auch nur annähernd eine abweisende Hand heben kann. Ein älterer Mann auf einem Barhocker neben Harry lächelt mich an. »Wir trinken hier alle zusammen.«

Von einem der hinteren Tische kommt lispelnd: »Der Ire will lieber Whisky.«

»Ich bin kein Ire. Wir sind Deutsche«, verbessere ich eine Spur zu harsch. Das Licht flackert.

»Kein Ire?«, wundert sich der Mann, der atypisch zur Jahreszeit eine verfilzte Pelzmütze mit Klappohren trägt. »Ein Deutscher?« Jeannie hebt das Glas. Alle Anwesenden machen es ihr nach, inklusive mir. Onkel Wendelin deutet auf die Tequilaflasche mit dem abgestorbenen Insekten- oder Reptilieninhalt: »Verzeihen Sie, ich will Ihnen nicht zu nahetreten. Aber ich trinke kein Formaldehyd für Weichtiere.«

Jeannie blickt kurz auf die Flasche, dann dreht sie sich wieder zu Onkel Wendelin um und sagt: »Du fremder Scherzkeks, das ist kein Wurm, sondern Harrys Penis.«

Der ganze Laden explodiert. Inklusive Harry. Ein Getöse wie nach einem entscheidenden Touchdown beim Superbowl. Ein großer Mann am Tresen verschluckt sich vor Lachen, gerät dabei beinah in Atemnot. Ein kleiner Mann im Rollstuhl versucht, ihm Heil bringend auf den Rücken zu klopfen, kann sich aber selbst kaum im Sattel halten. Schließlich trommelt er dem Hustenden solidarisch aufs Gesäß. Jeannie hält immer noch kichernd ihr Glas, aus dem kein Tropfen verloren geht, und dreht sich mit ausgebreiteten Armen im Kreis. In einer Bewegung, die einer Klapperschlange beim Angriff gleicht, haut sie sich den Tequila in ihre Mundöffnung und offenbart dabei eine Reihe gelber, goldener und schwarzer Zähne. Wir tun es ihr gleich. Wann habe ich in meinem Leben so kurz hintereinander zwei Schnäpse getrunken? Ich bin erstaunt, der zweite schmeckt schon etwas milder. Ich halte das Glas von mir, vielleicht gibt's Nachschlag.

Da schallt es skeptisch aus einer dunklen Ecke.

»Die Deutschen sind hier?«

Alle Augen sind auf uns gerichtet, nun doch. Das Bild gefriert für einige Sekunden. Man könnte es rahmen, mit einer Banderole darunter: *Misstrauen in den Ausläufern der Appalachen.*

Der Mann neben Harry bricht die argwöhnische Stille. Er trägt einen schwarzen Kapuzenpulli von Black Sabbath, hat einen akkuraten silbrigen Seitenscheitel und eine zu große Drahtbrille in einem zu großen Gesicht. Er stellt sich als Kyle Dugger vor, Besitzer der Werkstatt und Tankstelle sowie Bürgermeister dieser Gegend. Jeannie sei übrigens seine Schwester und Harry sein Schwager. Kyles Freundlichkeit ist vielleicht seinem Charakter, vielleicht den Schnäpsen geschuldet.

Was unseren Wunsch nach Treibstoff angeht, haben wir Pech, wie wir von ihm erfahren: »Benzin gibt es hier seit zwei Tagen nicht mehr. Die Notrationen sind aufgebraucht. Morgen kommt der Laster, das hieß es aber auch schon gestern.«

Wir sind Gestrandete.

»Könnte doch lustig werden«, meine ich bissig zu Onkel Wendelin. Dessen Gelächter kämpft mit Tabakrauch und Insuffizienz, endet schließlich in einem leisen Hüsteln.

Ich lasse meinen Blick durch die abgewrackte Tankstellenkneipe schweifen.

Ein sehr junges Pärchen spielt an einem blinkenden Automaten Dart. Hin und wieder küssen sie sich innig. Das Mädchen hat in geschwungener Schrift *Samuel* auf den Unterarm tätowiert. Ihre bleiche Haut leuchtet buchstäblich. Auf dem Oberarm des Jungen steht ~~Veronique~~ und darunter *Betty*. Das Mädchen sagt Sam zu dem Jungen. Der Junge sagt Kara zu dem Mädchen.

Drei in schmutzige Arbeitskleidung gehüllte Männer mittleren Alters sitzen an einem mit unzähligen leeren Bierflaschen vollgestellten Tisch. Zwischen die Bierflaschen stecken sie flüsternd die Köpfe zusammen. Über ihnen oszilliert ein trauriger Dunst voll Unzufriedenheit.

Einem älteren Glatzkopf, einsam und in sich gekehrt in einer dunkleren Ecke sitzend, wird von einem weiß gekleideten, verkrümmt wirkenden Koch ein dampfender Suppenteller serviert. Der Koch ist mit roten Flecken überzogen, als hätte er soeben ein Schwein geschlachtet. In seinem Mundwinkel glüht ein Zigarettenstummel. Das Schwarz unter seinen Fingernägeln kommt hoffentlich vom Kartoffelschälen.

Der Pelzmützenmann drückt sich durch eine dritte Seitentür vielleicht ins Freie, vielleicht auf die Toilette, vielleicht auch in ein weiteres Nebenzimmer dieser Bar der unendlichen Räumlichkeiten.

»Verdammt noch eins, die Deutschen sind da«, fällt ihm von seiner Zunge.

Der Rollstuhlfahrer versucht angestrengt die leiernde Jukebox zu bedienen. Münzschlitz und Münze finden nicht zueinander. Er dreht sich Hilfe suchend um. Kyle erklärt: »Dass ihm dabei keiner hilft, liegt an seinem fürchterlichen Musikgeschmack. Ansonsten unterstützen wir ihn jederzeit, sogar beim Verrichten großer Geschäfte.« Rollstuhl wie Mann rosten. Die Korrosion der Felgen und Handgriffe gleichen seinen silbrigroten, ungepflegten Bartstoppeln. In einer Art Einkaufsnetz an der Rückseite seiner Kunstlederlehne befindet sich etwas, das wie ein mit Schimmelpilz überzogener Cheeseburger aussieht. Könnte aber auch eine überfahrene Ratte sein.

Grundsätzlich scheint über allem eine Moosschicht zu liegen. Schäbig, stickig, verbraucht. In völliger Gleichgültigkeit. Laden wie Menschen verwelken hier. Verwelken und vergammeln.

Kyle bietet uns an, hier zu nächtigen: »Hinterm Haus stehen ein paar Wohnwagen, einer davon gehört meinem Sohn, aber der ist gerade auf Montage in Atlanta. Ist nicht so sauber wie hier im Restaurant, aber im Schlaf hat man eh die Augen zu.«

Ich denke mir: So beginnen schlechte Horrorfilme. Onkel Wendelin stimmt jedoch freudig zu und will sich tatsächlich augenblicklich in den Wohnwagen zurückziehen. Kyle versorgt uns mit Wasser aus Plastikflaschen und verknitterten Schlafsäcken. Er besteht darauf, uns zum Wohnwagen zu begleiten, und auf dem Weg dahin verstehe ich auch warum: Verbogene Fahrradrahmen, ausrangierte Biberfallen, weggeworfene Weinflaschen und ein vor Tagen mit Pfeilen erlegter Waschbär säumen den Pfad und verwandeln ihn im Dunkeln in einen Hindernisparcours. In Kyles Taschenlampenlichtkegel wirken die Gegenstände betrübt und traurig.

Um den Wohnwagen betreten zu können, müssen wir uns erst durch ein Dornengebüsch kämpfen. Das Mobil ist ein eingewachsenes Stück Behausung aus aufgeplatztem Holzfachwerk, Styropor und Kunststoff, von Moos und Farn ummantelt. Darin die besagte Unordnung aus Flaschen, Kleidern, Foot-, Base- und Basketball-Ausrüstung und einigen auf dem Boden verteilten Briefen, die nach Rechnungen und Mahnungen aussehen. In der Spüle stapelt sich gebrauchtes Geschirr. Schmutzige Servietten und Papiertaschentücher sind überall verteilt wie Champignons auf einer Wiese. An den Plastikfensterrahmen trocknen tote Insekten.

Aufgequollene Bücher stehen und liegen auf einem über der Spüle angebrachten Brett. Fachliteratur über Goldgräberei, drei Krimis, die Autobiografie eines Countrysängers und ein Buch zum Film *Blair Witch Project*.

Kyle öffnet das Klappfenster aus Plastik. Der Mief entweicht nicht, Nachtgeräusche von Flora und Fauna dringen hinein. In unserem Pick-up zu nächtigen, ob im Fahrerhaus oder unter der Ladeflächenplane, wäre mir plötzlich lieber. Aber Onkel Wendelin machen der Zustand des Wohnmobils mitsamt des ganzen Unrats offenbar nichts aus.

Erschöpft legt er sich aufs Bett und ist eingeschlafen, ehe ich mich mit Kyle auf den Rückweg zum Wald-Tankstellen-Restaurant mache. Ob in diesem Wohnwagen wohl schon einmal ein Mensch gestorben ist?

Das Kennenlernen regionaler Trinkgewohnheiten verbindet. Die Bar hat sich bis auf den Suppenmann und das nun in einer Polstersitzecke heftig knutschende Pärchen geleert. Bier und Schnaps halten stramm Schritt mit den Gesprächen, die sich zwischen Kyle und mir entwickeln. Ich bin kein Trinker, ab und an ein Whisky mit Onkel Wendelin. Der Alkohol hier dämpft jedoch meine Sorgen um seine Krankheit und seinen Zustand und ölt die Muskulatur des Sprachwerkzeugs. So werden unsere Gespräche immer offener, und bald schon beginnt Kyle zu politisieren: »Hier laufen die Regentonnen über, weil wir keine Blumen oder Gemüsebeete zum Gießen haben. Hier ist nichts los. Zum Zeitvertreib gibt's Trinkwettbewerbe am helllichten Tag. Hier wird teilweise gesoffen, als wär's der letzte Tag vor der Prohibition. Die Biergläser sind mit Trauer und Wut gefüllt, die Skepsis allem Fremden gegenüber ist der Schaum obendrauf. Und Dunkelhäutige werden hier von den Einheimischen als sehr Fremde angesehen, wenn du weißt, was ich meine. Jeannie und mich vielleicht einmal ausgenommen. Das derb Ungebildete fördert hier das ungebildet Derbe zutage. Der White Trash hält zusammen, gegen alles Fremde wird bitter gewettert. Wir sind hier in der Sackgasse der Menschheit. Bis hierher reicht keine Wahlwerbung. Deswegen gibt's uns nicht. Das bisschen Geld, das wir besitzen, schieben wir uns selbst hin und her. Bezahlung beruht oft auf Gegenleistung. Wenn einer krank ist, geht er zu Doc Lepperwood, nicht wahr, Doc?«

»Hab heute keine Sprechstunde!« Der Doc stochert seit einer gefühlten Stunde in einem mit brauner Masse gefüllten Teller herum. Er schaut, als hätte man ihn geschlagen.

»Und dafür werden dem Doc die Reifen gemacht, das Abendessen serviert oder die Haare geschnitten, nicht wahr, Doc?«

»Hab keine Haare!«

»Um das Ganze zu ertragen, saufen wir um die Wette, spielen Dart oder Billard, schrauben an Autos oder gehen auf Hirschjagd und machen daraus einen Eintopf, in den wir Drogen mischen. Hier kommt keiner raus, hier kommt keiner rein – nur selten ein paar Durchreisende, die zu doof sind, ihr Navi zu lesen, wenn du weißt, was ich meine.«

Er schneidet eine schadenfrohe Fratze.

»Die geistige Kurzsichtigkeit hier ist keine Tarnung. Wir pflanzen uns fort, weil wir Bock auf Sex haben. Und weil der Großteil hier über kurze oder lange Ecken miteinander verwandt ist, nähren wir uns mehr oder weniger seit Jahrhunderten von unserem eigenen Blut, wenn du weißt, was ich meine. Manche nennen es Inzucht, dem Großteil der Menschen hier ist das egal. Man weiß ja, wohin das führt. Einige hier sind dümmer als das Büchsenfleisch, das sie in sich reinstopfen. Einige sind sogar stolz drauf, wenn die Ehefrau gleichzeitig die Cousine ist, weil die Hochzeitsfeier dadurch billiger war.«

Er seufzt und nippt an einer leeren Bierflasche.

»Einige haben was auf dem Kasten. Aber dieser Kasten wird nicht geöffnet und wenn, dann nur für unbedingt notwendige Reparaturen.«

»Aber als Bürgermeister könnten Sie doch in Gemeinde und Kommune Verbesserungen anregen ...«

»Bürgermeister kann bei uns der eine so gut sein wie der andere. Wir erfüllen unsere Pflichten. Das funktioniert weitestgehend. Wir sind nicht reich, aber wir existieren. Bürgermeister sind wir alle, nicht wahr, Doc?«

»Ich kenne den Bürgermeister!«, schreit der Doktor schlürfend, ohne von seiner Mahlzeit aufzusehen.

Ich hoffe inständig, hier wird niemand ernsthaft krank.

Kyle bestellt für mich ein Käse-Sandwich, für sich Kautabak. Der Doc fummelt in seiner Hosentasche nach einem Taschentuch, Kara in Sams Hose nach etwas anderem.

Dieser Ort birgt tausend Geschichten, so wie ein Antiquitätenladen. *Der Truck Stop. Das Diner am Ende der Welt. Die Tankstelle des Todes.* Der Grundtenor ist geprägt von dumpfer Taubheit. Von traurigen Balladen. Heiterkeit gibt es hier nur in Form von Ablenkung.

»Da draußen brennt was«, unterbricht der Suppendoktor unser Gespräch.

Ich drehe mich zum Fenster. Durch die schmierigen Scheiben flackert ein helles Licht. Der Koch schlurft zum Fenster und murmelt in Zeitlupe über seinen Buckel in unsere Richtung.

»Der Doc hat recht. Es brennt.«

Im Außenbereich einer Tankstelle eine besorgniserregende Feststellung. Als wir ins Freie treten, versuche ich das Dunkle vom Hellen zu unterscheiden. Undefinierte, beige-orangene Dreiecksflächen verschwimmen mit einem kleinen Flammenball und schwarz-schattigen Bäumen. Ich gebe mir alle Mühe, meine entrückte Sehstärke zu justieren. Nach einigen Sekunden schärfen sich die verschiedenen Ebenen, werden dreidimensional. Nun sehe ich ein kleines brennendes Holzkreuz in der Größe eines Tennisschlägers. Es steckt in der Öffnung einer Gießkanne. Was mich gerade mehr beunruhigt als die Tatsache, dass wir uns hier auf einem Benzinumschlagplatz befinden und öffentliches Feuer eine Katastrophe heraufbeschwören könnte, sind die etwa fünfzehn Personen, die in Leinenkutten mit spitz zulaufenden Kapuzen um uns herumstehen. Die Gewandträger formieren sich um das Feuerkreuz, welches an Mickrigkeit kaum zu unterbieten ist.

Plötzlich spricht es aus einer der Zipfelmützen.

»Wir sind hier zusammengekommen, um zu schützen unser Vaterland und zu richten über die Fremden, die hier nichts verloren!«

Das Pathos in der Stimme verhallt zusammen mit dem Knistern des brennenden Holzkreuzes in den Tiefen des Waldes.

Der Doc ruft von drinnen: »Da brennt was!«

Kyle lacht auf.

»Ade, bist du das?«

»Unsere patriotische Verbrüderung verpflichtet uns zur Wahrung unserer protestantischen Reinheit.«

Kyle schnaubt fassungslos.

»Was ... Ade? Sagt mal ... Wer ist denn da alles dabei? Habt ihr eine Meise?«

Von der Seite schnellt ein Finger hervor. Dazu eine Stimme.

»Er gehört hier nicht her! Und wir jagen alle, die hier nicht hergehören. Schwarze, Mexikaner, Juden, Schlitzaugen. Vor allem die Schwarzen!«

Kyle spielt mit.

»Aber er ist kein Schwarzer, verdammt. Oder sieht der Deutsche hier etwa aus wie ein Schwarzer?«

»Nein. Er sieht nicht aus wie ein Nigger, nein.«

Kyle fragt: »Woher wisst ihr überhaupt, dass sich hier ein Fremder aufhält?« Bei *Fremder* zeichnet Kyle zwei Gänsefüße in die Luft.

Ein Vermummter in der Mitte hebt den Arm, lässt ihn schnell wieder fallen. Von links vorne ruft einer: »Der Deutsche müsste sich doch mit Hitler und so auskennen?«

Kyle: »Wie?«

»Also wie man ein Volk leitet oder so was? Führerqualitäten ...«

Kyle fragt neugierig: »Sag mal, Martin, bist du das?«

»Äh, ja. Äh, vielmehr ... nein, bin ich nicht!«

»Bist du wirklich so doof, oder was ist mit dir?«

Der Mann, der offenbar Martin heißt, antwortet: »Wieso? Könnte doch sein. Das wäre doch Wahnsinn. Also für unsere Dings hier, äh, Verbindung. Wir könnten ihn als Führer einsetzen. Also, als unseren Chef, der unsere Wege, na ja, vorher ... bestimmt. Wenn er denn hierbleiben will.«

Ich traue meinen Ohren nicht.

Von ganz vorne tönt es:»Halt's Maul, Martin. Der Führer bin ich! Wir brauchen keinen deutschen Hitler. Wir haben einen amerikanischen Parson. Wir hatten eine geheime, anonyme Wahl. Und in der haben alle bis auf Rod und Brody für mich gestimmt. Du hast übrigens auch für mich gestimmt, Martin.«

»Nur weil du mich geschlagen hast, Ade.«

»Dein Kreuz war bei meinem Namen. Und Prügel hättest du sowieso bekommen, weil du immer Prügel verdienst. Also, Schluss jetzt. Wir haben einen Führer. Adolf Parson, damit das alle mal kapieren.«

Kyle ruft aufgebracht:»Ihr Volltrottel. Fällt euch Dumpfmeisen nichts Besseres ein, als am Samstagabend hier die Leute zu erschrecken? Was soll der lächerliche Auflauf überhaupt?«

Peinliche Stille. Ich kneife mir unbemerkt, aber heftig in den Unterarm, um mich zu vergewissern, dass ich nicht träume.

Plötzlich kommt es von weit hinten:»Eine Übung!«

Einige fallen zustimmend mit ein.»Genau, eine Übung.«

»Eine Übung?«, fragt Kyle mit sich überschlagender Stimme. »Für was, um Himmels willen?!«

Nun ertönt eine selbstgefällige Stimme, die überzeugend klingen will, jedoch nichts als geistige Armut offenbart:»Für die Reinheit der Rassen. Gegen Ungeziefer niggerischer Art. Gegen … tja oder eher für alle, die bei uns so prostituiert und arisch und so.«

Ade verbessert giftig:»Protestantisch heißt das, du Idiot.«

»Wie auch immer. Haben wir doch beschlossen, Kyle. Wenn du auch mal zu unseren Schießübungen im Wald kommen würdest, würdest du davon wissen. Ich hab doch gesagt, wir machen da was Großes.«

»Bei *was Großes machen* dachte ich, dass ihr ins Gebüsch scheißt!«, brüllt Kyle. »O Mann, ihr seid dümmer als die Idee eurer Eltern, euch zu zeugen.«

Ein kleiner Mann wirft ein: »Ich habe keine Eltern, bin bei Großmutter aufgewachsen.«

Ein anderer: »Die Nigger nehmen uns die Arbeitsplätze weg. Das hab ich dir letzte Woche schon mal gesagt.«

Kyle: »Sol, du liegst den ganzen Tag zugedröhnt in der Hängematte. Du bist arbeitslos, weil du faul und versoffen bist.«

»Aber wäre ich das nicht, dann hätte ich bestimmt wegen den Niggern keine Arbeit.«

Einer von hinten murmelt beiläufig: »Eigentlich gibt's hier gar nicht so viele Nigger, Sol. Es gibt aber einen Clown, der is' aber kein Nigger, Sol.«

Wieder ein anderer: »Mann, ihr Schwachköpfe, hört auf, euch mit Namen anzusprechen. Sonst könnt ihr euch ja gleich eure Reisepässe um den Hals hängen.«

»Du hast recht, Mick, wir sollten anonym bleiben.«

»Ich bin nicht Mick, ich bin nur eine Stimme, die der von Mick sehr ähnlich ist.«

»Echt jetzt, ich dachte schon, dass du …«

»Fresse jetzt endlich«, zischt es verärgert aus Ade Parsons Kapuze.

Kyle ruft erbost: »Verpisst euch, ihr Schwänze, und lasst euch von euren Frauen die Löcher in den Kapuzen stopfen.«

»Aber dann können wir doch gar nichts mehr sehen.«

»Verschwindet und kommt nie wieder in dieser Aufmachung hierher.«

Der Mann, der vorhin den Arm hob, antwortet stark lispelnd: »Okay, Kyle, danke fürs Zuhören.« Dafür erntet er von Ade eine

Backpfeife, die seine Kapuze abknicken lässt. Unter der kommt nun eine Pelzmütze zum Vorschein.

Dann ruft Ade:»Alle Mann abrücken.«

Und an Kyle gerichtet, während er auf mich deutet:»Wir kommen wieder.«

Im Weggehen schlägt die Stimme, die der von Mike sehr ähnlich ist, vor:»Könnten wir nicht mal schwarze Umhänge mit rot umrandeten Kapuzen ausprobieren? So Heavy-Metal-mäßig. Wäre doch ein Versuch wert. Mehr Angst und Schrecken verbreiten. Metal-Klux-Klan oder so.«

Weiter hinten:»Oder gelb. Leuchtfarben, dann wären wir neben dem hellen Flammenkreuz vielleicht unsichtbar …«

Einer aus der sich entfernenden Mehlsackfraktion dreht sich noch einmal um.

»Übrigens, Kyle, dein Kühlschrank ist fertig. War nur das Ventil an der Drossel. Kannst du morgen abholen.«

Kyle blickt dem Mob kopfschüttelnd hinterher. Ich suche nach einer Erklärung für das Erlebte.

War das Ganze jetzt ein Südstaaten-Sketch? Oder tatsächlich die Versammlung einer nationalistischen Vereinigung, hier im vergessenen Teil des Landes mit den unbegrenzten Vorkommnissen? Ich habe den Durchblick verloren, genauso wie den Rassisten von eben der Weitblick fehlte.

Ich schließe die Augen und muss wieder an Jesse Washington denken, der vom echten Ku-Klux-Klan gelyncht wurde. Wie die Jahre darauf viele schwarze Bürger. Ich wurde gerade Zeuge etlicher Klischees über das Hillbillytum. Doch wie es sich tatsächlich anfühlt, Opfer rassistischer Gewalt, Strukturen oder Systeme zu sein, kann ich nicht einmal erahnen.

Archie erscheint mir, der kleine Verkäufer aus dem Supermark in Abilene:»In jedem Klischee muss ein Funke Wahrheit stecken. Zumindest ein kleiner, sonst würde es das Klischee nicht geben.«

Der Funke hatte die Größe eines Tennisschlägers.

*

Eine leise Klaviermelodie weckt mich. Mein linkes, geöffnetes Auge verfolgt eine über die ranzig-weiße Wohnwagendecke kriechende, violett schimmernde Schmeißfliege. Mein rechtes geschlossenes Auge verfolgt einige im Wald verschwindende Spitzhauben. Ich schließe beide Augen und sehe nur noch violettes Schwarz. Ich öffne sie und sehe nur noch ranziges Weiß. Die Fliege ist weg.

Ich schäle mich aus dem nach Lagerfeuer und Schmieröl riechenden Schlafsack, habe noch meine Kleidung von gestern an. Onkel Wendelins Bettstätte ist verwaist. Ich weiß nicht mehr, wie ich in den Wohnwagen kam. Mein Kopf pocht wie die dicke Pauke einer Marching Band. Ein Fluch auf die Schnäpse dieser Welt. Ich stolpere über den auf dem Boden verteilten Müll drinnen wie draußen vor dem Wohnwagen, habe das Bild von Onkel Wendelins oft bis obenhin zugestellten Gängen im Kopf und den Klang des Klaviers im Ohr. Von hinten betrachtet sieht das Tankstellenhaus aus wie eine Abbruchbude. Zusammengenagelte Bretterverschläge und Wellpappen, die sich an schlecht gemauerte Porenbetonwände kauern. Drum herum liegen umgestürzte Einkaufswagen, leere Farbeimer, hoch gestapelte Autoreifen, ein ausrangierter, einachsiger Anhänger, eine Wanne voller CDs, ein zerfressenes, morsches Holzfass und ein verrosteter Boiler. Schrottplätze bergen Geheimnisse.

Durch all diesen Unrat schwebt, das höre ich unter Tausenden von Pianos heraus, der Schall unseres Klaviers. Aber es ist nicht Onkel Wendelin, der da spielt. Der Anschlag wirkt anders, feiner. Das Spiel virtuoser, jedoch fern aufgeregter Übereifrigkeit. Es ist weder ein zu dieser Gegend passendes Honky-Tonk-Stück noch ein Countrysong. Ludovico Einaudi spielt Lieder wie dieses. Atmosphärisch fließend, nicht klassisch überfrachtet. Als hebe dieses sanfte, eindringliche Spiel die Sonne über die Baumwipfel.

Ich bewege meinen flauen Körper, auf dem ein schwerer Kopf um wenig Erschütterung fleht, behäbig, aber neugierig um die äußeren Baracken herum. Trotz Sand in Augen und Getriebe erscheint unser Pick-up in meinem Blickfeld, immer noch an der Zapfsäule auf Futter wartend. Die Ladefläche ist von der Plane befreit. Das Piano ragt wie ein Thron von der Pritsche empor. Das Holz des Klaviers setzt sich hell von den dunklen Rinden der Bäume ab. Sehnsucht ergreift mich. Ich habe den Duft des Antiquitätengeschäfts in der Nase. Mich durchfährt ein wehmütiger Stich. Ein vorweggenommenes Trauergefühl. Vielleicht vernehme ich schon das letzte Geleit?

Onkel Wendelin lebt, sieht aber erschöpft aus. Er sitzt mit müden, matt glänzenden Augen auf einer Bank neben der Eingangstür zum Saloon, gleicht in gewisser Weise den zersplitterten, blassen Latten, die ihn tragen. Nur das leichte Spiel um seine Mundwinkel zeugt von Regsamkeit. Aus der Tasse Tee in seiner Hand baumelt der Faden des Beutels. Es ist natürlich der Wind, aber es wirkt, als ob das Etikett sich im Takt der Musik bewegt. In der anderen Hand hält er ein Taschentuch.

Der Klavierspieler hat rotes Haar. Wie ich. Allerdings voluminöser. Und ein wenig dunkler.

Es ist ein Clown.

In weißem Seidengewand. Mit drei wollenen Bommeln an der Vorderseite. Weiß geschminktes Gesicht. Schwarz umrandete

Augen. Schwarz geschminkter Mund. Ein Clown in Weiß und Schwarz und Rot.

An unserem Klavier. In den tiefen Wäldern der Appalachen. Im Hintergrund stakst ein Lama durch das Bild. Ich lasse mich neben Onkel Wendelin auf die Holzbank fallen. Er greift nach meiner Hand. Dabei flattert das blutige Taschentuch zu Boden. Er lächelt mich traurig an, und ich muss feststellen: Nicht nur unser Pick-up hat kein Benzin mehr. Ich halte seine Hand, als wolle ich mich an sein schwindendes Leben klammern. Wir blicken zum spielenden Clown. Ich frage nicht, wer er ist, woher er kommt und warum er da sitzt. Im Angesicht des Todes wirkt jeder Narr, jeder Schelm, jeder Spaßmacher gewöhnlich. Wir lauschen dem Klavier. Dem Wind. Den Vögeln. Musik macht alles größer. Das Ende hat begonnen.

»Es ist das schönste Klavier, auf dem ich je gespielt habe.«

Wendelin und ich schrecken hoch.

»Es hat etwas … Magisches. Einen besonderen … Geist. Der Klang ist so wundervoll, so beseelt. Es ist …«

Der Clown hat eine hohe Stimme. Er lässt seine feingliedrigen Finger noch einmal zu einem sanften Akkord auf die Klaviatur sinken. Staunend murmelt er wie zu sich selbst: »Es ist ein vollkommenes Instrument.«

Er faltet seine Hände im Schoß und lächelt uns dankbar an, so als ob wir ihm das Klavier geschenkt hätten. Ich stehe auf, ziehe mir die Hose über die Hüften. Wer hat denn hier einen Clown herbestellt? Das Lama süffelt gierig aus einer Wanne, die mit Regenwasser, aber auch mit Motoröl gefüllt sein könnte.

»Guten Morgen, ich bin Heinrich. Heinrich Pohl. Mein Onkel und ich sind auf der Durchreise.«

Eigentlich Abschlussfahrt, kommt mir in den Sinn.

»Dein kleines Konzert war wirklich beeindruckend.«
Ich strecke ihm meine Hand entgegen, die er sofort ergreift und mit einem festen Händedruck bedenkt.

»Guten Morgen, Heinrich. Ich bin Birdy.«

Das Lama umkreist im Hintergrund einige verbeulte, im hohen Gras vor sich hin rostende Autokarosserien. Rupft mit malmenden Lippen kleine Äste von einem umgestürzten Baumstamm.

»Das ist Francis«, sagt Birdy der Clown in Richtung des Lamas, ohne dabei meine Hand loszulassen. »Er liebt den Klang des Klaviers genauso wie ich.«

Birdy hat helle karamellfarbene Augen. Seine Korkenzieherlocken schimmern so dunkelrot wie ein reifer Chianti. Bevor ich mich über diese Erkenntnis wundere, sagt er, als würde er in meiner Hand lesen: »Du wirst nie graue Haare haben, weißt du das?«

*

Dieser Ort ist mit all seinem Schmutz und Chaos, mit seinem kaputten, verrottenden Charakter, mit seinem naiv-dumpfen Rassismus und mit seiner liebevollen Fürsorge Widerspruch und Zirkus zugleich. Wo naive Kapuzenträger auf Piano spielende Clowns treffen. Und Irrsinn, Inzucht und Illusion auf bitter-wahre Niedergeschlagenheit.

Wo Existenzen vergammeln. Die Ärzte kaputter sind als ihre Patienten. Wo Insekten in Getränken und Hirsche in Suppen landen. Wo die Sozialstruktur mit Alkohol geölt wird. Wo Waffennarretei und Nächstenliebe so gebräuchlich sind wie Kautabak und Küsse am Dartautomaten. Wo Kreuze brennen und Deutsche pennen. Wo alle auf das Benzin des Lebens warten.

Ein magisch-skurriles Kleinod im Hinterwald Amerikas. Ein

buntes analoges Kammerspiel inmitten der digitalen Welt, in welchem keine Binärsysteme und Datensignale voller Nullen und Einsen existieren. Sondern nur Nullen.

Der Tanklaster kommt erst am Nachmittag. Onkel Wendelin bittet um Rückzug.

»Alles okay?«, frage ich ihn draußen. Er ist blass. Mit dem fleckigen Taschentuch wischt er sich wächserne Schweißtropfen von der Stirn.

»Muss mich nur kurz sammeln«, wispert er.

Ich sehe ihm nach, wie er sich tatsächlich noch einmal in den schäbigen Wohnwagen zurückzieht. Ich weiß nicht, was ich tun soll.

*It's better to burn out, then to fade away.* Neil Youngs Zeilen standen schon als letzter Gruß in Kurt Cobains Abschiedsbrief. So ist es. Das muss ich akzeptieren.

# 12

## Abgrund

»Komm, ich will dir was zeigen!«

Birdy steht lächelnd neben dem Lama. Er muss sich aus irgendeinem Versteck hervorgeschlichen haben.

»Wie bitte?«

»Komm einfach mit! Es ist nicht weit.«

Er deutet auf einen Pfad, der sich östlich in den Wald schlängelt. Ein Hillbilly-Redneck-Clown bittet mich am Ende der Welt zum Spaziergang. Ich kenne den Mann nicht einmal. Was soll ich davon halten? Endet so meine Geschichte? Gefesselt an einem Baum? Hinterrücks durch Messerstiche in den Farn geschickt? *Horror-Clown frisst Deutschen in den Appalachen?*

»Heinrich!«, reißt mich der Clown aus meinen kruden Gedanken. »Komm.«

Er lächelt. Also folge ich dem Mann, der am helllichten Tag als Clown verkleidet ist, auch wenn ich ihn nicht kenne. Vielleicht genau deswegen. Mir ist, als würde sein geheimnisvolles Klavierspiel immer noch in der Luft hängen. Ich folge ihm wie die Kinder dem Rattenfänger von Hameln.

Birdy bewegt sich geschmeidig durch den amerikanischen

Dschungel. Spielerisch tänzelt er über Wurzeln und Strauch-werk. Einmal vollführt er einen langsamen Radschlag über einen dicken Baumstamm, der den Pfad versperrt. Ein Akrobat obendrein.

»Kommst du von einem Zirkus?«

Birdy dreht sich um, lächelt, sagt keinen Ton. Immerhin geht er nicht hinter mir.

In den Baumwipfeln surrt, singt und flirrt es. Der Wind. Die Waldbewohner. Von weit her rauscht etwas. Ich nehme einen tiefen Atemzug. Die Luft scheint klarer zu werden, vielleicht bilde ich mir das auch nur ein. Ich fülle meine Lungen tief mit Waldluft. Früher war ich mit Onkel Wendelin oft im Wald unterwegs. Wir haben Baumfrüchte studiert, Melodieabfolgen der Vogelgesänge imitiert und die Flügelschläge der Schmetter-linge gezählt.

In Birdys Perücke verfängt sich ein Insekt. Ein lila Falter. In dem clownesken Haargewirr farblich perfekt getarnt. Ich habe mir mein Leben lang eine andere Haarfarbe gewünscht, und er setzt sich bewusst eine rote Mähne auf. Schon interessant, wie unterschiedlich wir Menschen doch sind.

»Gehört das Klavierstück zu deinem Repertoire?«

Wieder keine Antwort. Ich halte mich an Onkel Wendelins offensive Geduld. Irgendwann muss er ja was sagen. Das Rau-schen wird lauter.

Birdy geht vor mir in die Knie, schwingt unter einem Ast hin-durch, rutscht gleich dahinter gekonnt wie ein Snowboarder eine kleine Böschung hinab. Ich folge ihm stolpernd und knalle unten angekommen gegen seinen drahtigen Rücken. Beim Aufprall taumelt er kaum, breitet als Schutz für mich die Arme nach hinten aus. Ich stehe nun direkt hinter ihm. Wir berühren einander kaum merklich. Ein zitronig-süßlicher Duft steigt mir in die Nase. Ist das sein Parfüm, sein Shampoo, seine Schminke? Oder der lila Falter? In Dagger's Station hat niemand so gut gerochen.

Birdy bleibt stehen. Keine zwei Meter vor uns fällt eine Felswand senkrecht ab. Sie neigt sich gute zehn Meter in die Tiefe, wo sie im klaren Becken eines Flusses verschwindet. Es ist zwar kein Canyon, aber der Fluss schlängelt sich flott durch ein Hauptbecken, füllt mit surrenden Nebenarmen terrassenartig angelegte Gumpen unterschiedlicher Größe, klingelt fröhlich gegen Gestein und springt hier an Felsblöcke oder dort ans Steinufer. An der gegenüberliegenden Seite laden Steinplatten und flache Felsbänke zum Sonnenbaden ein. Dahinter wieder eine Wand aus Bäumen.

Der Ort gefällt mir. Ich muss an die Schmach am Dollinger Weiher denken. Inmitten einer Clique, zu der ich nie gehörte. Wer springt von der Klippe in den Baggersee? Und wer nicht? Von Rainer gedemütigt und blamiert. Von Franzi missachtet. Vom Rest ausgelacht. Von Markus getröstet. An ihn habe ich schon lange nicht mehr gedacht.

Onkel Wendelins verblasste Worte ziehen über die Baumwipfel. Gerichtet an mich, der damals den tragischen Verlust seines Freundes beklagte. Ersonnen von ihm, der seit Langem den Verlust seiner Frau betrauerte:

*Die Zeit heilt niemals alle Wunden. Wie auch? Narben bleiben immer. Die Zeit verschiebt sie an Stellen, an denen sie nicht direkt sichtbar sind. Nur bei manchen Bewegungen und Körperverrenkungen treten sie ans Tageslicht. Dann sieht man sie. Sie tun nicht mehr so weh. Aber es gibt sie immer noch. Die Erinnerung an den Verlust. Und die Erinnerung an den Schmerz. Die Zeit heilt nie komplett den Schmerz, heilt nie alle Wunden. Aber*

*die Narben und Wunden formen den Charakter und das Rück-*
*grat. Und während die Narben verblassen, schärft sich das Bild*
*deiner Besonderheit.*

»An was denkst du?« Ich blicke nach links.

Sitzt ein Clown am Abgrund.

Ein wunderbarer Start für einen Witz.

»Sag, an was denkst du denn?«

»Ich bin schon einmal an einer Felswand gestanden. In Bade-
hose. Mit ausgebreiteten Armen. Ich bin nicht gesprungen. Alle
haben gelacht.«

»Ich werde nicht lachen, wenn du nicht springst«, sagt der
Clown. »Du kannst aber springen, wenn du willst. Das Wasser
unten ist tief genug.«

Versonnen stelle ich fest: »Ich bin nie gesprungen.«

Ich schweige betreten. Dann frage ich: »Bist du schon mal
gesprungen?«

Der Clown lacht auf.

»Das ist mein Sprungturm. Ich wohne hier.«

Als würde der Wohnort über Courage entscheiden.

»Hier? Wo denn?«, frage ich in die Tiefe.

»Dort unten«, sagt er und deutet in die Baumwelt über den
Fluss.

»Im Wald? Unten am Fluss? Watership Down?«

Ich muss an den traurigen Roman von Richard Adams
denken, in welchem eine Familie von Wildkaninchen vor einer
düsteren Prophezeiung flieht und auf der Suche nach einer
neuen Heimat lebensbedrohliche Abenteuer durchstehen
muss.

»Sozusagen.«

Ich starre in das tausendfarbige Grün. Je länger mein Blick

durch das Blätterdach rauscht, desto öfter habe ich den Eindruck, rote und blaue Punkte aufblitzen zu sehen, die sich in oder hinter dem raschelnden Blattgrün verbergen. Plötzlich, als würde sich bei einer optischen Täuschung nach geduldigem Blick das wahre Bild offenbaren, mache ich eine Lichtung aus, auf der etwas Blau-Rotes zu stehen scheint.

»Ein Zirkuszelt?«

»Mein Zirkuszelt«, sagt Birdy stolz.

Eine Manege im Appalachen-Wald. Wer zum Teufel kommt hierher, um eine Zirkusshow zu besuchen? Die Suffköppe von Dagger's Station? Der Zipfelmützen-Klan? Die Verlierer des amerikanischen Systems?

»Es geht ums Vergessen.«

Ich blicke zu Birdy, der nun mit den Händen in den ballonseidenen Hosentaschen am Rand der Böschung steht.

»Es geht ums Erinnern.«

»Wie bitte?«

»Im Zirkus«, er sieht zu mir herüber, »geht es ums Vergessen des menschlichen Makels. Ums Vergessen von Last und Laster. Ums Vergessen sozialer Missstände und bohrender Trugbilder. Ums Vergessen von Verrat.«

Er sieht kurz zu Boden, fährt aber gleich wieder fort.

»Es geht darum, an die Schönheit der Träume zu erinnern. An die Schönheit der Chancen. An das Lachen. Im Zirkus ist die Welt so bunt, wie sie es immer sein sollte, aber es leider nur selten ist. Deswegen bin ich immer Zirkus. Ich bin immer Clown.«

»So bunt bist du aber nicht.«

»Es muss nicht immer grell sein. Jeder bestimmt seine eigenen Farben.«

Sein Leben anmalen als Chance. Und jede Farbe steht für

eine Geschichte. So wie jeder Gegenstand im Antiquariat Pohl. Kleine wie große, wegweisende wie unnütze. Mächtige. Überwältigende. Individuelle.

Fotokamera. Friedenspfeife. Silberstorch. Pistole. Kastanien. Eine Liebesgeschichte. Ausgestopfte Tiere. Gemälde. Büsten. Vasen. Teller. Bücher. Möbel. Münzen. Vehikel. Auf der Suche nach mir selbst habe ich mich all dem abgewandt. Mit dem Antiquariat auch meinen Malkasten verloren.

Ich murmle in meine Gedankenwelt hinein: »Das Leben anmalen ist eine Chance.«

»Zirkus heißt: Machen und Vergessen. Machen und Erinnern. Räder schlagen. Saltos wagen. Mit Äpfeln jonglieren. In die Tasten hauen. Auf Händen laufen. Durch Reifen springen. Risiken eingehen. Auf die Haube fallen. Finten legen. Verschwinden lassen. Erscheinen lassen. Handstand auf Pferderücken. Trommeltusch und Klaviermelodien. Ein Feuerwerk aus Sommersprossen.«

Verfluchte Scheiße, der Clown hat recht.

Ansatzlos laufe ich zwei Schritte nach vorne und springe über die Kante in die Tiefe.

Mein Magen schlägt gegen meinen Kehlkopf. Mein Herz setzt aus.

In meiner Leistengegend kitzelt der freie Fall.

In meinem Herzen explodieren tausend Brausetabletten.

Meine Sommersprossen lösen sich von meiner Haut und rieseln wie rote Schneeflocken hinter mir her.

So muss sich das Nutzen einer Chance anfühlen. Genau so. Ich schwebe.

Einige Sekunden später breche ich durch die Wasseroberfläche. Kälte empfängt mich. Drückt auf meine Brust. Wandelt sich dann aber in eine wohltuende Frische. Als wäre in der

Kälte mein Stolz der Überwindung konserviert. Regungslos verharre ich. Ich halte unter dem rauschenden Wasser Balance. Produziere schnell aufsteigende Blasen beim langsamen Abtauchen. Verliere mich in der Tiefe des Beckens. Bin fast schwerelos. Am Grund angekommen, drehe ich mich auf den Rücken und blicke nach oben bis zur Wasseroberfläche. Ich bin gesprungen!

Über mir bricht sich prismenhaft das Licht. Ich erkenne einen blinkenden, wabernden blauen Himmel und denke an Unterwasserfotos aus der Karibik. Ein Hai taucht nicht auf. Stattdessen ein kleiner weißer Punkt, der immer größer zu werden scheint. Plötzlich zerreißt das wabernde, verschwommene Blickfeld über mir, und ein Körper schlägt kopfüber ein. Tausend Luftblasen explodieren, und aus einer weißen Unterwassergischt gleitet Birdy zu mir herab und küsst mich. Er küsst mich. Der unverschämte Clown küsst mich.

Lange.

Was fällt ihm ein? Ich könnte ihn wegdrücken. Ich will nicht.

Birdy lässt von meinen Lippen ab, erfasst mein Handgelenk und stößt sich vom Grund nach oben ab.

Wir tauchen auf. Meine Lungen fluten sich mit Sauerstoff. Ich drehe mich um die eigene Achse und um meine Gefühlswallung. Ich bin soeben todesmutig zehn Meter in ein von einem Fluss gespeistes Naturbecken gesprungen, habe meine eigenen Konventionen pulverisiert und einen Mann geküsst.

Birdy sitzt bereits am Ufer des Beckens auf einem rundlichflachen Felsen und grinst schelmisch aus seinem geschminkten Gesicht, das kein Weiß verloren hat. Seine langen nassen Wimpern wirken wie Stacheln, die das Bernstein seiner Augen beschützen. Die Perücke sitzt. Die in der Sonne hellrot schimmernden Locken blitzen, als wären sie mit Glitzerstaub bestreut. In mir steigt ein Gefühl auf, das mich erst einmal in dieser Intensität durchfuhr. Bei Franziska Brand.

Mit drei Zügen bin ich bei Birdy, gleite aus dem Becken und setze mich neben ihn auf den flachen Stein. Unsere Lippen finden sich. Seine von der Schminke schwarzen Lippen, meine von der Kälte blauen. Machen und Vergessen. Machen und Erinnern. Birdys Kuss schmeckt so gut, wie seine Haare riechen. Mein erster Kuss. Er geschieht mit einem Mann. Eine Chance. Eine Farbe. Ein Mann.

Ich lege meine Hände um ihn. Er umfasst meinen Nacken. Meine Finger ertasten seinen muskulösen, aber zierlichen Rücken. Meine Augen sind geschlossen. Ich durchwandere einen Irrgarten der Emotionen. Mein erster Kuss. Ein Mann. Macht Spaß.

Ich blinzle nicht. Meine Finger gleiten an seinem Bauch entlang. Kurz muss ich stutzen. Denn meine Hände berühren zwei feste Rundungen auf Höhe des Brustkorbs. Jetzt muss ich doch blinzeln.

»Gestatten«, flüstert es da zwischen unseren Lippen, »Birdy Annabell Parker.«

*

Birdy Annabell Parker sitzt auf den Eingangsstufen des Zirkuswagens und lacht. Sie hat ihre nassen Kleider gewechselt, trägt Shorts und ein weißes Unterhemd. Ihre nackten blassen Arme und Beine sind nicht geschminkt. Ihr Gesicht halsaufwärts schon. Das sieht unheimlich aus. Unheimlich anziehend.

Ich trage graue weite Jogginghosen und einen Kapuzenpulli

der Atlanta Braves, in Farben, die in den Achtzigerjahren modern waren.

Ihre wie mit kleinen Korkenziehern gedrehten Locken sind ein Blickfang.

»Deine Perücke sitzt bombenfest! Ist selbst im Wasser nicht verrutscht.«

»Welche Perücke?« Birdy sieht gekränkt aus.

»Na, deine Fusselbirne. Ich würde sie gerne mal aufsetzen.«

»Das ist mein echtes Haar.« Sie ist sichtlich empört. Lächelt mich aber schließlich milde an.

Meine Gedanken drehen sich gerade so schnell und haltlos, dass sich schwerlich etwas ordnen lässt. Zu allem Überfluss brennt in mir immer noch die Ergriffenheit des kürzlich erlebten ersten Kusses, an den sich wohl alle bis ans Lebensende erinnern. Ich weiß, eine Schwalbe macht noch keinen Sommer, aber Birdy Annabell Parkers raubvogelartiger Sturzflugkuss unter Wasser, ihre wenigen, aber klugen Worte, ihre wunderschönen echten Haare und ihr geheimnisvolles Klavierspiel haben mich in einen Zustand der sehnsüchtigen Zuneigung manövriert. Nicht nur Onkel Wendelin und ich sind in den Wäldern der Hillbillys gestrandet. Verdammt noch eins, ich glaube, auch mein Herz.

*

Seit mittlerweile zehn Minuten sitze ich in dem kleinen, aus blau-roten Stoffplanen errichteten Zirkuszelt. Von irgendwoher ertönt eine blechern schallende Zirkusmelodie.

Das Lama marschiert dazu aufrecht und demonstrativ locker in die Mitte der Manege. Dort bleibt es stehen, blickt mich an und verbeugt sich. Es senkt wirklich das Haupt vor mir. Dann dreht es sich zu einer stakkatoartigen Klaviermelodie im Kreis, hüpft auf die Hinterläufe und macht Männchen. Als würde der starke Adolf von Pippi Langstrumpf eine Kugellanghantel stemmen. Nur ohne das Gewicht.

Anschließend vollführt es den spanischen Schritt eines stolzen Pferdes, zwar nur angedeutet, aber deutlich erkennbar. Eine Mixtur aus Dressurdarbietung und Monty Pythons *Ministry Of Silly Walks*.

Birdy durchquert in diesem Moment die Manege, indem sie Flickflack an Flickflack reiht und nach einem gestreckten Rückwärtssalto zum Stehen kommt. Sägemehl spritzt auf und regnet auf ihre Kunststücke herab. Anschließend springt sie auf ein kleines Reutherbrett und landet nach einem hohen Doppelsalto auf Francis, der geduldig wartend neben dem Manegeneingang verweilt. Die Bremer Stadtmusikanten inmitten der Appalachen. Keine Tricks, keine Seilwindungen, pure Akrobatik. Sie ergreift ein Seil, klettert nur mittels Armkraft vom Lamarücken vier Meter in die Höhe. Ihre Körperspannung ist beeindruckend, sie wäre wohl eine ebenso gute Leistungsturnerin. Eine Olympionikin im Clownskostüm.

Clown Birdy wirbelt an dem Seil in die Höhe, schwingt und schaukelt sich auf, um in einem bestimmten Moment das Seil zu wechseln wie Kartentrickspieler die Asse im Ärmel. Von dort geht es mit in der Luft geschlagenen Rädern und Grifftechniken an ein Trapez in sieben Metern Höhe, an dem sie nun durch das Zirkusdach pendelt. Ein atemberaubendes, angsteinflößendes Manöver. Ohne Netz. Ohne doppelten Boden. Mir wird bange, und ich denke noch, die so junge Liebe wird doch kein jähes, verunfalltes Ende finden, da schnalzt Birdy bereits aufrecht durch die Luft. Nach kurzer Flugphase greift sie nach einem weiteren, mit Hilfsseilen in einiger Höhe platzierten Trapez. Mit neuem Schwung setzt sie zurück, segelt von der linken Trapezstange mit einem doppelten Rückwärtssalto zur rechten durch die Luft.

Ich vergesse alle schweren Gedanken und eckigen Überlegungen. Ich vergesse alle bisherigen Umstände, die uns hierherführten. In ein Stück Land, in dem das größte Kunststück zu sein scheint, dass der Koch seinen brennenden Zigarettenstummel verschlucken kann. Ich bin beseelt und verliebt.

Weitere akrobatische Flugmanöver befördern Birdy zum Zirkusmast, an dem sie galant zu Boden gleitet.

Eine kurze Stille tritt ein.

Dann ertönen über mir Applaus, gellendes Pfeifen und laute Ehrfurchtsbekundungen. Ich zucke zusammen, drehe mich um und sehe Onkel Wendelin, Kyle, Jeannie, Harry und weitere Personen, die sich von mir unbemerkt auf den Bänken niederließen, um dem Zirkustreiben zu folgen. Wo kommen die plötzlich her? Der Mann, den ich als Doktor kennenlernte, schreit:»Immer ist Zirkus!« Jeannie kreischt mit einer Flasche Bier in der Hand:»Du geiles Stück Clown!« Der schmutzige Koch klopft mit seiner Schöpfkelle gegen einen Metallpfosten. Eine spontane Vorstellung verlangt ein spontanes Publikum. Birdy verbeugt sich strahlend.

In den Jubel ballert ein tiefer, wuchtiger Basston. Ein Heulen wie das Nebelhorn eines Kreuzers. Ein tiefes H. Es kehrt Ruhe ein.

»Benzin ist da«, ruft Kyle.

Ich sehe zu ihm rüber und registriere: Die Reise kann weitergehen.

Eisige Enttäuschung umklammert mein Herz.

Ich blicke zu Onkel Wendelin und weiß: Die Reise wird nicht mehr lange dauern. Mein Herz sticht im Zwiespalt.

# 13

## Circus Parkus

Als Birdys Vorstellung vorbei und die tiefe Fanfare des Benzin-trucks zu hören ist, eilen die meisten zurück zur Tankstelle, als hätte das Transportvehikel Freibier im Aufbau. Woher auch immer sie von der Vorstellung wussten.

Onkel Wendelin fasst meinen Unterarm und fleht mehr, als er mitteilt: »Wir können weiterfahren. Kommst du?«

Wir stehen zwischen zwei weiß-blauen Zirkuswagen. Einer ist mit einem Lama bemalt. Es hat fünf Beine. Auf dem anderen ist aus roten Sternen zusammengesetzt ein großes B gepinselt. Ich gehe davon aus, dass sich in diesem gerade Birdy befindet.

In den nahen Bäumen ringsum der kleinen Lichtung, auf welcher der Zirkus errichtet ist, hängen schillernde Regen-schirme. Es hat etwas wunderbar Skurriles. Ich entdecke einen etwa vier auf vier Meter großen Glaskubus, einem Aquarium gleich, der an den Kanten von Metallschienen gehalten wird. An der hinteren Scheibe ragt von oben eine kleine Leiter in den Innenraum. Außen sind seitlich einige Trittstufen angebracht. Auf dem Boden Pfützen brackigen Wassers. Darin liegen Gold-fische aus Plastik und ein Flamingo, soweit ich das von hier aus erkennen kann. Moos und Algenwuchs krabbeln die Scheiben hoch.

Ein mystischer Ort, er gefällt mir. Ich würde gerne noch länger hier festsitzen.

»Ich … ich will noch mit Birdy sprechen«, wackele ich durch den Buchstabenwald.

»Ein wunderbarer Artist. Ein wunderbarer Musiker. Und das hier im Niemandsland.« Onkel Wendelin lässt einen undurchsichtigen Blick über das bunte Areal schweifen. Er wendet sich zum Gehen.

»Verabschiede dich ruhig.«

Verabschieden? Wo ich sie doch gerade erst kennengelernt habe.

»Ich bleibe noch. Also ich würde gerne.«

»Ich habe gesagt, wir fahren gleich!«

»Und ich habe gesagt, ich würde gerne noch bleiben.«

»Du kannst bleiben, wo immer du willst, tun, was immer du magst, nachdem wir diese Reise beendet haben. Sie ist aber noch nicht zu Ende. Und erleben wir das Ende der Reise nicht, dann war sie gänzlich umsonst.«

Onkel Wendelin atmet schwer. Er ist erregt und schwitzt auf der Stirn und am Hals. Er wischt sich mit einem frischen Tuch über die feuchten Stellen. Offenbar hat er den blutigen Fetzen gegen einen neuen getauscht.

»Onkel Wendelin, in deinem Zustand bist du doch kaum in der Lage zu reisen.«

»Aber transportfähig. Mein Zustand ist Teil dieser Reise …« Ein plötzlicher Hustenanfall schlägt bei ihm ein. Er vergräbt sein Gesicht in das Taschentuch. Nachdem der Anfall sich gelegt hat, fährt er fort: »Wir führen es zu Ende.«

»Was zum Teufel ist denn das Ende?«

»Wohin geht denn die Reise?«, fragt Birdy mit hochgezogenen Augenbrauen, sich schwungvoll aus der Wagentür lehnend. Wir erschrecken. Mein »Weiß ich doch nicht!« und Onkel Wendelins »Geht dich nichts an!« kommen wie aus einer Flinte.

»Wisconsin? Schade, ich muss nach Florida.«

Überrascht sehen wir sie an.

»Der Clown kommt mit!«, sagt Wendelin urplötzlich, klopft mir auf die Schulter und an Birdy gerichtet: »Du spielst Klavier!«

*

Wir sitzen zu dritt in einer Reihe im Pick-up, mein linker Unterarm schaufelt frische Luft zum offenen Fenster herein, der rechte liegt locker auf dem rissigen Lenkrad. Birdy sitzt in der Mitte, ihre voluminösen Haare wehen in der Zugluft, als hätte sie Aale unter der Perücke. Onkel Wendelin hustet, verbietet uns aber vehement, das Fenster zu schließen. Der silberne Storch an der Front teilt den Fahrtwind. Schnell fahren wir nicht, da wir nicht wollen, dass Francis von der Ladefläche kippt. Das Lama liegt dort zwischen dem Klavier und unseren Koffern auf einer Decke.

Ich weiß nicht, was mehr Herzklopfen verursacht: Dass Birdy von nun an Teil dieser Reise ist oder die stete Verschlechterung von Onkel Wendelins Zustand. Schlägt das Hochgefühl der ersten Liebe den Auftrag einer ewigen Liebe?

Amicalola haben wir mit Benzin und bei Tageslicht in fünfundvierzig Minuten erreicht. Ein kurviger, steiler Feldweg bringt uns durch den Amicalola Falls State Park, an den berühmten Wasserfällen vorbei, zu einer Lichtung namens Nimblewill Gap. Die Straße ist dort nur für die Forstwirtschaft und Park-Ranger zugelassen. Nach einem intensiven Gespräch zwischen Onkel Wendelin und dem Wildhüter am großen Parkplatz des State Parks nun auch für Lungenkranke, Clowns und Lamas.

Von Nimblewill Gap an machen Birdy und ich uns alleine auf zum Endpunkt des Trails. Onkel Wendelin bittet darum. Er fühlt sich heute nicht bereit dafür.

»Macht ihr das, für Kerstin und mich. Ich muss mich ein bisschen ausruhen. Für die allerletzte Etappe.«

Zum ersten Mal zeigt Onkel Wendelin Schwäche. Er klettert träge auf die Ladefläche zu Francis, füllt dem Tier einen Napf voll Wasser aus einer Plastikflasche, dreht sich zu uns um und wedelt uns mit der freien Hand in den Pfad hinein. Anschließend legt er sich zu Francis und nützt sein weiches Bauchfell als Kopfkissen, was das Lama geehrt hinnimmt.

»Wir zwei alten Haudegen werden schon klarkommen«, sagt er bemüht fröhlich. Seine Stimme klingt dünn. Er greift in seine Hemdtasche und zückt ein Nasenspray. Fentanyl, lese ich und weiß sofort, er hat keinen Schnupfen. Es ist ein starkes Opiat. Er kämpft sich ins Ziel.

Birdy und ich stapfen los, einen dicht bewaldeten Pfad entlang, den dünne Birken und knorrige Buchen säumen.

Der Appalachian Trail hat für Trekkingfreaks dieselbe Bedeutung wie der Mount Everest für Bergsteiger. Dementsprechend hatte ich zumindest ein übergroßes Gipfelkreuz erwartet. Stattdessen markiert nur eine bronzene Plakette das Ende des 3500 Kilometer langen Pfades.

Ein Blick auf die Tafel offenbart: *Georgia to Maine. A Footpath for those who seek Fellowship with the Wilderness.*

So richtig weiß ich nicht, was ich tun soll. Ein Gebet sprechen? Ein Foto machen? Birdy zieht mich zur Tafel herab, und kniend legen wir unsere Handflächen darauf.

»Deine Tante muss wundervoll und tapfer gewesen sein«, meint Birdy. Wir blicken beide auf den metallischen Wandersmann auf der Bronzetafel. Ein Reisender. Ich denke mir: Man kann hier ankommen. Eine Vollendung. Man kann aber natürlich auch hier losmarschieren. Ein Start. Es kommt immer auf die Perspektive an.

Als wir Stunden später wieder beim Pick-up ankommen, steht Onkel Wendelin mit Francis neben dem Truck. Sie sehen beide sehr ausgeruht aus, wenngleich Onkel Wendelins Gesichtsfarbe dem hellen Fell des Lamas gleicht.

Die Nacht verbringen wir in einem Hotel in Cumming, oberhalb von Atlanta.

Onkel Wendelin schläft. Birdy und ich trinken noch ein Bier auf der Veranda des Motels. Wir sitzen auf Holzstufen und blicken in einen friedlichen Nachthimmel. In mir kribbeln die Flügelschläge nervöser Schmetterlinge. Über uns surren Insekten in einem Glasgehäuse einer Außenlampe.

»Was machen wir jetzt?«, frage ich in hoffnungsvoller Erwartung eines innigen Kusses. Birdy nimmt einen kleinen Schluck vom Bier. Dann meint sie grinsend: »Wir könnten den Motten Namen geben.«

*

Wir sind früh auf dem Highway.

Amerika zieht an uns vorbei. Das Amerika mit den dichten grünen Bäumen, das mit den Äckern, das mit den flachen Industriebauten, das mit den Werbetafeln und Leuchtreklamen, mit den begrenzten Weiten und den unbegrenzten Unmöglichkeiten. Das mit den billigen Schnellimbissen und den teuren

Ausblicken auf außergewöhnliche Naturschauspiele. Das mit dem aufgeblasenen Pomp und dem fahnenschwenkenden Nationalstolz. Und das mit den Verlierern. Der Wind, der zu den Fenstern hereinweht, sorgt für eine frische Brise. Birdy beginnt ebenso luftig, Teile ihrer Vergangenheit zu offenbaren.

Birdy Annabell Parker ist die Tochter von Abigail Romnick, einer Leistungsturnerin, und Thomas Paul Parker, eines Jazztrompeters aus Atlanta. Die beiden lernten sich bei einer internationalen Sportfestivität kennen, bei der sie eine gegenseitige Anziehung entwickelten, die am gleichen Abend mit sanfter Unterstützung von Marihuana in einem Geschlechtsakt fußte, der neun Monate später Birdys Bruder Pico hervorbrachte. Später folgte Birdy, Charly »Bird« Parker stand Pate bei der Namensfindung. Der Jazz und das Turnen brachten zwar keine finanzielle Sicherheit, waren dem künstlerischen Ausdruck aber mehr zugewandt als der spröden, konservativen Arbeitswelt. Also setzten sie alles auf die kreative Karte. Sie beschlossen, eine kommunenhafte Artistenvereinigung zu gründen und sich gemeinsam ins Showgeschäft zu wagen. Max »Amphyprion« Parker, Thomas' Vater, der erste und einzige Unterwasserclown, konnte sich mit dieser Idee umgehend anfreunden, verließ seine Anstellung bei einem Zirkus in Columbus und war als herausragende Attraktion im neu kreierten Circus Parkus lange der Mittelpunkt der Show. Einige Künstlerfreunde, ehemalige Turner, Musiker und Unterstützer schlossen sich ebenfalls dem bunten Treiben an und verzogen sich mit den Parkers an den Stadtrand. Ein Tummelplatz für Talente jeder Hautfarbe, Herkunft und Haltung. Das ganze Gewusel fand in den Siebzigerjahren großen Anklang, die improvisierte Wildheit der verschiedenen Vorführungen professionalisierte sich, und so kam es zu einem unkonventionellen, aber mitreißenden Zirkusprogramm mit einem Unterwasserclown als Höhepunkt.

Birdy durchschritt schon als Kind die mannigfaltigen Stufen der Musiklehre, der Akrobatik und der Artistik. Gemeinsam mit ihrem Bruder war sie bereits in jungen Jahren Teil des Ensembles. Beide fegten und stürzten sich durch die Manege, vollführten Akrobatiktricks und Tierauftritte oder unterstützten den Großen Amphy im Haifischbecken mit ihren Einlagen.

Ich traue mich nicht zu fragen, wie diese Unterwasser-Clownerie funktionierte, denn nach Onkel Wendelins Beitrag – »Welch fantastische Idee, die Schwerelosigkeit des Wassers für Schabernack zu nützen« – würde ich mich fehlender Fantasie verdächtig machen.

Überhaupt schätzte das Publikum die Freizügigkeit und Offenheit, die diese Zeit prägte; das aufstrebende Blubbern und kreative Wummern am Stadtrand von Atlanta genoss schon bald höchste Popularität. Es jazzte und rauschte und tanzte und turnte zu Lande, zu Wasser und in der Luft. Alles lachte und fühlte sich verstanden. Make love, music and circus – not war! Eine eigene, kleine Woodstock-Menagerie.

Dann kamen die Achtziger und die Immobilienhaie. Menschen mit Briefen und Zetteln und Räumungsklagen. Mit Baggern und Maschinen. Nach ihren vehementen Protesten, bürgerlichen Petitionen und dem letzten Sitzstreik kam die Polizei. Zirkus hin, Hippies her. Dem erfolgreichen Konzept standen Missgunst, Bürokratie und Wirtschaftlichkeit gegenüber. So wanderte man gezwungenermaßen ins Hinterland. Verlor Artisten. Musiker. Tiere. Wanderte noch weiter nach draußen – zum Fluss im Wald. Verlor Verbindungen, Rückhalt und Freunde. Verlor Übersicht, Publikum und Einnahmen. Verlor die kreative Freiheit. Verlor den Zeitgeist. Die Leichtigkeit.

Unsicherheit, Zwiespalt und Streitereien machten sich breit. So klappte das Zelt des einst so aufmüpfigen Circus Parkus langsam in sich zusammen. Von der Familie ganz zu schweigen. Birdys Vater Thomas verlor 1996 seine Frau Abigail an einen bahamaischen Tierarzt, als dieser bei den Olympischen Spielen in Atlanta gastierte und zum ärztlichen Stab der amerikanischen Equipe zählte. Birdy spricht mit ihrer Mutter bis heute kein Wort.

Circus Parkus wurde zum Sinnbild für die gesamte Region: ein Zirkus voller Verlierer. Inmitten von Schwermut Forest. Birdys Vater Thomas verkraftete diese Schicksalsschläge nicht. An einem verregneten Vormittag fand man ihn unter einem Tulpenbaum. Genickbruch. Ob gewollt oder ein Unfall – kein Abschiedsbrief oder Zeuge konnte dies je auflösen.

Außer Großvater Maximilian, Birdy Parker und zwei jungen Lamas verließen alle die Manege in den Ausläufern der Appalachen, die am Stadtrand von Atlanta einst für Furore gesorgt hatte.

In Birdy wuchs die Überzeugung: Bei dem ganzen schlechten Sein dieser Welt braucht es eine gehörige Portion guten Scheins! Dann ist immer Bewegung. Dann ist immer Zirkus.

Und seitdem ist Birdy immer Clown. So wie es auch ihr Großvater bis zum letzten Atemzug war, bevor er vor fünf Jahren meinte, er müsse nun gehen, würde aber in Francis, dem Lama weiterleben. Zufällig ist an genau diesem Tag das Lama Cecille ausgebüxt und nicht mehr wiedergekehrt. Allerdings wäre der Verlust von Francis dramatischer gewesen, schließlich lebte in ihm ja der Große Amphy weiter.

Birdy schließt ihren Lebensbericht mit den Worten: »Immer ist Zirkus. Sogar in den tiefen Wäldern des amerikanischen Hinterlandes. Die Menschen dort lieben die Magie genauso wie der Musiker in Seattle oder der Banker in Manhattan. Ich habe dort stets Dankbarkeit und Unterstützung erfahren, wenngleich die mich wegen meines Outfits alle für plemplem halten. Ist mir nur recht, so kommt mir keiner zu nahe, und ich kann unbehelligt tun, was ich tun will und muss. Jetzt muss ich nach Palm Beach.«

Autos, Lastwagen, Verkehrsschilder, Bäume, Zäune und Masten ziehen an uns vorbei, wie der Fluss, in dem ich meinen ersten Kuss bekam, am Zirkus. Das monotone Surren der Autoreifen auf Asphalt verstärkt das Schweigen, das sich in der Fahrerkabine ausgebreitet hat.

Onkel Wendelin dreht sich langsam zum Rückfenster der Pick-up-Kabine um. Diese Bewegung sieht mittlerweile angestrengt und wacklig aus. Nach kurzem Husten meint er:»Na, Großer Amphy, wollen wir uns in Valdosta einen Fisch aus dem Little River angeln, oder sollen wir gleich ins Miami Aquarium zu deiner Unterwasseraufführung?« Francis hebt kurz den Kopf und spuckt gegen die Heckscheibe.

»Male-Berserk-Syndrom«, sagt Birdy entschuldigend.

Onkel Wendelin spuckt vor Lachen Blut in sein Taschentuch.

# 14

## Der Kastanienbaum in der Granny Lane

In Jennings halten wir an einem Diner. Das Essen schmeckt nicht. Der Kaffee ist wie schwarzes Öl. Die Bedienung wortkarg und ungelenk wie eine Figur aus *Walking Dead*. Seit einer Viertelstunde sitzen wir im Pick-up auf dem Parkplatz. Kein Wort fällt. In der Stille klingt Onkel Wendelins Lungenrasseln beängstigend. Mit leeren Blicken stieren wir alle drei nach vorne aus der Windschutzscheibe. Der Storch auf der Motorhaube lässt die Flügel hängen. Ich male mir gar nicht mehr aus, was kommen könnte. Wir befinden uns in den letzten Zügen unseres Abenteuers. Einen Deckel braucht die Reise noch. Ich helfe ihm, diesen auf den Topf zu setzen.

»Okay.« Onkel Wendelin atmet schwer und angestrengt. »Okay«, wiederholt er. »Ähm ... jetzt.«

Wieder stockt er. Birdy, in der Mitte sitzend, nimmt meine rechte Hand und Onkel Wendelins linke. Dieser lächelt gequält. Nach einem tiefen Räuspern fordert er: »Okay. Henry Lee Road. Hilliard. Die Geduld hat ein Ende. Offensiv jetzt ...«

Heinrichstraße, denke ich mir und schlucke dabei aufsteigende Tränen hinunter.

Der Storch flattert neunzig Minuten später gemächlich an einer Baptistenkirche vorbei. Hinein in die Henry Lee Road. An der staubigen Straße liegt zur Rechten ein bröckliger heller Acker, der sich etwas später zu einer abgeschlossenen Fläche aus weißem Sand ausdehnt. Sieht fast wie Pulver aus. *Die Oberfläche ist weiß und pudrig.* Ich bin kein Astronaut, aber diese Reise ist für mich genauso Neuland wie die erste Mondlandung 1969 für Armstrong und Aldrin. Auch ich landete auf einer neuen Welt. Aber selbst in den schönsten Welten geht jede Existenz einmal zu Ende. Ich schaue auf Onkel Wendelins fahrigen Gesichtsausdruck und folge seinem Blick. Links liegen hinter vereinzelten Bäumen Farmhäuser auf grünen Wiesen. Sieht seltsam aus. Links saftige Vegetation, rechts dürre Wüste und Mondlandschaft. Links Leben, rechts Tod. Wir auf der Schwelle zwischen den Welten: Heinrichstraße.

Die Henry Lee Road steuert auf ein paar Bäume zu. Schilder preisen die Möglichkeit eines Hauskaufs an. Onkel Wendelin ist sichtlich aufgeregt, blickt nervös umher und murmelt dabei »Jaja, gleich …« oder »Ich bin gleich da«, während Birdy weiterhin seine Hand hält.

Das Lama, eingezwängt neben dem Klavier, reckt ebenso den Kopf in alle Richtungen. Ich sehe niemanden bei den Farmen. Vielleicht sind die Häuser verlassen. Florida habe ich mir anders vorgestellt. Meer, Sonne, Strand und Highlife. Hübsche, gebräunte Menschen in sportlicher Kleidung und sportlichen Fahrzeugen. Dafür müssten wir wohl einige Meilen Richtung Osten nach Jacksonville oder gar runter zum Muscle Beach in Miami.

Hier herrscht das Flair des Hinterlandes. Nette kleine Wohnhäuser. Satte Natur. Fein gestutzte Rasenflächen. Vereinzelte Farmen. Dann wieder kaputte kleine Straßen. Düsterer Wald. Hier und da abgeschnittene Äste, verrostete Container oder

Erdhügel. Allerdings bei Weitem mehr Ordnung und Pflege als in den Appalachen. Einen Zirkus sehe ich nicht. Am Ende der Henry Lee Road sagt mein Handy-Navigationsgerät *Ziel erreicht*, und ich erschrecke. Ich sehe zu Birdy. Dann zu Onkel Wendelin. Ziel erreicht klingt nach Vollendung.

Onkel Wendelin deutet nach links. Ich fahre links. Langsam. Onkel Wendelin nickt mit dem Kopf. Nach hundert Metern macht die mittlerweile zum Feldweg verkümmerte Straße eine Rechtsbiegung. Und führt in eine Sackgasse. Weiter, bedeutet Onkel Wendelin mit der Hand.

Wir stehen vor einem Holztor, das von zwei Backsteinsäulen gehalten wird. Auf beiden Säulen sitzt ein Löwe aus Stein. Unter dem linken eine gravierte, verwucherte Tafel: *Granny Lane House*.

Über Löwen, Säulen und Tafel klettert wilder Efeu. Die Säulen werden von zornigen Büschen umsäumt, die sich westlich und östlich ausbreiten. Ein natürlicher Zaun gegen Eindringlinge. Dahinter hohe, kräftige Bäume. Ulmen, Birken, Weiden, mit langen, federartigen Silberfasern wie riesige hängende Spinnweben.

Onkel Wendelin steigt gebeugt aus dem Pick-up. Mit fiebrigen Augen schreitet er auf die linke Säule zu. Seine Statur so welk wie die des Efeus.

Birdy bedeutet mir ebenfalls auszusteigen. Ich folge Onkel Wendelin, überlege kurz, ob ich ihn stützen soll. Er umfasst mit seinen krummen Händen, die mir noch nie so alt und dünn vorkamen, die Steintafel. Mit geschlossenen Augen senkt er sein Haupt. Es sieht so aus, als fühle er tief in sich hinein. Er stützt seinen Körper gegen die Steine, forscht nach Erinnerungen. Mir kommt es so vor, als spüre er eine bedeutungsvolle Kraft, als löse sich eine vielsagende Dankbarkeit.

Zweifelsohne ist dies für ihn ein besonderer Ort. Wir sind da, denke ich stumm und fassungslos.

Onkel Wendelin flüstert mit angelegter Stirn in die Steintafel: »*Granny Lane is in my ears and in my eyes …*«

Als ich diese Worte höre, klingeln bei mir sämtliche Glocken. Klar und deutlich höre ich die Beatles-Melodie zu »Penny Lane«. Ich will verdammt sein, es ist die Melodie, die Onkel Wendelin vor der Vitrine summend zum Besten gab. Die Melodie, die ich nie erraten habe. Seine Gegenstandsmusik. Wie ein Jingle zu seinen Heiligtümern. Penny Lane – Granny Lane. Ich bin beschämt, über all die Jahre die Beatles nicht erkannt zu haben. Vielleicht weil Onkel Wendelins Summen immer sehr leise und nur für ihn selbst bestimmt war. Ein heiliger Akt, den ich nicht zu stören wagte.

Ich lege Onkel Wendelin meine flache rechte Hand behutsam auf den Rücken und pfeife das Lied. Onkel Wendelins Kopf richtet sich ein wenig auf. Am Zucken seiner Ohren erkenne ich, dass er lächelt. Dann, über die Schulter an mich gewandt, wiederholt er die Worte des Navigationsgeräts: »Ziel erreicht!«

Endlich. Wir sind da. Wo auch immer das ist. Was auch immer das ist. Für Onkel Wendelin eine Heimstätte. Das spüre ich.

Nachdem Onkel Wendelin ein paar Schritte zurückgetreten ist, angestrengt atmet und seine Brust mit der flachen Hand reibt, bemerkt er: »Keine Klingel. Wir gehen rein.«

»Was ist das denn, Onkel Wendelin? Granny Lane House? Wer wohnt hier?«

»Sieht so aus, als würde niemand hier wohnen, nicht wahr?«

Er rüttelt am Tor. Jetzt erst erkenne ich die rostige Kette, die von außen an der Torklinke angebracht ist.

»Vielleicht wohnt hier jemand, der einfach nicht gestört werden will.«

»Kann sein, ich war ja schon länger nicht mehr hier. Allerdings würde er dann die Kette von innen anbringen, nicht wahr?«

Er blickt durch die Balken in den Hof des Anwesens. Ich tue es ihm gleich und erkenne in etwa hundert Metern Entfernung am Ende einer kleinen Baumallee ein Haus. Die Bäume sind knorrig. Die Allee mit schmutzigen Kieselsteinen ausgelegt, auf denen Äste und Blätter liegen und sich Eichhörnchen tummeln. Das Gebäude ist aus Backstein, so scheint es, ist nur zu erahnen, jedoch tippe ich auf viktorianisches Herrenhaus. Passt gar nicht zu den Farmen und einfachen Flachbauten, die hier sonst vornehmlich zu finden sind.

Von hinten umklammert mich ein Clown. Rotes gekräuseltes Haar kitzelt mich am Ohr. Es riecht zitronig. Birdy gibt mir einen Kuss auf die Wange. Mein Herz hüpft im Takt von »Penny Lane«: *There beneath the blue suburban skies!*

Vielleicht ist es egal, was jetzt passiert.

Plötzlich ertönt die Hupe unseres Pick-ups. Wir drehen uns beide erschrocken um und blicken auf den Silberstorch, der sich uns angriffslustig nähert.

»Onkel Wendelin, du …« Birdy zieht mich zur Seite. »… du kannst doch nicht einfach das Tor … «

Birdy fällt mir ins Wort: »Ich denke, er kann. Und du solltest dich jetzt auch nicht mehr in seinen Weg stellen.«

Der Pick-up drückt mit einem unspektakulären Knacken das Holztor auf. Dabei reißt nicht die Kette, sondern die Klinke aus dem morschen Holz. Der Storch fährt mit dem Kopf voraus nach Granny Lane House.

»Springt rein!«, ruft Onkel Wendelin mit dünner Stimme.

»Was, wenn doch wer da ist?«, frage ich mehr aus Anstand als aus Besorgnis.

»Wenn, dann ist nur noch Granny da«, antwortet Birdy.

Der Pick-up rollt die Allee entlang. Die Steine unter den Rädern knirschen wie kleine Knallfrösche. Äste knacken. Das Haus kommt näher. Hier wohnt niemand mehr. Es muss einst ein stattliches Haus gewesen sein, vielleicht das Anwesen eines Groß-grundbesitzers im viktorianischen Zeitalter. Baum-, Mais- oder Sklavenhändler. Vor dem auffällig pompösen Treppenaufgang stoppt der Pick-up. Wilde Rosengewächse ranken um Mauern und Aufmerksamkeit.

»Heinrich, geh hoch und klopf mal.«

»Was? Du bretterst mit dem Truck durch das abgesperrte Gartentor, und nun soll ich an der Tür klopfen?«

Onkel Wendelin ist sichtlich aufgeregt. Es fällt ihm schwer, das Abenteuer seines Lebens zu vollenden. Die ewige Geduld aufzulösen.

Die Autotür geht auf, und Birdy gleitet die Treppen hoch. Als sie an der weißen schweren Eingangstür steht, betätigt sie für meine Empfindung viel zu stark einen Metallring, der aus dem Maul eines Löwen ragt. Es blättert Farbe von der Tür wie Schnee von einer abgeklopften Dachrinne. Birdy dreht sich grinsend zu uns um. Das ganze Gebäude wirkt hinter ihrer Grimasse wie ein Horrorhaus. Dunkelroter Backstein formt ein zweistöckiges Bauwerk mit jeweils einem Türmchen an jeder Ecke. Über dem Eingang ein kleiner Balkon, auf dessen Steingeländer ebenfalls zwei finstere Löwen Wache halten. Vom mittleren Giebel aus erstreckt sich Wanderefeu. Wie dunkle Schlangen breiten sich die Pflanzen über die Front des roten Hauses aus. Am unheim-lichsten sind die vergilbten Vorhänge hinter den noch intakten

Fenstern. Ich verdränge das Gefühl, hinter einem der oberen eine Gestalt zu erkennen. Doch nichts und niemand rührt sich. Birdy vollführt einen Sprung aufs Treppengeländer und balanciert schneller herab, als es mir über die Stufen möglich wäre.

»Siehst du«, sagt Onkel Wendelin und macht sich auf den Weg, der ums Haus führt. Wir folgen ihm unter einigen Weiden hindurch, die wie in einer Waschanlage ihre pflanzlichen Fäden über die Scheibe ziehen. Links angrenzend eine Rasenfläche, die einige Meter weiter von einer Hecke eingefangen wird. Das Gras scheint frisch gemäht. Falls das Anwesen so verlassen ist, wie Onkel Wendelin meint, müssten wilde Büsche und Gräser in die Höhe schießen.

Hinter dem Haus eröffnet sich eine schöne Wiese, in deren Mitte ein dreistufiger moosbefleckter Brunnen steht. Hier scheint der Graswuchs wilder und nicht so akkurat zu sein. Östlich neben dem Haupthaus befindet sich ein kleines Gartenhaus. Dieses ist von vielen Bäumen eingefasst, als wollten diese es vor dem Haupthaus schützen. Es sieht aus, als würde zwischen der nördlichen Mauer und einem Ahornbaum ein altes Automobil parken. Sicher bin ich nicht. Die Rückseite des Hauses ist der Vorderseite sehr ähnlich, ebenso ein Treppenaufgang – in diesem Fall eher ein Abgang –, über den man vom Haus in den Garten kommt. Am Fuße der Treppen eine halbrunde Terrasse, die durch ein kleines Mäuerchen eingegrenzt ist, dekoriert mit Steinlöwen – warum heißt das Haus nicht Lucky Lions House? Ein Adelssitz? Das ehemalige Anwesen einer Sekte? Ob hier im Garten irgendwo Leichen vergraben sind?

Die Sonne wärmt uns noch, verliert aber schon an Höhe. Onkel Wendelin ist aus dem Pick-up gestiegen und lässt mit abgeschirmter Hand seinen Blick durch den riesigen Garten schweifen.

Plötzlich stapft Onkel Wendelin los. Langsam, aber entschieden. Birdy hält mich zurück. Zielstrebig folgt er einem Trampelpfad, hält nur kurz inne, als er von einem Hustenanfall überwältigt wird. Am Ende der Rasenfläche bleibt er vor einem Baum stehen. Blickt auf den Stamm, auf seine Wurzeln. Dann fällt er auf die Knie.

Ich erschrecke. »Ist er hingefallen? Er ist umgefallen ...«

Birdy beruhigt mich und zieht mich mit. Gemächlich. Geduldig. Meine Nervosität im Zaum haltend. Ich sehe über das hohe Gras hinweg, wie Onkel Wendelin am Boden kauert. Vielmehr scheint er vor dem Baum zu knien. Er liegt mit dem Gesicht auf der Erde, die Arme und Hände über den Kopf ausgestreckt. Es sieht so aus, als wolle er dem massiven Baum huldigen. Als wäre dieser ein Altar. Der Baum trägt hellgrüne große ovale Blätter, wirkt mächtig und alt. Es ist mittlerweile Mai, der Baum beginnt zu blühen, und auch wenn er erst im Herbst seine Früchte trägt, erkenne ich: Es ist ein uralter Kastanienbaum.

Francis streift an den Gräsern nagend durch den Garten, süffelt das Regenwasser aus dem Brunnen und blickt hin und wieder neugierig zu uns herüber, während Birdy und ich, Onkel Wendelins Anweisungen folgend, die Kiste vom Pick-up und die darin befindlichen Gegenstände nacheinander unter den Baum legen. Nun reihen sich auf einer ausgebreiteten Baumwolldecke tatsächlich die Utensilien aus der Vitrine im Schatten des Baumes.

Die Fotokamera. Die Friedenspfeife. Die Pistole. Der Hispano-Storch, von der Motorhaube wieder abgetrennt. Die grünliche Schüssel voller Kastanien, vermutlich Kastanien dieses Baumes.

Außerdem der Umschlag mit den Fotos. Eine Mackmyra-Whiskyflasche. Und ein Spaten.

Onkel Wendelin packt den Spaten und beginnt vor den Wurzeln ein kleines Areal abzustechen. Als er ein Rechteck deutlich erkennbar in die Grasnarbe gestochen hat, nehme ich ihm den Spaten ab. Er wirkt erschöpft. »Hier muss ein Loch hin«, sagt er aufgeregt. »Einen Meter tief.«

Birdy sitzt am Brunnen in dreißig Metern Entfernung. Francis ist verschwunden. Onkel Wendelin lässt sich in einer Wurzelmulde gegen den Stamm der Kastanie fallen. Der Baum, ein Bett.

Ich jage das Blatt der Schaufel in den sandigen, weichen Boden. Den Aushub werfe ich seitlich neben die Markierung. So beginnt eine meditative Arbeit, in der sich Bilder der Gegenwart und der Vergangenheit aneinander reiben. Der Erdhaufen vergrößert sich.

Ich muss daran denken, wie ich mit Onkel Wendelin für seinen Antiquitätenladen einmal einen Weihnachtsbaum schlug. Wir stapften in den verschneiten Perlacher Forst, suchten uns eine kleine Tanne aus und fällten sie im Schutze der Nacht und mithilfe eines Beils. Dass wir im Grunde Diebstahl begingen, begriff ich erst viel später. Während mein Spaten, ähnlich wie damals die Axt, in die Natur eindringt, muss ich an Kerstin denken. Daran, wie ihr der Krebs in die Lungenflügel schlägt.

Ich habe noch nie ein Loch dieser Größe gebuddelt. Viele Dinge geschehen in meinem Leben zum ersten Mal, seitdem wir unterwegs sind. Soll sich das Leben weiterdrehen, darf der Drang, Dinge zum ersten Mal auszuüben, niemals erlöschen. Zum ersten Mal Diet Coke trinken. Zum ersten Mal eine Friedenspfeife rauchen. Zum ersten Mal von einer Klippe springen.

Zum ersten Mal geküsst werden. Sogar das Letzte, was man im Leben tut, macht man zum ersten Mal: sterben.

Plötzlich knallt mein Spaten gegen etwas Hartes. Ein Stück Metall oder Stein? Eine Schatztruhe?

»Soll ich das rausholen?«, frage ich, während der Schweiß in den Augen brennt.

»Auf keinen Fall«, ruft Onkel Wendelin.

»Mach Pause, Junge. Es ist gut so.« Onkel Wendelin starrt in das Loch. »Gut so.«

Er setzt sich an den Rand der Vertiefung. Lässt die Beine in das Loch hängen.

»Lass mich kurz alleine, Heinrich. Bitte.«

Ich lege den Spaten zur Seite, lege meine Hand im Vorbeigehen sanft auf Onkel Wendelins Schulter, hole zwei Wasserflaschen aus dem Auto und marschiere zum Brunnen. Auch Birdy ist verschwunden. Nach etwa fünfzehn Minuten gehe ich zurück zur Kastanie.

Onkel Wendelin sitzt auf der Decke und hat die Augen geschlossen. Vor ihm liegen ein blutiges Taschentuch und ein gefingertes Kastanienblatt. Was hat Onkel Wendelin vor? Will er einen zweiten Baum pflanzen? Die Utensilien vergraben? Gar das Klavier in der Erde versenken?

Mit in die Hüften gestemmten Händen inspiziere ich die Äste des Baumes, unter dem nun ein Loch im Erdreich ist. Diese Kastanie ist wie ein Haus, ein Gebilde voller Kraft und Schutz, wie ein Tempel aus Rinde, Blatt und Holz. Die weitverzweigte Krone, das dichte Blattwerk, das satte Grün, das jedem bayerischen Biergarten gut zu Gesicht stehen würde, wuchs in den letzten hundert Jahren. Die ersten Blüten der Früchte schimmern rötlich. Also offenbar eine rote Rosskastanie, im Gegensatz zu den bei uns in Europa üblichen weißen Kastanienblüten. Die Rinde ist grau bis dunkelgrün und glatt. Nur an einer Stelle wölbt sich ein Astloch aus dem Stamm. Ich schärfe meinen Blick. Es ist kein Astloch, sondern ein Schild. Ein kleines Holzschild in der Größe zweier Spielkarten, auf dem mit feiner Kerbung etwas eingeritzt ist.

*Kerstin & Wendelin & Heinrich. 1974.*

Ich lache ungläubig und begebe mich noch näher zum Stamm. Das Schildchen scheint mit der aufgeplatzten Rinde seit Jahren verwachsen. Die Einkerbung aufgequollen und teilweise mit leichtem Moos befleckt.

*Kerstin & Wendelin & Heinrich. 1974.*

Aus einem Guss. Wie hat der alte Hexer das bloß wieder gemacht? Als ich mich wieder umdrehen will, steht Onkel Wendelin hinter mir. Er nimmt mich in den Arm. Früher waren seine Umarmungen kräftiger. Er zittert leicht.

»Vielen Dank, Heinrich, mein Sohn. Vielen Dank für diese wundervolle Reise.«

Ich halte ihn mit der Festigkeit, die er für mich aufbringen wollte. In seiner Umarmung liegen Dankbarkeit und Ermattung. Ich drücke noch fester zu. Unsere beiden aufeinander liegenden Herzen schlagen nicht im Takt. Seins rast dahin, zwar schwach, aber schnell. Als wir uns lösen, sehe ich in jenes Paar Augen, in das ich, seit ich denken kann, am häufigsten und am liebsten blickte. Stets waren sie voll milden Verständnisses für meine Worte und Taten.

Nun flackern diese unruhigen Augen im Tempo seines Herzschlages. Seine trockene, faltige Handfläche umfasst meine Wange. Behutsam streicht sein Daumen über meine Haut. In seinem Blick liegt eine schwere Bitte. Ich täusche mich nicht. Eine Bitte um Vergebung.

Er führt mich um den ausgehobenen Erdhügel zurück zur

Decke, wo wir uns beide niederlassen. Mittlerweile ist sein Gesichtsausdruck gequält, seine Augen trübe wie die Fenster des Herrenhauses. Er muss starke Schmerzen haben. Er stammelt fast.

»Ich möchte dir nun dein Erbe überreichen.«

»Ich dachte, diese Reise wäre mein Erbe?«

Tatsächlich überreicht er mir etwas. Und zwar den Umschlag mit den Fotos der Miniaturkamera. Ich zögere. Onkel Wendelin bedeutet mir, ihn zu öffnen. Irgendwas stimmt hier nicht. Ich halte nach Birdy Ausschau, sie sitzt mittlerweile auf der Ladefläche des Fords am Klavier und sieht ebenso erwartungsvoll aus wie mein Onkel. Sie hat die Hände im Schoß gefaltet, als müssten sie ruhiggestellt werden.

»Mach schon«, sagt Onkel Wendelin und blickt mir auffordernd in die Augen. Ich reiße den Umschlag auf. Ein Stapel kleinformatiger Fotos kommt zum Vorschein.

Onkel Wendelin reckt unruhig den Hals, wie eine Schildkröte, die ihre Umgebung nach Leguanen sondiert. Er hat die Fotos auch noch nicht gesehen. Der Umschlag blieb seit der Übergabe verschlossen.

Ich halte den Stapel ins Abendlicht und erkenne gleich die blasse Polaroidästhetik. Kontraste und Konturen sind weich. Die Bedeutung der Fotos begreife ich sofort. Auf einer Gangway steht Kerstin mit verwehten Haaren. Dahinter das blaugelbe Lufthansa-Logo der Siebzigerjahre. Kerstin presst eine kleine Ledertasche vor ihren Bauch. Trotz der schwachen Konturen erkennt man deutlich ihren Aufbruchwillen. Es könnte ebenso gut eine Werbereklame aus den Siebzigern sein. Wie schön meine Tante war.

»Warum schau ich mir das alleine an? Warum schaust du nicht mit?«

Onkel Wendelin hält sich den Zeigefinger an den Mund. Seine Augen sind geschlossen. Ein Windzug bringt den Kastanienbaum zum Rauschen. Auf dem nächsten Bild ist Onkel Wendelin zu sehen, gesund, jung und adrett. Er hat etwas vom jungen Clint Eastwood. Grinsend steht er neben dem Piloten im Eingang zum Cockpit. Ein Foto am offenen Cockpit? Würde es heute so nicht mehr geben. Das dritte Bild zeigt eine Luftaufnahme. Einige Wolkenfetzen vor einer kargen Landschaft. Vielleicht eine Wüste. Vielleicht The Great Salt Lake. Landeanflug.

Das vierte Foto: Kerstin eng umschlungen mit Onkel Wendelin vor einer riesigen Marlboro-Werbetafel. *Adventures never end* steht da hinter Kerstin und Wendelin, als wäre es das Motto ihrer Reise. Dieses Foto rührt mich zutiefst. *Adventures never end*. Leck mich doch am Arsch.

Ich blicke in das wispernde Blätterdach der Kastanie, um aufkommende Tränen im Zaum zu halten. Silberne, grüne, braune und weiße Farblichter erzeugen einen Tanz zwischen winkendem Laub und weißen Blüten. Dazu eine schwebende Melodie, so unscheinbar, als käme sie aus einem Traum. So melancholisch, als bräche sie meinen Brustkorb entzwei. Bevor ich mich fragen kann, was hier gerade passiert, höre ich Birdy am Klavier. Ich blicke zu ihr, fast Hilfe suchend. Sie lächelt mit schief gelegtem Kopf. *Alles ist gut,* scheint sie zu sagen. Ich fühle genau: Alles ist nicht gut, sonst wären wir nicht hier.

Foto Nummer fünf zeigt Dr. Ernst Zuber, Onkel Wendelin, eine fremde Frau und Kerstin vor dem Krankenhaus in Salt Lake, soweit ich den Betonbau im Hintergrund richtig deute.

Danach eine Szene, in der Kerstin lächelnd und kumpelhaft dem Doktor den Arm um die hohe Schulter legt. Zubers Miene scheint zu sagen: *Das Mädchen hier haut nichts um.* Auch ich muss sagen, Kerstin sieht weder verängstigt noch todgeweiht oder klapprig aus. Dicklich geradezu. Ich schäme mich fast für diese Erkenntnis. Oder täuscht das aufgeraffte Textil?

Nächstes Bild: Kerstin sitzt auf einem Stein in Moab. Das bezeugen Farbe und Form der Felsen. Sitting Rudy steht neben ihr und blickt, als würde er nach einem Ort Ausschau halten, an dem er sich erleichtern könnte. Ich schüttle den Kopf. Ich bilde mir ein, auch wir rasteten an genau dieser Stelle.

Onkel Wendelin ist auf dem nächsten Bild wieder zu sehen. Er zieht an der Friedenspfeife. Die Augen geschlossen.

Ich blicke Onkel Wendelin an. Er lauscht Birdys Klavierspiel.

Ein Foto zeigt Kerstin, wie sie sich die Hand vor den Mund hält. Ihre Augen mit gespieltem Entsetzen weit aufgerissen, auf den Inscription Rock deutend, der den Hintergrund einnimmt. Ich suche mit verengten Augen nach ihren Namen. Ich finde sie nicht.

Das nächste Bild ist verschwommen, weil es abends aufgenommen wurde. Aber ich erkenne wohl im Schein zweier Frontstrahler Kerstin und den Polizisten. Wie hieß er gleich noch? Sie wirkt auf dem Bild fast so breit wie der Mann in Uniform. Liegt wohl am Lichtkegel des Scheinwerfers.

Es folgen Bilder von ihrem Gefährt, ein ähnliches wie unseres hier, das die silberne Kühlerfigur auf der Haube trägt. Onkel Wendelin steht davor, oberkörperfrei in Jeans und deutet muskulös und entschlossen auf den Vogel. Er scheint zu sagen: *Lieber den Storch auf der Haube als die Taube auf dem Dach.*

In diesen Bildern steckt eine ganze Lebensgeschichte. Wie in Antiquitäten. Wie in diesen Gegenständen, die zu unseren Füßen liegen. Sie speichern Erlebnisse. Während die Protagonisten dieser Erlebnisse dahinscheiden.

Ich blättere weiter, das Licht wird fahler. Meine Augen müssen sich anstrengen und erkennen: Kerstin mit der Perkussionspistole vorm Bonnie-und-Clyde-Mahnmal. Neckisch zielt sie in die Kamera. Das aus Hühnerknochen gelegte W + K lässt sich mit Mühe erkennen. Kerstin inmitten einiger breitschultriger, vierschrötiger Männer, vor ihnen die Appalachian-Trail-Tafel. Äxte liegen um sie herum im Laub wie erschöpfte Wanderer. Es folgt ein verschwommenes Foto, das die Bundesstaatentafel von Florida zeigt. Ein Foto von Granny Lane House. In voller Pracht. Davor eine dunkelhäutige fremde Frau in einem wallenden bunten Rock. Ihr Oberkörper wird von einem Unterhemd bedeckt. Fast hippiesk.

Das nächste Foto ist ein Kunstwerk. Kerstin steht unter dem massiven Blätterdach der Kastanie. Sie trägt ein weißes Leinenkleid. Ihre roten Haare weht der Wind wie eine Flamme nach Westen. Sie lächelt in die Kamera. Ihre Hände umfassen ihren runden Bauch. Ich fixiere das Bild mehrere Minuten lang. Verdammt, würde ich es nicht besser wissen, würde ich behaupten, sie ist schwanger. Dieses Bild trägt so viel in sich. Alle Stufen vom Immergrün des Laubes. Alle Stufen von Grau. Von schwebender Melancholie bis tief verwurzelter Überzeugung. Die todkranke Kerstin. Der Baum wie eine Schutzhütte dahinter. Kerstin steht vor der Kastanie am selben Ort wie wir nun. Es ist unheimlich und schön zugleich. Ich beginne zu verstehen, warum Onkel Wendelin dieser Ort so bewegt.

Drei Bilder sind noch übrig.

Das nächste Bild zeigt einen Säugling. Einen schreienden, bläulich-rot-gesichtigen, offenbar soeben geborenen Menschen. Eingewickelt in ein Frotteetuch. Ich sortiere es nach hinten ans Stapelende. Derselbe Säugling blickt mich wieder an. Und ich kann es nicht leugnen, er liegt an der Brust von Kerstin, die mit wässrigen roten, erschöpften Augen, leuchtenden Sommersprossen und feuchten Haaren auf den kleinen Wurm blickt. Es trifft mich wie ein Schlag. Verdammt, ich habe mich nicht getäuscht.

»Kerstin war schwanger?«, frage ich ungläubig. Mich selbst. Das Foto. Die Kastanie. Onkel Wendelin. Er sieht mich an. Er schluchzt. Ich sehe zu Birdy. Sie spielt weiter auf dem Klavier, als würde sie jedem Bild die entsprechende Melodie schenken.

Onkel Wendelin weint und lächelt. Eine Antwort erhalte ich nicht. Nicht von Onkel Wendelin. Nicht von Kerstin. Nicht von der Musik. Sagt mal, was wird das hier?

»Das ist doch nicht euer Baby?«

Der Fotostapel in meiner Hand wird bleischwer. Um ihn endlich loszuwerden, sehe ich mir noch das letzte Bild an.

Onkel Wendelin sitzt neben der liegenden Kerstin auf einem Bett zwischen vielen hellen Kissen und Decken. Kerstins lange Haare ergießen sich über weiße Laken wie eine Fahne letzter Wünsche. Dankbares Glück und tiefe Erschöpfung liegen in ihrem Blick. Ihre Gesichtsfarbe hat den Ton der Betttücher. Selbst ihre leuchtenden Sommersprossen erkennt man kaum. Onkel Wendelin hält das Baby mit links. Kerstin mit rechts. Beide scheinen ihm zu entgleiten, und doch legt er alle Kraft in diese Umarmung. Als wäre es Begrüßung und Abschied zugleich.

Ein Windhauch rauscht erneut durch die Kastanie. Mich friert hier langsam, obwohl es ein angenehm warmer Frühlingsabend ist.

»Es ist euer Kind«, sage ich nun überzeugt. »Ist es … Wo ist es? Ist es gestorben?«

Onkel Wendelins Tränen fallen wie Wasserbomben.

»Onkel Wendelin.« Ich nehme ihn fest in den Arm. Sein

Körper hat jegliche Kraft verloren. Er zittert an meiner Brust wie ein erschöpfter Kletterer im Überhang.

»Onkel Wendelin, ist euer Kind gestorben?«, frage ich leise. Er löst sich. Er hustet. Stößt einen Seufzer aus. Offenbar fällt ihm die Antwort schwer.

Uns umhüllt Klaviermusik. Aus Kerstins Klavier, das zu Onkel Wendelins und meinem wurde. Der Tag verabschiedet sich. Der Mond greift sich die wenigen Sonnenstrahlen, die am dunkelblauen Nachthimmel noch übrig sind, und schickt ein geisterhaftes Licht unter den Kastanienbaum.

»Es tut mir …«, schnieft Onkel Wendelin.

Ich würde ihm gerne helfen. Bedrängen beschleunigt nichts. Es ist an ihm, die Schlusspointe zu erzählen.

Wir verblassen in der eintretenden Dämmerung zu unseren eigenen Schatten. Ein voller Mond spendet weiches Licht. Onkel Wendelin und ich stehen uns gegenüber wie zwei Duellisten. Er ist am Zug.

Plötzlich feuert Birdy einen tiefen Akkord durch den abendlichen Garten von Granny Lane House. Ein tiefes h-Moll, das einige Blätter zu Boden schweben lässt. Und plötzlich geht alles so schnell, dass es sich wie eine Ohrfeige anfühlt, weil seine Stimme wieder die Festigkeit einer Handkante hat.

»Hier unter der Erde liegt deine Mutter, Heinrich.«

Er deutet auf das von mir ausgehobene Karree. Ein Vogel kreischt in der Ferne, es klingt ein bisschen wie Onkel Wendelins Husten. Ich weiß aus meinem Vogelkundebuch, dass es ein Exemplar der Gattung Larus ridibundus sein muss. Eine Lachmöwe.

»Meine Mutter steht in München am Herd, kocht für drei Vollidioten Linsensuppe mit Wiener Würstchen und hört dabei Peter Maffay.«

Onkel Wendelin lächelt wieder. Ein schweres Lächeln, ein gnädiges, gefüllt mit Verständnis. Seine Gesichtszüge zeichnen allerdings kummervolle Falten.

»Heinrich, in München steht Maria Pohl, geborene Gärtner, die Ehefrau meines Bruders Gustav. Hier ...«, wieder weist er auf den Aushub, »hier haben wir Kerstin begraben.«

Es erklingen einige leise Akkorde, welche die Verstiegenheit dieser Aussage in eine entsprechende Milde betten. Birdys Lippen formen ein weiches, mitfühlendes Lächeln. Bei aller Sanftheit – ich spüre, wie sich Angeln aus Verankerungen lösen.

Dann höre ich Onkel Wendelins wieder gefestigte, aber gedämpfte Stimme.

»Sie war deine Mutter, Heinrich. Kerstin ist deine Mutter. Es tut mir leid, Heinrich. Ich ...« Er streckt mir seine Hand entgegen. »Es tut mir leid«, wiederholt er und klingt so traurig wie erleichtert.

Alles klar. Ich blinzle ein paar Mal in die finstere Baumkrone, nicke das eben Gehörte ab.

»Kerstin Holmgren liegt hier begraben. Sie ist meine Mutter. Dann bin das wohl ich auf dem Foto hier.« Ich wedele mit dem Bilderstapel. Mir entfährt ein irres Lachen. Onkel Wendelin blickt mich unverwandt an. Unter meiner Schädeldecke, die mein rotes Haar pulsieren lässt, knarzt etwas. Gereizt fahre ich fort.

»Logisch, Kerstin hatte ja nur Lungenkrebs. Da ist eine Schwangerschaft ja ein Klacks.«

Wieder lache ich deppert, was überhaupt nicht zu meinen aufsteigenden Tränen passt. Onkel Wendelins Miene verändert sich nicht. Er blickt mich nur weiter mitfühlend an. Hinter meinen Augenlidern blitzt es. Mir fällt noch etwas ein, und das ist das Beste:

»Pass auf, das würde ja bedeuten, dass du mein Vater bist,
Onkel Wendelin! Das heißt, all die Niedertracht, all die Prügel,
all die Entfremdung und Kälte, die mir mein angeblicher Vater
verabreicht hat – alles umsonst. Hätte nicht sein müssen, Onkel
Wendelin, hätte es alles gar nicht gebraucht, weil ja du mein
Vater bist!«

Ich klatsche in die Hände und jauchze. Ich weiß im Nu, wie
es sich anfühlt, verrückt zu werden. Und meine Tränen zerplat-
zen, als hätte jemand eine Schleuse geöffnet.

»Wie kannst du mich hier durch Amerika schleppen, ster-
bend an meine Schulter gelehnt, und so einen Scheiß erzählen?
Ist das dein Finale Grande? Du wirst sterben, Onkel Wendelin,
und dann fällt dir nichts anderes ein als dieser Stuss? Du
bespuckst dein eigenes Denkmal? Dort drüben sitzt der Clown,
dort drüben«, ich deute auf Birdy, »aber du machst die scheiß
Witze!«

Ich klopfe mir vehement mit dem linken Handballen gegen die Stirn. Meine Rechte lässt langsam die Fotos fallen, die
wie Bilder eines schlecht geklebten Daumenkinos zu Boden
segeln.

Es schmerzt im Gaumen und hinter den Ohren. Schrille
Töne ersetzen die Klaviermelodien. Mir ist übel. Schwindel
kommt auf, wie das Rauschen des Windes durch den Kastanienbaum. Ich falle würgend auf die Knie und beginne zu zittern. Weine so krampfhaft, dass ich Kopfschmerzen bekomme.
Währenddessen relativieren sich in Bruchteilen von Sekunden
Millionen kleine Wörter und Taten aller Familienmitglieder.
Ich kippe nach vorne in die ausgehobene Grube, in der es frisch
und gleichzeitig modrig riecht. Ich kralle mich in die Erde.
Feuchter Sand und Kieselsteine quellen durch meine ver-
krampften Finger. Ich kratze nach Steinen, nach Lehm, nach

abgefallenen Kastanien. Ich grabe nach Wurzeln. Nach meinen Wurzeln.

Mein Vater kniet über mir am Rande des Abgrunds und bittet um Verzeihung. Hinter ihm ein Clown.

# 15

## Pistolenheini

Onkel Wendelin hustet Blut und Schleim aus den Lungen. Er sitzt auf dem Erdhügel und spuckt den farbigen Auswurf seitlich auf die Erde. Dort rollt dieser wie eine nasse Schnecke langsam die braune Piste hinab. Längst ist egal, ob wir verdreckt oder verheult sind. Die Wahrheit tut weh und ist schmutzig. Ich stehe vor ihm, den Spaten in beiden Händen, jederzeit zum Ausholen bereit. Birdy zwischen uns. Ihr weißes Kostüm hat Flecken bekommen. Auch sie weint, aber ihre weiße Schminke verschmiert dabei nicht. Immer ist Zirkus.

Ich bin paralysiert. Warum sollte Onkel Wendelin mir eine Lüge auftischen?

Ich will nur wissen, warum das Schweigen. Jahrzehntelang.

»Es tut mir leid, Heinrich.«

Onkel Wendelin wiederholt die Worte wie ein Mantra.

Ich hingegen verlange drohend: »Erklär es. Alles. Ich bin mir zwar sehr sicher, ich werde es nicht verstehen, aber erkläre es.«

In meinen Untiefen rumort die Enttäuschung. Ich bin bereit, ihm den Spaten über den Kopf zu ziehen, wenn er nicht gleich eine Geschichte erzählt, die diesen lebenslangen Irrsinn hier rechtfertigt. Sterben wird er eh, es dauert nicht mehr lange. Vielleicht tue ich ihm ja auch einen Gefallen, wenn ich ihm den Kopf zerberste. Birdy steht schützend zwischen uns. Der Mond färbt ihr Kostüm blau schimmernd. Sie blickt mich besorgt an.

»Also ...«, fordere ich Onkel Wendelin auf.

Er schüttelt seinen schweren Kopf.

Ich erinnere mich, wie Onkel Wendelin mir einst erklärte: *Du kannst mit mir über alles reden, Heinrich. Aber vielleicht willst du das nicht oder kannst es nicht immer. Dann schreib es auf. Manche Worte kommen nicht über die Lippen. Manche Worte entfalten auf Papier eine größere Wucht. Manche Worte klingen geschrieben anders. Und geschriebene Worte hallen anders nach. Tiefer. Nachhaltiger. Manchmal lauter. Ewiger ... Soll aber nicht heißen, dass wir nicht mehr sprechen sollen. Alles soll und darf gesagt werden.*

»Oder soll ich im Fuße des Pianos nachsehen? Steht da alles geschrieben, hinter der hölzernen Lilie? Hast du da notiert, was du mir mein Leben lang vorenthalten hast? Unfähig, es in Worte zu packen und im Schutz des Indirekten auf einen Fetzen Papier geschmiert?«

Ich sehe den ersten Zettel noch vor mir.

*Ich liebe dich so sehr, wie ich Kerstin geliebt habe.* Perspektiven ändern die Wucht von Worten.

Birdy schafft es, mir mit einem zarten Kuss auf meine Wange und einem geflüsterten »Hör ihm einfach zu« den Spaten zu entwenden. Auch gut. Zur Not erwürge ich ihn.

»Heinrich, ich sterbe«, beginnt er. Sein blutiges Taschentuch hält er wie eine Pistole. »Ich werde HIER sterben. Das ist wichtig. Es ist der Grund dieser Reise.«

Er deutet in die Grube. Sein Grab.

»Alles, was ich sage, was ich erzähle, stimmt. Ob du es

glauben magst oder nicht. Ich glaube selbst kaum, dass ich es nie übers Herz gebracht habe, dir alles zu erzählen. Aber so ist es nun mal. Du kannst mich hassen, es würde dir sogar zustehen, aber ich bitte dich um einen letzten Gefallen.«

Ich falle ihm ins Wort.

»Der letzte Gefallen war diese Reise. Das habe ich dir versprochen. Die Reise ist ja wohl hier zu Ende, nicht wahr?«

*Wie sprichst du mit deinem Vater?*, wäre nun die Antwort meines Vaters, der jetzt offenbar ja nur mein Onkel ist.

»Heinrich, ich brauche dein Wort. Wenn es sein muss, wird Birdy dich überzeugen. Sie weiß über alles Bescheid. Ich habe sie eingeweiht, und Birdy versteht sehr viel sehr richtig.«

Birdy vor mir eingeweiht und dann noch als Druckmittel verwendet? Wo ist der Spaten?

»Heinrich, mein Sohn, weißt du noch, als du fragtest, wo ich einst begraben werden will? Auf dem Friedhof oder bei der alten Linde im Wald?«

»Weiß ich doch nicht.«

Klar weiß ich das: *Und liegen werde ich in der Erde über unserer Kerstin.*

»Ich habe geantwortet, dass ich bei Kerstin liegen will. Das ist hier. Hier unter dem Kastanienbaum. Die Früchte, die dieser Baum trägt, tragen ihre Asche, ihren Staub in sich. Hier will auch ich liegen.«

Er wirft ein paar Kastanien in das Loch. Die grüne Schüssel leert sich. Kastanie zu Kastanie. Wendelin zu Kerstin.

»Kannst du mich hier beerdigen, Heinrich?«

»Ich glaube, du tickst nicht mehr richtig. Ich will wissen, warum du mir erst heute sagst, dass du mein Vater bist. Warum du mich meines Vaters und meiner Mutter beraubt hast.«

»Deine Mutter hat der Krebs geraubt, nicht ich.«

»Und meinen Vater wird auch der Krebs holen. Soll ich ein Buch darüber schreiben? Ich habe seit Kindesalter zu dir aufgeblickt, habe stets deinen Rat befolgt, dir mein Vertrauen geschenkt. Und du lässt mich ein Leben lang im Glauben, mein Vater wäre die Niedertracht in Person. Dein Herz ist eine Mülltonne!«

Die Impulsivität der Rothaarigen.

»Obendrein gibt es tausend Fragen, die du mir wohl nicht mehr beantworten wirst, weil du ja dein Ziel erreicht hast. So kenne ich dich gar nicht. Aber da mein Vater zeit meines Lebens ein Arschloch war und du ja jetzt auch mein Vater bist – vielleicht liegt es ja an mir.«

Das Herz rast, Halsadern schwellen zu Kabeln an, Fingerkuppen pulsieren, Nägel lösen sich: Mein Leben eine Lüge! Im Augenwinkel sehe ich die Friedenspfeife und greife danach, schleudere sie wütend in das dunkle Erdloch. Dort landet sie mit einem dumpfen, satten Geräusch in der feuchten Erde.

Onkel Wendelin vergräbt sich in einem Hustenanfall. Wäre blöd, wenn er gerade jetzt abtritt. Ich bücke mich und greife nach der Pistole. Das alte Ding ist schwer, so schwer wie meine tauben Gedanken, die sich im Kreis selbst jagen, wie ein dummer Pudel seinen Schwanz. Ich richte die Pistole auf Onkel Wendelin.

»Wenn du jetzt stirbst, bring ich dich um.«

»Tu es«, ruft Onkel Wendelin plötzlich laut.

»Ich tue es. Ich fasse es nicht, dass gerade du mich ein Leben lang belogen hast.«

»Tu es, deswegen sind wir hier.«

Onkel Wendelin will, dass ich ihn erlöse. Vom Krebs. Von seinem schlechten Gewissen. Vom Warten auf Kerstin.

»Drück ab. Bitte drück ab.«

»Erschieß dich doch selber! Ist ja eh nicht geladen!«

»Ich habe sie geladen, und es ist nur ein Schuss drin. Also gib mir die Waffe, ich drück ab und falle da rein. Meine letzte Bitte an dich: Schütte das Grab zu. Danach kannst du gehen. Dann war das hier dein Erbe. Eine Reise, die dir die Augen geöffnet hat, Heinrich, ein letzter Versuch, dich aus deiner Lethargie zu befreien. Damit du von der Welt etwas siehst. Damit du Abenteuer erlebst. Und vielleicht dein Herz öffnest.« Dabei sieht er hinüber zu Birdy, die mir ein verschmitztes Mondscheinlächeln schenkt.

Ein schneller Blick auf den Zündmechanismus verrät trotz trüben Lichts: Auf dem Piston steckt tatsächlich eine Zündkapsel. Folglich könnte Onkel Wendelin die Pistole tatsächlich mit Treibladung, Projektil und Schusspflaster gestopft haben.

»Heinrich, ich knall mich ab! Gib jetzt her.«

Er rutscht die Erdaufhäufung herab. Direkt in das von mir geschaufelte Grab hinein. Er steht mir gegenüber und breitet die Arme aus.

»Komm, mein Sohn, erschieß du mich, wenn du von mir so enttäuscht bist. Ich würde es verstehen. Aber eins sag ich dir – ich liebe dich genauso, wie ich dich immer geliebt habe. Ich rücke keinen Millimeter von meiner Liebe zu dir ab. Ich nehme deinen ganzen Hass auf mich. Und wenn ich dort unten liege, denke nur noch an unsere guten Zeiten zusammen, denn, Heinrich, meine Liebe zu dir wäre nicht größer und mein Verhalten dir gegenüber nicht besser gewesen, hättest du mich als Vater gekannt. Und der tiefen Liebe deiner Mutter sei dir auch gewiss. Das nimm mit, Heinrich, denn deine Mutter war die tapferste Frau auf Erden. Das fröhlichste und umwerfendste Wesen, das du dir vorstellen kannst. Sie hat dich zwei Tage erlebt, ehe sie gestorben ist. Aber in diesen zwei Tagen hat sie dich genährt mit all der starkherzigen Kraft, die ihr noch blieb. Und das war mehr, als so mancher in einem ganzen Leben aufbringen kann. Hier in diesem Garten bist du geboren, Heinrich. In Granny Lane House, mithilfe der lieben Wilma. Einer guten Freundin von Ernst. Also …«

Onkel Wendelin hustet wieder. Er atmet kurz durch.

»Kerstin war schwanger. Ungewollt, aber es ist passiert. Die Ärzte in Deutschland sagten, dies wäre ein Ding der Unmöglichkeit. Sie werde sterben. Das Kind sowieso. Kerstin wollte dich unbedingt zur Welt bringen, jemanden hinterlassen, bevor sie geht. Ihr Wunsch war mir Befehl, meine Weitsicht in diesem Moment getrübt. Dass ich alleine mit einem Kind zurückbleiben könnte, habe ich nicht bedacht. Ich wollte, dass ihr beide überlebt. Sie wollte ihre letzten Tage mit dir in ihrem Bauch genießen. Und dies eben nicht bibbernd und zitternd und überbehütet in einem weißen sterilen Krankenbett. Die Reise kennst du. Jeder Tag, den sie meisterte, schien ihr noch mehr Kraft zu geben. Also verdrängte ich die Vorstellung, dass sie es nicht schaffen könnte.«

Ich sitze da und glotze in Onkel Wendelins Richtung. Er hat begonnen, das Pferd zu satteln, mit dem ich aus dem Hof reiten soll. Ich bemerke eine unruhige Hast in ihm, als würde er ständig auf die Uhr schauen.

»Du warst für Kerstin wie eine Droge, die sie aufputscht, wie ein Mittel, das ihre Krankheit eindämmt. Sie blühte auf. Psychoneuroimmunologische Mechanismen. Und so ging die Expedition immer weiter. Bis nach Florida. Du hast die Reise sozusagen zweimal erlebt.«

Onkel Wendelin lacht kopfschüttelnd auf. In der Dunkelheit heult ein Kauz, der wiederum in weiter Ferne einen Hund aufheulen lässt.

»Salt Lake. Moab. El Moro. Loving. Appalachian Trail.«
Birdy nimmt meine Hand und zieht mich zum Grubenrand.
Dort setzen wir uns hin. Ich lasse es geschehen, merke aber,
dass ich immer noch die alte Perkussionspistole in der rechten
Hand halte. Schweres Ding. Onkel Wendelin setzt sich vorsichtig auf die Erde, Beine angewinkelt, Rücken an den Grubenrand gelehnt. Der Mond malt schimmernd die Flächen an,
die seine Reflexionen treffen. Um uns wird alles in Farben
zwischen Hellblau und Tiefschwarz getaucht. Onkel Wendelin
streicht mit seiner zittrigen Hand und mit schmalen, blassen
Augen über die Erde, als würde er Kerstin noch um etwas
Geduld bitten. Aber die Zeit tickt gegen ihn. Gegen uns.

»Einen Tag, nachdem wir auf dem Springer Mountain waren,
bemerkte sie in ihrem Bauch eine Veränderung. Ein klares
Signal, dass nun bald die Geburt bevorsteht. Aber sie weigerte
sich weiterhin, in ein Hospital zu gehen, dort sterben Menschen, meinte sie. Sie sehnte sie nach einem blühenden Ort.
Den empfahl Ernst, der nach Atlanta kam und mit uns hierher-
fuhr. Wilma, eine ehemalige Kollegin und frühere Hebamme
lebte hier ...« Onkel Wendelin verkrampft wieder in einem
Hustenanfall. Birdy will ihm Wasser reichen. Er winkt ab. Als
er sich erholt hat, entkorkt er mit einem hohlen Ploppen die
Whiskyflasche.

»Verdammt, Heinrich, ich mach's kurz, ich glaub ...« Er
klopft sich mit der Faust, die immer noch den Korken hält, auf
die Brust.

Kurz ist das Gegenteil von Tausend-Fragen-beantworten,
denke ich nervös. Fragen, die wirr in meinem Kopf kreisen wie
ein aus den Fugen geratenes Planetenmodell.

»Der Bruder von Wilmas Ururgroßvater war, na ja, ein dunkelhäutiger Großgrundbesitzer, der Anfang des letzten Jahr-

hunderts hier Reisplantagen besaß. Sein Vater arbeitete als Sklave für einen intellektuellen Reisplantageneigentümer namens Martin Henry Lay der Dritte. Dieser, der Theologie und dem Abolitionismus nahestehend, pflegte enge Beziehungen zu einigen seiner Sklaven, unter anderem zu erwähntem Joseph Wilberman, Wilmas Ururgroßvater. Es entstand sogar eine echte Freundschaft, da Martin Lay von Wilbermans Erzählkunst begeistert war. Und nach Beendigung der Sklaverei und Martin Lays Ableben einige Monate später bekam Joseph Wilberman die Plantage vermacht. Testamentarisch beglaubigt.«

Das ist mal ein Erbe, denke ich mir. Und was erbe ich? Eine Mitteilung, dass ich nicht ich, sondern mein eigener Cousin bin. Oder so.

Onkel Wendelin fährt fort.

»Natürlich gab es Übergriffe der weißen Bevölkerung, Angriffe auf die Plantagen. Aber Granny Lane House hielt stand, und nachdem Lyndon B. Johnson faktisch die Gleichberechtigung ausgerufen hatte, wurde die Wilberman-Ranch akzeptiert. Über Generationen blieb Granny Lane House in Wilberman-Besitz, wenngleich die Ernten aufgrund einiger schlechter Jahre rückläufig waren und Arbeitskräfte im Zuge der Industrialisierung den Weg in die Großstädte suchten. So lebte Granny Lane House vom alten Geld. Die letzte hier ansässige Wilberman war Wilmas Tante Dorothea, die zumindest nach außen hin den Glanz früherer Tage aufrechterhielt, wenngleich die Reisproduktion längst brachlag. Sie wurde krank. Demenz. Als Wilma davon erfuhr, quittierte sie ihren Job, kam zur Pflege von Salt Lake nach Granny Lane und stand ihrer Tante bei. Wilma war als Hebamme in Ernsts Krankenhaus tätig und von seinen Heilungsansätzen begeistert, genau wie er von ihrer empathischen und unkonventionellen Art. So kam Ernst auf die Idee, dass Granny Lane House unsere Entbindungsstation werden würde.«

Onkel Wendelin atmet tief ein. Lange aus.

»Dorothea und Wilma öffneten uns die Tür, als wir mit Ernst hier ankamen. Eine kleine in Decken gehüllte alte Dame, deren schlohweißes, krauses Haar auf ihrem dunklen Gesicht leuchtete, mit tiefen, zufriedenen Augen. Daneben stand Wilma, hochgewachsen und kräftig. Ihre feine dunkle Haut von leichten, bunten Kleidern umhüllt, barfuß, das Haar mit Tüchern hochgebunden. Die Verbindung der drei Damen war magisch. Sie schäkerten oft bis tief in die Nacht. Wir hatten vollstes Vertrauen in diese Herberge. So warteten wir hier auf dich.«

Onkel Wendelin nimmt einen großen Schluck aus dem Mackmyra.

Dann reckt er mir den Whisky entgegen, den ich widerwillig annehme.

»Glas halb leer oder halb voll, mein Sohn?«

Ich fühle mich noch nicht fähig zu sprechen. Stolz, Enttäuschung, Leere und Kopfschmerzen lassen ein Wort der Annäherung nicht zu. Birdy stößt mir mit dem Ellbogen auffordernd in die Rippen.

»Flasche noch ziemlich voll, Onkel Wendelin.«

Er lacht kurz.

»Es ist okay, dass du mich Onkel nennst.«

»Es ist okay, dass du mich Sohn nennst.«

Am Himmel stehen dieselben Sternbilder, die ich als Kind mit Onkel Wendelin studiert habe. Wir haben auch selbst welche erfunden. Den Albatros, die Bavaria, die Landgurke oder Onkel Wendelins Lieblingsbild: die Kastanie. Genau diese Konstellation meine ich nun am Himmel von Florida zu erkennen.

Doch sogar die Sterne sind mir jetzt fremd. Bösartige, schadenfrohe Lichter. Ich trinke einen kräftigen Schluck aus der Pulle, verdränge den Hustenanfall, kann allerdings die Tränen in meinen Augen nicht unterdrücken. Tut irgendwie gut, und so schütte ich mehr schwedisches Gerstengesöff in mich hinein, damit die Sterne wieder heller leuchten.

»Gleich nur noch halb voll«, murmelt Onkel Wendelin. Als würde er sich darauf besinnen, seinen Auftrag noch vor Sonnenaufgang zu vollenden, fährt er fort.

»Du kamst in einer heißen Augustnacht auf die Welt. Ich saß mit Dorothea am Brunnen hier vorne, hatte bittere Angst um dich und Kerstin, wünschte mir Ernst hierher, der es nicht schaffte. Kerstin und Wilma marschierten plötzlich an uns vorbei und ließen sich auf Decken unterm Kastanienbaum nieder. Es war Kerstins Lieblingsort hier. Nach dem keltischen Baumkalender war die Kastanie ihr Seelenbaum. Sie meinte stets, sie höre aufmunterndes Flüstern aus Wurzeln und Rinde. Dabei zwinkerte sie mir schelmisch zu, denn ich musste stets über ihren Glauben an schwedische Mythologie schmunzeln. Kerstin lag oft in den Wurzeln, die sie wie Arme betteten. So wie schließlich am Abend deiner Geburt. Wilma holte mich dazu. Kerstin war plötzlich so zerbrechlich. Ihr Lächeln beruhigte mich jedoch. Sie meinte: ›Ich werde unser Kind Heinrich nennen. Wie Heinrich der Löwe. Und wegen der Henry Lee Road.‹ Sie fasste meinen Arm und flüsterte: ›Und ich werde hier liegen, Wendelin. Hier unter diesem Baum, versprich mir das.‹ Ich meinte: ›Du liegst doch schon hier.‹ Da zog sie mich mit einer urplötzlichen Kraft zu sich heran und sagte: ›Ich werde hier liegen, nachdem mein Herz den letzten Schlag getan hat. Dann schicke ich dir jährlich ein Andenken. Also versprich es.‹ Heinrich, ich hatte keine Gedanken an Kerstins Tod, vor allem wollte ich, dass sie ihre Kraft für die Geburt aufspart. Aber ich versprach es ihr in der festen Hoffnung auf ihre Genesung. Mit dir. Ich versprach ihr sogar hoch und heilig, dass ich mich zu ihr läge, falls es das Schicksal zuließe. Sie lächelte, umfasste meine Wangen, und dann kamst du. Bäche von Schweiß liefen Kerstin über Gesicht und Körper. Wilma war ebenso durchtränkt, ihre Stimme und ihr Tun kühlten aber die Hitze der Geburt ab. Ich holte Wasser, Lappen, Lindenblütentee und noch mehr Decken. Alles von Wilma im Haus vorbereitet. Ihre Worte waren Balsam und Anker für Kerstin. Sie gebar dich hier unter dem Kastanienbaum, so wie Kerstin es sich gewünscht hatte. Fern der Sterilität von Krankenhausmetall und Ärztestab. Zweimal wurde sie laut, und der dritte Schrei kam von dir. Wilma legte dich in weiches Frottee, anschließend in meinen Arm, und Dorothea sang am Brunnen sitzend ›If You See My Savior‹.«

Onkel Wendelin starrt auf die mondbeschienene Erde und hängt den Erinnerungen nach. Seine Finger graben nach Kerstin. Ich stelle mir vor, wie ich hier geboren wurde, unter freiem Himmel von einer jungen Frau, die sich den Geburtsschmerzen und der Schmerzen eines Tumors erwehren musste. Und ein Lied forderte nach Rettung – die nicht kam.

»Sie starb zwei Tage später, Heinrich. Sie ist quer durch Amerika gereist, weil sie meinte, Abenteuer lenken sie ab und stärken sie. Sie hat im richtigen Moment einen Hafen angesteuert, um ihre letzte Bestimmung zu vollenden. Dann hat sie dich geboren, aufrecht und tapfer, einen gesunden Jungen auf die Welt gebracht, die sie selbst kurz danach verließ. Mit einem Lächeln im Gesicht. Dankbar. *Einer geht, einer kommt. Nun waren wir geduldig, offensiv geduldig. Das hat sich gelohnt, und wie. Huka ho, min resande!* Ihre letzten Worte.«

Ich verfluche alles Vergängliche dieser Welt.

»Jedes Jahr ein Andenken. Ein Geschenk aus ihrer Welt.«
Onkel Wendelins Rechte hält eine Kastanie. Das letzte Geheimnis ist gelüftet. Erde zu Erde.

»Wir folgten Kerstins Wunsch. Nachdem wir sie hier zur Ruhe gelegt hatten, spielte ich mit Wilma einen Trauermarsch, während du in Dorotheas Armen geschrien hast, als wüsstest du, wer uns gerade verlassen hat.«

Ich hätte es gern von Beginn an gewusst.

»Wilma blieb nach Dorotheas Tod in diesem Haus, in dem sie schließlich ein alternatives Geburtshaus eröffnete. Bis sie letztes Jahr selbst gestorben ist. Wilma war es, die mir jährlich Kerstins Kastanien zuschickte. Ich war nicht naiv, Heinrich. Der Tod war seit Kerstins Diagnose ein steter Begleiter. Man kann sich auf einen Schicksalsschlag vorbereiten. Aber die Theorie steht der Praxis in allem nach, und falls dir noch nie das Herz herausgerissen wurde, kannst du den Schmerz auch nicht nachvollziehen. Kerstin war meine Fügung. Sie wollte nie Kinder, aber es ist passiert. Du wurdest plötzlich ihre letzte Lebensaufgabe. Es gelang. Du warst da. Aber der Mensch, mit dem ich dieses Glück teilen wollte, war plötzlich nicht mehr da. Der Mensch, den ich oft als Stütze benötigte, war fort. Wie hätte ich dich stützen können, wenn ein Teil von mir nicht mehr getragen wurde? Kerstins Worte, ich solle dich behüten wie nichts Zweites auf der Welt, lähmten mich. Ich war nicht imstande, meine Aufgabe anzunehmen. Ich wollte es, aber es gelang mir nicht. Wilma behütete dich, ich verlor mich in Apathie. Ernst kam und versuchte mich zu trösten. Ich wollte hier bei Kerstin bleiben. Aber sowohl Wilma als auch Ernst überzeugten mich, zurückzukehren und für den kleinen Henry eine Zukunft aufzubauen. Die beiden flogen sogar mit zurück nach München. Ernst besorgte jegliche dafür nötigen Dokumente. Die Geburtsurkunde wurde in München ausgestellt. Frag nicht, wie er das alles angestellt hat. Ich … Herrgott, Heinrich.«

Onkel Wendelin vergräbt sein Gesicht in den Händen. Birdy gräbt ihre rechte Hand in meine linke. Ich grabe meine rechte Hand in die Erde, in der meine Mutter liegt.

Hinter Onkel Wendelin raschelt es. Instinktiv greife ich nach der Bonnie-Clyde-Pistole. Francis taucht auf und schnuppert an Onkel Wendelins kahlem Kopf. Er spürt es nicht.

»Maria bot an, dich aufzunehmen. So lange, bis ich bereit sei, dich wieder zu mir zu holen. Sie hat dich schnell lieb gewonnen, auch wenn sie es nicht zeigen konnte. Oder durfte. Gustav meinte nur, es sei nicht des ältesten Bruders Recht, hier einen Menschen abzuladen. Er hasste meinen unverantwortlichen Lebensstil und war mir stets mehr Gegner als Bruder. Dann noch *einen Schratz daherziehen* – Entschuldigung, das waren seine Worte –, auf den seine Frau aufpassen sollte … Aber wenn ich auf meinen Erbanteil von Thaddäus und den Vögele-Werken verzichten würde, würde Maria dich so lange aufziehen wie eben nötig. Heinrich, ich weiß, es klingt herzlos, aber es wäre dir bei mir nicht gut ergangen. Gustav und Maria haben dich adoptiert. Warte noch kurz … Wir haben …« Onkel Wendelin und ich schütteln beide den Kopf. Er aus Scham, ich aus Fassungslosigkeit. Ich war Tauschobjekt für einen Erbanteil. In meinem Kopf tauchen Bilder auf, die einem Gemälde von Hieronymus Bosch entsprungen sein könnten.

»Heinrich, ich bin zu Hause versackt, während Maria dich herzlich aufnahm. Darüber war ich froh. Sie hat mich an deiner Entwicklung teilhaben lassen. Ich fand es tröstlich zu wissen, dass du gedeihst. Zu Hause hielten mich bunte Erinnerungen an Kerstin zwischen grauen Wänden gefangen. Ich trauerte jeden Tag und stierte dabei auf die Souvenirs unserer letzten gemeinsamen Reise. Die Friedenspfeife, die Kamera, den Silberstorch, die Pistole. In jedem Gegenstand ein Hauch von Kerstins Seele. So kam ich auf die Idee, alte Gegenstände zu sammeln, und gründete schließlich das Antiquariat Pohl. Ich fand in den Zustand eines geschäftlichen Alltags. Der Laden wuchs Stück für Stück, Geschichte für Geschichte. Maria kam oft mit dir vorbei. Sie tat es dir zuliebe. Irgendwann kamst du nicht mehr im Kinderwagen, sondern auf deinen eigenen Füßen, hast hundertmal die Klingel an der Eingangstür bimmeln lassen, hast dich zwischen den Antiquitäten versteckt, hast Hunderte Buntstiftbilder auf dem Tresen gemalt, während ich verkaufte, hast in Lexika geblättert und dir die schrägsten Geschichten gemerkt. Und ich war glücklich, wenn du da warst, weil du zwar aufmüpfig, ganz wie Kerstin, aber in erster Linie gesund und interessiert warst. Diese Entwicklung wollte ich nicht stören, und so wurde Maria immer mehr deine Mutter und ich immer mehr dein Onkel. Du wurdest immer mehr mein Neffe, den ich wie einen Sohn liebte. Ich dachte, wenn das Band so stark und die Zuneigung so groß ist, braucht niemand Definitionen. Es war fast schon Konfabulation.«

Stopp! Das ist *mein* Wort. Ich schaue auf. Konfabulation. Wie oft habe ich Onkel Wendelin im Stillen Konfabulation unterstellt, ohne auch nur zu ahnen, dass seine größte Konfabulation ich selbst bin – ich! Ich greife wieder nach der Perkussionspistole, weil ich mich irgendwo festhalten muss. Meine Muskulatur verkrampft. Mein rechter Daumen spannt den Hahn. Mein linker gräbt sich in Birdys Handgelenk. Onkel Wendelin greift nach dem Mackmyra. Als käme seine Stimme aus dem Herrenhaus, von weit entfernt, vernehme ich: »Dank dir, Heinrich, habe ich den zweiten Teil meines Lebens gemeistert. Du warst der schönste Teil meines zweiten Lebens.«

Sollte das ein Trost für mich sein? Ein Dank? Eine Entschuldigung für seine Lebenslüge? Ich weiß nicht, ob ich Onkel Wendelin in den Arm nehmen oder ihm die Visage mit dem Knauf der alten Pistole einschlagen soll. Ich kenne solche gedanklichen Auswüchse von mir nicht, aber bis gerade eben kannte ich nicht einmal meinen biologischen Vater.

In diesen Zustand des stillen Durcheinanders, in dem brennende Wut, überbordende Enttäuschung und ein kleiner Wille des Verständnisses umeinander wirbeln, schneidet plötzlich von mir aus gesehen rechts oberhalb der Grube, quasi aus dem Nichts, eine scharfe, heisere Stimme:»Was seid ihr denn für Vögel?«

Zumindest denke ich, dass es Vögel heißen sollte, denn bei *Vö…* reiße ich vor Schreck den Revolver nach oben und drücke im Affekt auf den Abzug. Vor meinen Augen explodiert ein gellend weißes Licht. Funken fliegen, ein Knall in der Lautstärke eines Kanonenschlags zerreißt die Stille, und ich werde blind und taub in diesem Massaker aus Lärm und Licht.

*

Als das Klingeln in den Ohren abebbt, richte ich mich auf. Unter mir liegt Birdy. Mein Herz rast. Ich sehe mich um. Es ist wieder so dunkel wie vorhin, der Mond steht am Himmel, so unbeteiligt wie die drei Affen von Nikkō. In Blickrichtung Granny House ragen zwei Schuhspitzen in die Höhe. In meinen Handflächen sammeln sich Flüsse aus panischem Angstschweiß. Am Rande der Aushebung liegt ein Mann im Gras, regungslos. Ich trete näher. Im Mondlicht erkenne ich eine blutig-fleischige Masse. Im ersten Moment denke ich, er trägt eine Zombiemaske, aber es ist sein echtes Gesicht, komplett deformiert.

Onkel Wendelin hat nicht gelogen. Die Waffe war geladen und das offenbar mit einer Schrotladung, die ich dem Fremden vor Schreck ins Kopfzentrum geschickt habe. Ich will die Pistole wegwerfen, bemerke dann, dass ich sie gar nicht mehr in der Hand halte. Bestürzt glotze ich den Toten an. Birdy tritt an mich heran.

»Heilige Scheiße, Heinrich, warum hast du das getan?«

»Ich … bin erschrocken. Was schleicht der Typ sich denn auch an, verdammt, ich … ich habe den einfach abgeknallt!«

Panik krabbelt in mir hoch und mischt sich mit meiner Verwirrung.

»Hab ich ihn umgebracht?«, frage ich.

»Sein Gesicht ist Gulaschsuppe. So viel Garn gibt es nicht, um das wieder zusammenzuflicken.«

Birdy springt aus der Grube und fummelt am Handgelenk nach Lebenszeichen.

»Tot.« Sekunden später: »Er hat eine Waffe in der Hand. Ich glaube, er hat auch geschossen.«

»Was?« Sofort blinkt das Wort *Notwehr* auf. »Onkel Wendelin, wer ist das?«

Er soll auch mal was sagen, war schließlich alles seine Idee hier.

Keine Antwort. Vielleicht hat er einen Schock. Birdy tritt die Pistole des toten Eindringlings zur Seite. Der wirkt groß, trägt einen dunklen Anzug und schwarze Lederschuhe. Sein weißes Hemd ist bis zur Brust versaut.

»Onkel Wendelin, kennst du den?«

Ich drehe mich in Onkel Wendelins Richtung. Er sitzt relaxt da, hält den schwedischen Whisky in der einen, das Foto von Kerstin und mir in der anderen Hand. Den Kopf gesenkt.

»Onkel Wendelin, Herrgott, so eine verfluchte Scheiße aber auch.« Nichts. Kein Aufblicken. Kein Aufmucken. Kein Zucken.

»Onkel Wendelin?«

Vorsichtig gehe ich auf ihn zu. Sein Körper wirkt entspannt. In seinem Gesicht ein friedliches Lächeln. Hat er denn nicht mitbekommen, wie seine alte Büchse krachte? Ich stehe mit heißem Kopf mitten in dem Erdaushub.

Über mir ein majestätischer Kastanienbaum.

Unter mir meine leibliche Mutter. Vor mir liegt mein Onkel Wendelin.

Antiquitätenhändler, Philosoph und Reisender. Offensiv geduldig, weltgewandt und warmherzig. Ich knie mich neben ihm auf die Erde und umfasse die erstarrte Hand, in der Kerstins Foto ruht.

»Papa?«

Ich blicke ihm fest ins friedliche Gesicht. Die Nase habe ich auf alle Fälle nicht von ihm. Und auch nicht das Loch in der Brust, aus dem immer noch warmes Blut läuft, welches sein dunkles Hemd verfärbt.

*Liegen werde ich über unserer Kerstin, mein Sohn.*

*Dann, mein liebster Heinrich, werden die Familienfeiern niemals enden.*

Meine Hand ruht nun auf seiner Brust, die sich weder hebt noch senkt.

Ich höre meine Worte.

»Ich bin bereit! Tapferes Herz! Komm, folge mir dichtauf. Wundersame Nacht, mach den Weg frei. Ich fürchte mich nicht. Ich fürchte mich nicht. Ich bin bereit!«

# 16

## Bahamas

Wenn man es genau nimmt, bin ich auf einem zukünftigen Friedhof geboren. Und wenn man es noch genauer nimmt, habe ich den Friedhof selbst angelegt. Meine Mutter liegt hier. Auf ihr mein Vater, der zeit meines Lebens mein Onkel war. Erschossen durch eine wohl fehlgeleitete Kugel eines Fremden, die ich auch irgendwie mitzuverantworten habe.

Onkel Wendelin sehnte sich nach einem Gnadenschuss, der ihn über Umwege auch erreichte. Der Krebs hat ihn in die Ecke gepresst. Die Kugel war Wunsch und Erlösung zugleich.

Ich finde im emotionalen Gewitter der letzten Stunden noch keinen Unterstand und treibe im Meer der Apathie. Ich funktioniere, weil Birdy mich leitet. Ihre klaren Vorgaben befolge ich. Sie, mehr Zirkusdirektor als Clown, behält erstaunlich souverän die Übersicht. Ich kenne sie erst einige Tage, fühle dennoch ein tiefes Vertrauen. Sie hat einen Plan.

Bäuchlings haben wir Onkel Wendelin gebettet. *Falls mein Sarg zerfällt, alles zu Staub und Erde wird, dann werden meine Gebeine auf den ihren liegen. Ich auf ihr. Ich bin sie, und sie wird ich sein.*

Sein Sarg war eine Wolldecke.

Die heiligen Reliquien von Kerstins und Wendelins Reise liegen in ihrer gemeinsamen Ruhestätte wie Grabbeigaben. Der Ursprung des Antiquariats Pohl, in dem ich mich als Kind so geborgen fühlte, als wäre es mein Elternhaus.

Drei Kastanien steckte ich in meine Hosentasche und das Foto, auf dem ich als Neugeborener mit meiner wunderhübschen Mutter zu sehen bin.

Das Licht des abnehmenden Mondes verbündet sich mit dem Morgengrauen. Die Farben kehren zurück. Mit jedem Spaten Erde vereinigen sich Kerstin und Wendelin mehr und mehr. Das Grab von Kerstin Holmgren und Wendelin Pohl braucht kein Kreuz und keinen Grabstein – ihr Denkmal ist die Kastanie, die in der Morgendämmerung gelbgrün schimmert.

Es gibt kein Gebet.

Ich summe geistesabwesend die Melodie von »Penny Lane« in h-Moll.

*Musik macht alles größer.*

»Danke für alles, Onkel Wendelin.«

\*

An Birdys weißem Clownskostüm klebt Onkel Wendelins Blut und die Erde von Granny Lane House. Sie sieht aus, als wäre sie einem Stephen-King-Roman entstiegen. Ich habe schwarze Ränder unter den Fingernägeln und unter den Augen. Meine linke Handfläche ist voll Blut, meine rechte Wange und Ohr ebenso. Es stammt von Onkel Wendelin.

Birdy und ich sehen aus, als hätten wir einen Tunnel gegraben. Zumindest haben wir eine Leiche verbuddelt. An einer zweiten, deren Hand unter der Klavierplane hervorlugt, schnuppert ein Lama. Francis hat sich in der vergangenen Nacht selbstständig durch den Garten gefressen. Nun leckt er an der Hand des Fremden.

»Was immer der Mann mit der Pistole hier wollte – wie wollen wir es der Polizei erklären?«

Polizei? Aber natürlich. Wir müssen es der Polizei melden. *Herr Officer, mein Onkel, der eigentlich mein Vater ist, hatte Lungenkrebs und reiste hierher, weil er sich im Grab seiner 1974 hier beigesetzten Frau, die an Lungenkrebs starb und übrigens meine Mutter ist, obwohl ich dachte, sie wäre meine Tante, beerdigen lassen wollte. Während des Beerdigungsvorgangs trat ein fremder Mann mit gezogener Waffe an uns heran, und wir haben ihn im Schreck und aus Versehen mit einer uralten Vorderladerwaffe erschossen, die wir eigentlich nur für die Beerdigung benötigt hatten, während der Fremde wiederum im Affekt meinen Onkel und/ oder Vater mit einer Kugel in die Brust traf. Wir beerdigten daraufhin meinen Onkel vor Ort, weil es sein Letzter Wille war, direkt über seiner Frau im Grabe zu liegen. Wie auch immer. Jedenfalls sind wir jetzt hier, um diesen Toten zu melden. Es war Notwehr!*

»Wir vergraben ihn!«

»Was?«, ruft Birdy.

»Wir vergraben ihn. Der muss weg. Wer ist das überhaupt? So wie der aussieht, ist er ein Pfarrer oder Mafioso. Mal ehrlich, Birdy, der wollte uns erschießen. Der hatte eine Knarre. Das war Notwehr. Wir vergraben ihn. Zum Beispiel …«

Ich lasse meinen Blick über den Garten schweifen. Wohin mit dem Mörder? In Wendelins Grab auf keinen Fall. Ein neues Grab schaufeln? In den Brunnen stopfen? Im Haus verstecken?

Francis wackelt neben dem Geburtshäuschen aufgebracht mit dem Hinterteil. Irgendwas hat seine Aufmerksamkeit geweckt. Ich schärfe meinen Blick, was nach all den Tränen, dem Schmutz, dem Schweiß und dem Blut nicht einfach ist. Es ist ein Kombi. Ford LTD Country Squire – 1985, wie Birdy feststellt. Ich habe mich bei der Ankunft nicht getäuscht, als ich mir Umrisse eines Vehikels einbildete. Beige-braune Karosserie mit seitlicher Holzfurnierverkleidung, deswegen zwischen Baumwuchs und Gebüsch schwer zu erkennen. Die Scheiben getönt, perfekt.

»Wir legen ihn in das Auto.«

Wir schleppen den Gesichtslosen samt Plane zum Ford. Schleifspuren können wir nicht gänzlich vermeiden. Francis tut sich gütlich an abgefallenen Hirn- und Hautfetzen, die er aus dem Gras pickt, wie ein Huhn das Korn. Eigentlich ist er Vegetarier.

Ich öffne den Kofferraum. Da liegt etwas. Ich schließe den Kofferraum wieder.

Ich starre auf den die Morgensonne reflektierenden Kofferraumdeckel. Ich öffne ihn wieder. Da liegt immer noch was. Ein schwarzer Aktenkoffer. Und …

Ich schließe den Kofferraum nicht, dafür aber meine Augen. Nach fünf endlos wirkenden Sekunden, in denen sich meine Gedanken übereinander schieben wie die Kontinentalplatten in Island, reißt mich Birdys Stimme aus meiner Lethargie.

»Ein Wagenheber ist das nicht.«

Im Gepäckraum des Ford Kombis steht ein schwarzer Aktenkoffer. Und um diesen herumgewickelt der Auslöser meiner Sprachlosigkeit. Ein Mensch, ein Mann vermutlich, der sich um den Koffer schmiegt wie ein Fußballtorhüter um einen festgehaltenen Ball.

»Noch ein Toter«, stellt Birdy trocken fest.

»Woran erkennst du, dass er tot ist?«, flüstere ich leise. Vielleicht ist er ja gar nicht tot und hat ebenso eine Pistole, die gleich von ihm gezogen wird.

Birdy deutet auf seinen Hinterkopf. Nun sehe ich es auch. Aus dem Haarbüschel der Leiche ragt der Schaft eines Schweizer Taschenmessers.

Um Himmels willen, was für eine Erbschaft. Manche erben viel Geld, kaufen sich davon einen Ferrari, in dem sie dann bei Tempo 280 auf einer Autobahnbrücke verunglücken. Manche erben ganze Dynastien, mit denen sie in den Krieg ziehen und dort den Kürzeren. Manche erben Backfabriken und werden entführt. Manche erben marode Häuser, manche schlechte Zähne. Und dann gibt es da noch die Erbkrankheiten. Ich habe eine Reise nach Amerika geerbt, die mich vor lauter Toten ins hohe Gras kotzen lässt.

Ich trete einige Schritte vom Auto weg. Mein Kopf ist so heiß, als hätte ich heftiges Fieber, das meine Nerven verkohlt. Die Sonne brennt zudem erbarmungslos auf den Leichenfundort. Das Emblem des Schweizer Taschenmessers gleicht einem Friedhofskreuz. Der Markenname auf dem geöffneten Kofferraumdeckel mutiert vor meinen wässrigen Augen von Ford zu Mord. Die beiden Leichen, ein Anblick des Grauens, stünde daneben nicht ein Clown, der mit in die Hüfte gestemmten Fäusten auf die Toten blickt. Als würde er im Publikum nach einem freiwilligen Spaßvogel suchen, der ihm bei einem schäbigen Trick attestiert. Der Assistent bin ich.

Wir schleppen den Erschossenen zum Erstochenen in den Ford Country, denn »ob da nun eine Leiche liegt oder zwei, ist dann auch egal. Ja fast besser. So verbindet man die Fälle, sofern die beiden überhaupt gefunden werden.«

Die Plane wird entsorgt, aber nicht hier. Der Kofferraumgriff gesäubert. Wir wollen einen Blick in den Aktenkoffer werfen, »nur aus Neugierde. Weil vielleicht …«

Birdy lacht kurz ein erstauntes »Solche Anfänger«, weil die

Nummernschlösser nicht eingestellt sind, öffnet den Mechanismus und klappt entschlossen den Kofferdeckel auf. Darin befindet sich eine Hand!

Es ist aber nur Birdys Hand, die in etlichen, gestapelten Geldbündeln wühlt. Dann knallt sie den Koffer zu. Blickt auf das Zahlenschloss und murmelt: »Null, zwei, sieben. Drei, acht, acht.«

»Okay«, sagt sie laut, »Bahamas, Baby. Los geht's!«

»Bahamas? Da wohnt doch deine Mutter«, schaffe ich noch zu sagen. Dann kommt die Ohnmacht.

# 17

## Capitano Chavez

Wir haben Granny Lane House, mein Geburtshaus, gerade verlassen, da kommt uns, kurz bevor wir von der Henry Lee Road auf die County Road 21 abbiegen, ein Fahrzeug entgegen. Ein grüner verbeulter Suzuki Vitara, aus dem zwei Männer mit ausgestreckten Zeigefingern in unsere Richtung zeigen und lachen. *Sitzt ein Clown am Steuer.*

Wir fahren an eine schwer zugängliche Stelle des St. Marys River, der Georgia und Florida trennt. Dort waschen wir uns Schmutz und Blut aus Augenwinkeln und Fingernägeln. Wir waten ins flache Ufer, helfen uns gegenseitig, den Dreck der Nacht zu beseitigen.

Dann fischen wir frische Kleidung und ein neues Kostüm aus unseren Koffern.

Ich bin todmüde, aber Birdy spricht sich für eine schnelle Weiterfahrt aus. Also fahren wir nach Palm Beach. Dort wartet ein Kapitän Chavez auf Birdy. Für die Überfahrt auf die Bahamas, wo Birdys Mutter wohnt. Birdy versucht offenbar etwas zu klären, genauso wie es Onkel Wendelin getan hat.

»Birdy?«

»Hm.«

»Könntest du dir vorstellen, für immer bei mir zu bleiben?«

»Nichts ist für immer, und wenn es doch für immer ist, dann nur, weil es brillant ist.«

»Also nein.«

»Sei doch nicht so pessimistisch.«

»Ich bin nur realistisch.«

»Das ist das Gleiche.«

»Wie kann ich nach so einer Nacht optimistisch sein?«, frage ich traurig.

Traurig darüber, dass ich mich in Onkel Wendelin so getäuscht habe. Traurig darüber, dass der ganze Irrsinn nicht nur mich, sondern auch einem Fremden das Leben gekostet hat. Onkel Wendelins Tod war einkalkuliert. Von ihm selbst. Alles nach Plan. High Noon am Point Of No Return. Perfekter Abgang.

Birdy greift nach meiner Hand. Ihr Blick bleibt weiter auf die Fahrbahn des Highway 301 gerichtet. Eine riesige Werbetafel preist an, dass man sich von einem Dan Newlin und seinen Partnern 250 000 Dollar leihen kann. Ich überlege, von welchem Typen samt Partnern wir uns das Geld genommen haben, das im Aktenkoffer liegt, und ob es in etwa der gleiche Betrag ist.

»Heinrich, wir hätten vielleicht doch besser die Polizei rufen sollen. Ich hätte den Koffer nicht mitnehmen sollen. Das stinkt doch nach Drogen oder Diebstahl oder Geldwäsche oder Korruption. Na ja, jedenfalls muss man kein schlechtes Gewissen haben, wenn man Geld, das von Kriminellen kommt, nicht einfach so verkommen lässt. Ich hoffe nur, du vertraust mir. Können wir einander vertrauen, Heinrich?«

Nach einer kurzen Pause, in der nur das Motorengeräusch

und das Reiben der Reifen auf Asphalt zu hören ist, sagt sie in Onkel Wendelins Tonfall: »Hat doch bisher ganz gut geklappt.«

Ich blicke aus dem Seitenfenster. Die Gedankenturbine setzt sich wieder in Bewegung. Ebenfalls in Onkel Wendelins Tonfall höre ich die Worte: *Ich habe dir beigebracht, Haken in Ösen zu führen. Das Lösen von Sudoku-Rätseln und von Exponentialgleichungen. Ich habe dich mit einem gewaltigen h-Moll in die Erwachsenenwelt entlassen, aber du hast dich vergraben und die schönsten Jahre deines Lebens im Keller verbracht.*

Ich frage mich, wie mein Leben wohl verlaufen wäre, wäre ich mit Onkel Wendelin als Vater aufgewachsen. Besser, bunter, ereignisreicher?

Wäre ich nicht bis vor Kurzem sein Neffe geblieben, hätte diese Reise niemals stattgefunden. Dann würde ich jetzt auch nicht neben Birdy sitzen.

Auf dem Armaturenbrett vor mir liegt das Fentanyl-Nasenspray. Ich knalle mir das Schmerzmittel zweimal in Richtung Stirnhöhlen. Soll das synthetische Opiat dort oben aufräumen.

Die Landschaft zieht nichtssagend an mir vorüber. Kurz bevor meine Augen zufallen, erkenne ich am Horizont eine schwarze Wand aus Wolken. Wir sollten uns beeilen. Oder Lama und Klavier abdecken.

*

Wir haben im Pennwood Motor Lodge Motel, Wabasso übernachtet. Für Francis haben wir in einer alten Motorbootgarage einen Unterstand gefunden. Das Meer riecht salzig über die Indian River Shores und den Fluss herüber.

Als Birdy vom Bad zu mir ins Bett schlüpfte, war das Licht schon gelöscht, und Regen trommelte aufs Verandadach. Wir,

eingehüllt in leichten Laken, zu müde, um die Grübeleien aus-
zutauschen. Zu aufgewühlt, um einzuschlafen. So hielten wir
uns, streichelten uns, klammerten uns aufs Innigste aneinander. Zwei Verbündete. Beide Rotschöpfe. Beide Sterbebegleiter.
Beide Waisen.

Gute Nacht.

Guten Morgen.

Starker Wind ruckelt an Fensterläden und weckt mich aus
meinem leichten Schlaf. Die Meeresbrise zieht unter der Motel-
tür hindurch und mischt sich mit dem Geruch meiner ersten
Liebesnacht. Durch den Schlitz der dunkelgrauen Vorhänge
drückt sich gedämpftes Tageslicht.

Im Morgenschleier erkenne ich das Gesicht einer Frau. Nicht
das eines Clowns. Das Gesicht ruht auf der rechten Wange und
ist von einer dunkelroten Lockenmähne umringelt.

Aus ihrer Nase schleicht sich ein tiefer, ruhiger Atem. Das
linke geschlossene Auge weist noch ein paar Reste eines schwarzen Lidstrichs auf. Ansonsten sehe ich im ersten Licht, das
durch die grobstoffigen Vorhänge fällt, pure, weiche Haut. Drei
kleine, kaum erkennbare, helle Linien ziehen sich vom Augenwinkel Richtung Ohr. Lachfalten. Die untere der Linien berührt
ein hellrotes Mal, das sich über den Wangenknochen am Nasen-
flügel vorbei nach hinten zum Kiefermuskel zieht. Ich sehe
Birdy tatsächlich zum ersten Mal ohne Schminke. Ihr Gesicht
wirkt in dem Lockengewirr fast kindlich. Der Fleck scheint das
Resultat einer Verbrennung zu sein. Eine leichte Narbenbildung
und veränderte Pigmentierung, die unter der Clownsmaske
komplett getarnt ist. Ich fahre mit dem Zeigefinger behutsam
die Umrisse des Mals nach.

»Guten Morgen«, kommt es verschlafen aus ihrem Mund.

Ihre Augen sind noch geschlossen. Und bleiben es auch, während sie wie im Traum sagt:

»Fackeltrick. Kein Unfall. Absicht. Als Vater sich das Genick brach, gab ich Mutter alle Schuld. Ich war so wütend auf sie, so traurig über uns, dass ich mich absichtlich verletzte. Ich wollte den Zorn ersticken. Also schlug ich mir die Fackel ins Gesicht.«

»Deswegen die Clownsmaske?«

»Immer ist Zirkus.«

»Vergessen und Erinnern. Anmalen und Begeistern. Du trägst die Maske nicht, um dich zu verstecken. Du trägst sie, um zu begeistern. Aber du brauchst sie nicht, um mich zu begeistern. Du bist so schön.«

»Schönheit ist kein Charakterzug«, meint sie lächelnd.

»Jeder ist so hübsch, wie sein Herz es zulässt. Und dein Herz ist riesig, damit könnte man Kriege beenden.«

»Das Ende eines Krieges bedeutet noch längst nicht Frieden für die Menschheit. Aber …«, sie öffnet ihre Augen, »es ist ein Anfang. Deswegen bin ich hier. Ich habe mit meiner Mutter seit zwei Jahrzehnten nicht gesprochen, trotz ihrer steten Annäherungsversuche. Ich habe mich im Wald versteckt, die inneren Kämpfe mit mir selbst ausgefochten und es bis heute nicht geschafft, meiner Mutter zu vergeben.«

»Manche warten mit der Klärung wichtiger Familienfragen bis zum Tage ihres Todes.«

»Ich weiß, Heinrich. Und das ist der Grund, warum ich hier bin. Vor Dagger's Station traf ich in aller Frühe deinen Vater. Ich spaziere oft durch den satten, feuchten Wald am Morgen. Da sah ich ihn am Klavier sitzen. Wir kamen ins Gespräch, und er offenbarte mir das Geheimnis eurer Reise. Schließlich fragte er mich, ob ich das Klavier ausprobieren wollte. Was soll ich sagen? Der Klang war wie eine Offenbarung. Ich war so beeindruckt, so inspiriert von der Geschichte und vom Klang deiner Eltern, dass ich kurze Zeit später meine Schlüsse zog: Ich fahre zu meiner Mutter, reiche ihr meine Hand, ihr Lama und die Clownsmaske. Ich warte nicht, bis einer sterben muss, um aufzuräumen. Ich mache meinen Frieden mit ihr und der Vergangenheit. Und dann springe ich.«

Birdy streicht mir über meinen sprachlosen Mund. Ihre verschlafenen Augen glänzen. Im inneren Winkel liegt eine getrocknete Träne.

»Ich wusste Bescheid, Heinrich. Ich wusste, was dein Vater vorhatte. Bei allem Kalkül, ich finde, er hat sich seine Sterbehilfe auf besondere Weise ermogelt. Und der romantische Zweck heiligt die bizarren Mittel.«

Ich bringe keinen Laut zustande.

Sie fegt mir ihr Kopfkissen ins Gesicht. Es knallt wie der Schuss einer Perkussionspistole. Ich bin zurück in der Realität. Donn'ergrollen dringt durch den Türschlitz. Oder sind es die Bilder der vorletzten Nacht?

Man müsste sie mit Fackeln verbrennen.

*

Birdy telefoniert vor dem Motelzimmer mit Kapitän Chavez. Als ich an ihr vorübergehe, um Francis von seinem Schlafplatz zu holen, entnehme ich dem Gespräch einige Wortfetzen: Causeway Cove, Treasure Coast Boat Rentals, elf Uhr, schlechtes Wetter und Kokosnüsse.

Obwohl die Vormittagssonne sich hinter dunklen Wolken versteckt, schwimmen einige lachende Kinder in dem von Palmen umgebenen Motelpool, der unserer Zimmertür gegenüberliegt. Ich führe Francis zu unserem Pick-up. Die Unschuld seiner treuen Augen hätte ich gerne in meinem Herzen. Dagegen schwebt mein Kopf in einer wabernden Blase aus entrückter Orientierungslosigkeit und verzückter Verliebtheit. Für das Klavier haben wir auch eine Blase gebastelt. Aus einer leichten Malerfolie, die wir gestern noch an einer Tankstelle erworben hatten, zum Schutz gegen Wind und Wetter.

Die Fahrt vom Pennwood Motor Lodge Motel entlang des Küstenhighways dauert fünfundvierzig Minuten. Dieses Florida hier unten ist bunt. Voll Palmen und maritimem Highlife. Die Anzahl der Golfklubs steigt kongruent zu den Bootsverleih- und Schiffsverkaufsfirmen. Schilder preisen Küstenresorts und Segelkurse an, und auf den Palmen hängen Meersalz und Feinstaub. Bisher waren wir auf stillen Pfaden unterwegs. Jetzt hupen entgegenkommende Lastwagen dem Clown am Steuer ins Gesicht, und überholende Surferboys winken den Gruß der Freiheit. Zu Birdy sage ich: »Jetzt sind wir wie Kerstin und Wendelin auf der Flucht.«

Birdy nickt und antwortet: »Wir aber, Heinrich, sorgen für ein Happy End.«

Sie hat offenbar keine Gewissensbisse wegen des toten Fremden, oder sie zeigt sie nicht. Vielleicht hätte sie die Maske jetzt schon abnehmen sollen. Vielleicht hätten wir Schleichwege nehmen sollen. So rasen Clown, Lama, Klavier und Mörder auf dem Präsentierteller Richtung Palm Beach. Und alle winken.

Birdy sieht verdächtig oft in den Rückspiegel. Das irritiert mich. Das Leben im Rückspiegel zu betrachten macht gerade keinen Spaß.

Plötzlich sind wir da. Über den Seaway Drive auf die Hutchinson-Insel, ein vorgelagertes schmales Eiland, typisch für Floridas

Ostküste. Am St. Lucie County Aquarium und einer Kläranlage vorbei. Causeway Cove, ein Kleinboothafen in Fort Pierce, nördlich von Palm Beach. Die Zufahrt zum Pier ist eine weite Fläche aus grauem Kies und trockenem Rasen, die von neun Asphaltwegen geteilt wird, an deren Ende sich Parkplätze befinden. Zwei Planierraupen und zwei Schaufelbagger stehen unbenützt herum. Entweder entsteht hier etwas, oder etwas verschwindet. Wenige Autos, ein paar kleine Motorboote und einige ausrangierte, ehemals schwimmende Rostlauben sind zu sehen. Ansonsten gähnende Leere an den Anlegestellen. Wir halten uns rechts, lassen einige verkratzte Container und Stapel Bauholz links liegen und fahren zu einem äußeren Bootssteg, an der ein blau-weißes Schiff mit der Aufschrift *Veterinary Fairy* liegt. Eine mittelgroße Motorjacht. Eine Jongert 78, wie uns ein Firmenlogo mitteilt. Hat vermutlich die besten Jahre hinter sich. Meine nautischen Kenntnisse halten sich in Grenzen, aber ich denke, für diese Jacht bräuchte man dennoch mehr als nur einen Koffer voller Geld.

»Das müsste Capitano Chavez sein.«

Wir parken und steigen aus.

Capitano Chavez ist Mexikaner. Pechschwarzes, langes Haar, ein schwarz-weiß gemustertes Bandana um die Stirn gewickelt. Er trägt ein rotes Tanktop, darauf ein Emblem einer Surffirma, und eine fleckige graue Jogginghose. Tätowierungen an beiden Armen. Er steht an Bord seines Schiffes und hackt mit einer Machete Kokosnüsse entzwei. Präzise Klingenführung. Das Fruchtwasser sammelt er in einem weißen Plastikbehälter, neben dem eine geöffnete Bierbüchse steht. Mit dem als Kumpel hat man sicher wenig Sorgen.

»Sind Sie Chavez, der Kapitän?«, fragt Birdy ihn. Dann wirft sie einen Blick nach hinten übers Auto. Tatsächlich nichts los hier.

»Capitano Chavez, si. Ganz zu Ihren Diensten. Senior Stanley lässt grüßen. Und Sie sind die Tochter von Abigail Stanley, Birdy Annabell Parker?«

Der Mann redet entgegen seiner Erscheinung äußerst vornehm. Wenn er das Schiff so steuert, wie er auftritt, sollten ihm die paar Wolken nichts anhaben können. Ich werfe einen Blick gen Himmel. Hoppla, sieht fast so gewittrig aus wie in meinem Kopf.

»Jaja, ich weiß, wer Stanley ist. Hören Sie, Chavez …« Birdy klingt gehetzt.

»Sie können mich gerne Julio nennen, Miss Parker.«

»Wie gesagt, ich bin Birdy. Und das ist Heinrich.«

Julios Handschlag ist ein kräftiges Statement. Birdy fährt fort.

»Und das da hinten auf dem Truck ist Francis. Also, Julio, wir sollten uns ein wenig beeilen, nicht wahr? Können wir das alles aufladen?«

Er deutet mit ausgestreckter Machete auf Francis. Kokosnusswasser tropft von der Klinge.

»Das Lama ist kein Problem. Was ist das da unter der Plane? Ein Klavier? Das könnte schwierig werden. Aber unser größtes Problem könnte das Wetter sein. Bin mir nicht sicher, ob wir nicht besser noch eine Nacht hier auf dem Festland verbringen. Sieht nach Unwetter aus.«

Unwetter im Kopf. Unwetter im Atlantik.

»Wir könnten das Klavier hierlassen«, biete ich an.

»Kommt nicht infrage, Heinrich. Ich werde mithilfe des Klaviers meine Abbitte leisten. Francis in die Obhut meiner Mutter übergeben. Ich werde mein Gewand ablegen. Meine Mutter in den Arm nehmen und um Verzeihung bitten. Und der Schlussakkord wird kein h-Moll sein.«

Binnen einer halben Stunde wuchten wir mit aus dem Bauholz gewonnenen Rampen, Rollwägelchen und Menschenkraft das Klavier vom Pick-up auf die Motorjacht. Seit dem Flughafen in Salt Lake City stand es auf der Ladefläche des Fords, wie ein fahrendes Denkmal. Jetzt steht es zentral auf der Rückwand einer Jacht in Florida. Mit einem grauen Dingi, einer Art kleinem Rettungsschlauchboot, verbunden. Das hat Chavez seitlich aufgestellt und mit dem Spanngurt am Klavier fixiert. Bauch an Rücken. Klavier an Bordwand, Dingiunterseite gen Wasser blickend.

Francis liegt auf dem Achterdeck auf Kissen und Segelleinen neben einer blauen Getränkekühlbox, und ich erkenne ziemlich schnell, dass es doch ein recht geräumiges Schiff ist. Was mich ein wenig beruhigt, denn je größer ein Schiff, desto stabiler bei Wellengang.

Birdy hat Kapitän Chavez überzeugt, das Risiko einzugehen – bei voller Fahrt wären es gerade einmal zwei Stunden Überfahrt. Es beginnt zu tröpfeln. Entferntes Donnergrollen ist zu hören.

»Du bist der Boss, Birdy. Könnte aber ruppig werden«, warnt Julio Chavez. Offenbar ist er ein sehr treuer und höriger Mitarbeiter der Stanleys.

Wir sind noch immer am Anlegesteg, aber seit einigen Minuten tuckert der Dieselmotor. Chavez ist im Inneren der Jacht verschwunden. Unseren Pick-up haben wir am äußersten Rand des Geländes abgestellt.

Ich stehe auf der Badeplattform zwischen unseren Taschen und Koffern. Auch der kleine schwarze ist darunter. Draußen auf dem Meer erkenne ich einige Segel, welche die Kraft des Gewitterwindes ausnützen, um schnell an ihren sicheren Ankerplatz zu gelangen. Die Luft riecht salzig, wie im Bergwerk

Berchtesgaden. Und so wie dort in den Tiefen der Bergstollen ohne Unterlass Sole gewonnen wird, so fahren hier stetig die Schiffe ihre Häfen an. Jeder Kapitän steuert durch sein eigenes Meer. Jeder hat sein Kreuz zu tragen. Seinen Rucksack voller Antiquitäten.

In Florida. In den Appalachen. In München.

»Chavez meint, wir sollten die anlegen. Für alle Fälle.«

Birdy reckt mit ihrer Rechten zwei orange Schwimmwesten empor. Ihr weites, silbrig-seidiges Clownsgewand knattert im Wind wie eine Flagge. Die roten Bommeln auf ihrer Front tanzen. Das ganze Geflatter fängt sie mit der Rettungsweste ein. Ich folge beflissen, denke mir aber: Wer braucht auf dieser großen Jacht schon eine Rettungsweste, ist ja kein Schlauchboot? Vorgestern hätte ich einen Rettungsring gebraucht.

Nun stehen wir uns gegenüber wie zwei Flüchtlinge, die sich in einem neuen Land neue Möglichkeiten erhoffen.

Birdy drückt mir eine perlende Bierdose in die Hand. Montejo Cerveza Clara. Offenbar aus Julios mexikanischem Privatvorrat. Ihre Dose zischt beim Aufreißen. Sie schlägt sie mit einem tonlosen Klacken gegen meine. Schaum quillt wie Champagner aus der Öffnung.

Und dann sagt sie ein Wort, das auch einen Sturm ankündigen könnte.

»Fuck!«

*

Ich habe das Auto schon einmal gesehen. Ein grüner, verbeulter Suzuki Vitara. Es ist aber nicht das Auto, das mir Sorgen bereitet, sondern die beiden Insassen. Ich erkenne sie wieder. Als sich unsere Wagen zum ersten Mal aneinander vorbeidrängten, zeigten sie auf uns und lachten. Es war in der Einfahrt zur Henry Lee Road, gleich bei Granny Lane House.

»Fuck!«

Der Kleine mit der Ballonmütze, karierter Weste über weißem Hemd, die Ärmel hochgekrempelt, kommt auffallend lässig auf dem Steg zu uns rübergeschlendert. Als Gehstock benützt er einen Golfschläger. Die ebenso karierte Hose eng anliegend, bestimmt Teil eines britischen Maßanzugs. Die Schuhe erinnern mich an den Toten in Granny Lane House. An den, den ich auf dem Gewissen habe.

Sein Kollege ist fast drei Köpfe größer, ein aufgeblähter Hüne, der in einem rosafarbenen Polohemd mit weißer Leinenhose steckt. Sein von einem Unterbiss geprägter Kiefer ist massiv, die Unterlippe hängt nach unten. Auf seinem Kopf sitzt eine weiße Kappe von Ralph Lauren. Meine Knie werden weich. Da hilft auch keine Rettungsweste.

Ein Blitz zuckt. Donner dröhnt. Der Riese bleibt auf dem Steg stehen. Der Kleine setzt einen Fuß auf die Jongert. Die Badeplattform ist eine ebene, kleine Fläche ohne Reling oder Befestigung. Erst lacht er, spricht dann langsam mit einem fiesen Grinsen der Marke Kinderschokolade und einer hellen Stimme.

»War nicht schwer. War leicht. Oder, Vitali? War leicht, sie zu finden.« Der Riese nickt.

»Leicht«, bestätigt er in tiefem Bass.

»Haben aber offenbar Glück gehabt, hm? Wolltet wohl gerade los. Die wollten gerade los, Vitali. Dann wäre es schwer geworden, oder, Vitali?«

Vitali nickt.

»Schwer.«

Es beginnt zu tröpfeln. Der Kleine blickt nach oben.

»Hm, wird wohl gleich ein Unwetter geben, was? Wollt los, nicht wahr? Die wollen los, Vitali. Aber sie haben noch was von uns.«

Er deutet mit seinem Golfschläger auf den schwarzen Aktenkoffer. Es musste so kommen. Wer würde sich denn tatenlos einen Koffer voller Geld entwenden lassen? Der Golfschläger, verdammt wuchtiger Schlägerkopf, offenbar eine dicke Berta, tippt dreimal auf das Lederimitat.

»Der Koffer bringt uns irgendwie kein Glück, was, Vitali?«
Vitali nickt.

»Kein Glück.«

»Ständig zerrt irgendwer daran, der daran nichts zu zerren hat. Der, der schon im Kofferraum lag, wisst ihr, ihr wisst doch, wen ich meine, nicht? Der hat daran gezerrt, als er uns das Gepäckstück hätte übergeben sollen. Das durfte er aber nicht, denn das Gepäckstück gehört uns. Niclas hat sich den Koffer wiedergeholt. Ihr wisst doch, wen ich meine, nicht? Niclas, der, der einmal ein Gesicht hatte. Vitali, Niclas hatte einst ein schönes Gesicht, nicht wahr? Mit was hat sich Niclas den Koffer wiedergeholt, Vitali?« Vitali nickt.

»Tot.«

»Nein, Vitali, mit was hat Niclas sich diesen Koffer hier wiedergeholt? Vitali?«

»Messer.«

»Richtig, Vitali. Mit einem Taschenmesser aus der Schweiz. Und das ging dann von der Schweiz aus direkt in den Kopf des Mannes, der den Koffer behalten wollte. Er hat dann aufgehört zu zerren. Niclas hat den Mann in einem Auto versteckt und den Koffer ebenso. Mussten uns erst besprechen. Dann wollte Niclas den Koffer in der Nacht abholen. Kam aber nicht mehr zurück. Also sind wir nachsehen gegangen, stimmt's, Vitali?«

Vitali nickt.

»Tot. Niclas tot.«

»Niclas war tot, richtig, Vitali. Als Leiche im Auto versteckt, wo schon der andere lag. Als wir zum Haus mit den Steinlöwen gefahren sind, kam uns ein weißer Ford Pick-up entgegen. Darin zwei Clowns.« Die dicke Berta deutet auf uns.

»Darauf ein Klavier.«

Die dicke Berta deutet auf das Klavier, obwohl es sich hinter einem grauen Dingi versteckt.

»Und ein Lama. Wo ist es denn hin, das Lama? Oder war es ein Pony?«

Francis pennt auf dem Achterdeck über uns. Ich möchte auch pennen. Aber nicht für immer.

»Alles in allem doch sehr auffällig, eure Aufmachung. Da könnte man sich nach euch von Hilliard bis Moskau durchfragen, nicht wahr, Vitali? Die würde man auch in Moskau finden.«

Vitali nickt.

»In Moskau.«

Birdy spricht endlich, sehr gefasst, wie ich finde: »Hören Sie, Mister, Ihren Namen habe ich nicht verstanden, aber nehmen Sie den Koffer doch einfach.«

»Ja, warum nicht, schöner Clown. Warum denn nicht? Ich würde den Koffer nehmen, wenn es genehm ist. Ich würde nur einen kleinen Blick hineinwerfen, denn, um den Koffer geht es gar nicht so sehr, das weißt du bestimmt, schöner Clown.«

Der Kleine drückt Vitali die dicke Berta in die Hand. Steigt auf die Jacht, kniet sich zum Koffer. In diesem Moment zerreißt ein Blitz den Himmel. Es klingt, als käme es aus seinen Kniegelenken.

»Ich gehe davon aus, dass ihr die Nummer geändert habt?
Vitali, haben sie die Nummer geändert?«

Vitali steigt schwerfällig auf Deck, holt mit dem Golfschläger
aus und visiert meinen Kopf an, den er wohl, ohne zu zögern,
bis auf die Bahamas schmettern könnte.

»Nein, Sir, nein, das habe ich nicht«, kommt Birdy dem
Abschlag zuvor.

»Gut so, schöner Clown, sonst muss Vitali deinem Freund
das Gesicht mit dem Golfschläger schminken. Wäre nicht so
schön wie bei dir.«

Der Schließmechanismus springt auf. Der Deckel klappt
nach oben.

Im Koffer befinden sich Hunderte Broschüren von der Pennwood Motor Lodge.

Der Kleine lacht kurz auf. Vitali wartet nur auf einen Befehl.
Ich blicke voll Entsetzen zu Birdy. Birdy lächelt der Ballonmütze zu. Ich weiß, dass mich gleich die dicke Berta trifft, was
gar nicht so schlecht ist, denn dann muss ich vielleicht nicht mit
Betonklötzen an den Beinen ertrinken.

Der Kleine wischt mit drei schaufelnden Handbewegungen
die Hotelreklamen aus dem Koffer. Dabei verrutscht seine Ballonmütze, und ich erkenne, dass es eine Stetson ist. Wie der
Cowboyhut auf unserem Hinflug.

Mit einem Stetson fing alles an, mit einer Stetson hört alles
auf ...

Von der teuren Mütze gleiten meine Augen zurück auf den
leeren Aktenkoffer. Der Kleine hält den geöffneten Deckel fest.
In seiner Rechten hält er plötzlich ein Schweizer Taschenmesser. Dasselbe, das schon einmal bei einem Mord dreihundert-
achtzig Kilometer nördlich Verwendung fand?

Von Vitalis hängender Unterlippe tropft es. Könnte Regen

oder Speichel sein. Und in der Zeitspanne zwischen Herab-
fallen und Aufprall des Tropfens geschehen enorm viele Dinge
auf einmal.

Vom Achterdeck herab rast Julio Chavez auf uns zu, stürzt
sich auf den Kleinen und hackt ihm mit der Machete die linke
Hand ab, die den Koffer hielt. Etwas hinter der nicht vorhande-
nen Armbanduhr. Glatter Hieb. Ein Anblick für Hartgesottene,
die wir ja mittlerweile sein sollten. Die glatt abgetrennte Extre-
mität fällt, sich um die eigene Achse drehend, in den Aktenkoffer, der prompt danach zuschlägt. Vom Kleinen kein Ton,
nur der Versuch, das Taschenmesser gewinnbringend einzu-
setzen. Auch hier schlägt das ehemals von Zuckerrohrarbei-
tern eingesetzte Werkzeug die Schweizer Präzisionsarbeit des
Offiziersmessers. Linke Hand ab. Rechte Hand zerteilt. Die
Handwurzelknochen zwischen Ring- und Mittelfinger bis zum
Handgelenk gespalten. Der Kleine jault nun doch auf, der Don-
nerschlag weckt Vitali. Der nützt den Längenvorteil eines Golf-
schlägers gegenüber einer Machete, somit werden Stahlniveau
und Klingenschliff nutzlos. Die dicke Berta, wie ein Baseball-
schläger geschwungen, trifft Julio Chavez seitlich hinter dem
rechten Ohr. Sein Kopf platzt wie die von ihm geteilten Kokosnüsse und wird nur noch von seiner Bandana zusammengehal-
ten. Der Schlag, in einer anderen Sportart für drei Homeruns
gut, fegt nicht nur den Kapitän tot über Bord, sondern den blu-
tenden Kleinen gleich hinterher. Chavez reißt ihn mit sich.
Plötzlich wirft sich der aufgebrachte Francis auf die Badeplattform und spuckt dem Hünen dank seines Male-Berserk-Syn-
droms Speichel in die Augen. Als hätte Vitali brodelndes Pech
ins Gesicht bekommen, lässt er sein Mordinstrument fallen
und reißt wimmernd die Hände vors Gesicht.
»Pony! Arschloch!«

Birdy, nun aus der Schockstarre erwacht, tritt Vitali mit voller Wucht dorthin, wo auch bei Gangstern die Anatomie am empfindlichsten ist.

Wie gesagt, dies alles geschieht in der Zeitspanne eines fallenden Tropfens. Im Grunde eine romantische Zeiteinheit.

In der Realität fallen die Tropfen nun fast quer zum Sichtfeld, der Wind bläst stark, leider nicht mehr aus Norden, in Kuba wird man aufatmen. Vitali stemmt sich mit beiden Händen im Schritt gegen Marter und Hundewetter.

Birdy hat links neben mir den Golfschläger in der Hand. Ich die Machete.

Vitali robbt auf dem Steg Richtung Suzuki. Birdy springt über Treppen, Geländer, Fiberglaswände auf die Kommandobrücke, als wäre es eine Zirkusvorstellung des Cirque du Soleil, und stemmt sich gegen den Gashebel. Der Jachtmotor heult auf, das Boot nimmt sofort Schub auf und entfernt sich trotz seines Gewichts flott vom Anlegesteg. Zwei halb volle Bierbüchsen rollen von der relinglosen Badeplattform ins Meer. Ich sehe, wie Vitali auf dem Steg im Regen liegt und brüllt: »Clown! Arschloch!«

Darunter der Kleine im tosenden Wasser, sich mit blutigem Stumpf und gespaltener Hand an einen Stegpfosten klammernd, an dem er aufgrund des Wellengangs auf und ab streicht und somit das Holz rot lackiert. Seine wütenden, abartigen Schreie prallen gegen Wind und Motorenlärm. Die Ballon-Stetson-Mütze und das Polo-Cap liegen wie nasse, geplatzte Träume einer einst glorreichen Gangsterkarriere auf den Holzplanken.

Von unserem Kapitän und Retter Julio Chavez keine Spur.

Birdy taucht neben mir auf, verschließt den Aktenkoffer und

winkt damit dem Kleinen. Wie lange kann man abgetrennte Gliedmaßen bei korrekter Lagerung wieder annähen?

Ich blicke auf Birdys Hand, die einen Koffer hält, der eine Hand trägt.

Sie schleudert ihn nicht über Bord, lässt aber einen Hundertdollarschein ins Wasser segeln. Reicht nicht für einen Handchirurgen der Extraklasse, denke ich mir. Das Geld hat der gewiefte Clown anscheinend versteckt. Das hat schon kriminelles Kalkül, denke ich mir, während die Jacht gerade führerlos in den Sturm sticht. Die beiden Golf-Gangster werden immer kleiner, die Schreie leiser. Einige Meter weiter sehe ich Julio Chavez reglos unter einem Bootssteg im Meer treiben. Am Causeway Cove ist niemand zu sehen. Dahinter auf dem Seaway Drive einige schnelle Fahrzeuge, die sich und ihr Hab und Gut vor dem nahenden Unwetter in Sicherheit bringen. Die Palmen wedeln mit ihren grünen Blättern, als wollten sie uns frische Luft zufächern.

Birdy schaut mich mit großen Augen an. Ich nehme ihr Gesicht in die Hände, da schlägt die Jacht offenbar gegen eine höhere Welle. Birdys Stirn knallt gegen meine Nase. Es ist dunkel geworden. Und verdammt unruhig hier an Bord. Ich habe Nasenbluten. Der Kapitän ist tot. Zwischen den Bahamas und uns tobt ein Ungeheuer aus Blitz und Orkan, und dummerweise rufen wir beide den gleichen Satz:

»Kannst du ein Schiff steuern?«

# 18

## Das Francis-Birdy-Heinrich-Manöver

Francis kratzt im Liegen unruhig mit seinen Zehennägeln übers Achterdeck, auf dem er wieder Platz genommen hat. Direkt daneben die Getränkebox, gegen die ab und an sein nervöser linker Fuß stößt. Seine Instinkte melden Alarm. Birdy und ich stehen um Gleichgewicht bemüht auf der Kommandobrücke, erkennen ein Steuerrad als solches, den Gashebel ebenso. Die Jongert ist kein kleines Boot, es sticht über die feisten Wellen, kracht und knallt mit dem Rumpf gegen das aufmüpfige Meer.

»Wir müssen zurück!«, schreie ich Birdy an.

»Vielleicht wird es nicht so schlimm, vielleicht können wir durch die Wolken hindurchsteuern. Chavez meinte, in zwei Stunden sind wir da.«

»Wir können nicht steuern, Birdy. Wir können diese Jacht nicht bedienen. Es ist ein Wunder, dass wir bis hierher gekommen sind, und ein großes Glück, dass keine anderen Schiffe unterwegs sind. Wir müssen an Land«, schreie ich durch den Regen.

»An Land wartet Vitali, schon vergessen? Und sein Chef wird mit Chavez' Maniküre etwas unzufrieden sein, glaubst du nicht?«

»Wir gehen woanders an Land, Birdy. Weiter unten, irgendwo bei Miami.«

»Die beiden Typen waren nicht vom Wohlfahrtsamt. Sie haben uns hier gefunden, sie werden uns auf dem Festland überall finden. Sie wissen aber nicht, dass wir auf die Bahamas wollen. Dort müssen wir hin.«

»Birdy! Wir können keine Jacht steuern. Wir werden in diesem Unwetter zugrunde gehen.«

»Springen, Heinrich, schon vergessen? Wir springen. Wir springen hindurch und schaffen es. Immer gen Osten, kann doch nicht so schwer sein.«

»Es ist Selbstmord! Wir sind dem Tod nun schon zweimal von der Schippe gesprungen. Das muss doch genug sein. Es klappt kein drittes Mal.«

Birdy lässt nicht locker.

»Hinter jedem Sturm scheint die Sonne.«

*When you walk through a storm hold your head up high … at the end of the storm is a golden sky …*

Von einem *golden sky* ist aber weit und breit nichts zu sehen. Der Himmel sieht aus wie Jan van Goyens *Das Gewitter* in Öl. Es donnert unaufhörlich.

»Scheiß Aktenkoffer!«, schreie ich Birdy an.

»Scheiß Geld!«, schreit sie zurück. Und dann, als wäre es die rechtfertigende Erklärung aller Weltbanken für die Herrschaft des Zasters: »Aber was will man machen?«

Mittlerweile ist es so finster, dass man annehmen könnte, es wäre Nacht. Eingeschlossen in einem schwarzen Tumult aus klimatischen Boshaftigkeiten schlagen wir auf der Jacht hin und her. Dem Steuerruder scheint es egal zu sein, in welche Richtung es gedreht wird. Auf den beiden Bildschirmen flimmern Kurven und Zahlen. Ans Festland kommen wir nicht.

Die Bahamas sind in einer anderen Welt durch eine tosende wuchtige Wand von uns getrennt. Wie eine Flipperkugel schnalzen wir durch den Orkan. Birdys Clownsgesicht trägt nichts Humorvolles, nichts Hoffnungsvolles mehr. Dennoch bleibt sie aktiv. Unablässig drückt sie Knöpfe, reißt an Hebeln und schreit von »Mayday« bis »SOS« alle Notrufe, die von einem Laien zu erwarten sind, in ein Funkgerät. Niemand antwortet. Nur der Donner.

Francis' tierische Angst äußert sich in einer steten Auf-und-ab-Bewegung. Er kommt trippelnd auf seine vier Beine, um sich sogleich wieder hinzulegen. Ich schäle mich aus der Rettungsweste und stülpe sie dem armen Tier über den Hals. Francis wird sich aufgrund seiner Anatomie nirgends festhalten können.

»Heinrich, wir binden uns fest.«

»Aber nicht an der Reling«, sage ich panisch. »Wir binden uns zusammen!«

Wir finden ein Tau in einer weißen Bastkiste, wobei uns beißender Regen in die Augen sticht. Es ist etwa sechs Meter lang. Jeder wickelt sich ein Ende um den Rumpf und verknotet dies unfachmännisch. Es bleibt die berechtigte Frage nach der Effektivität dieser Sicherungsmaßnahme.

Ich habe eine Idee. Diese Idee beruht auf der Tatsache, dass ich uns im Inneren des Schiffes, sollte es wirklich kentern, dem Untergang geweiht sehe. Sollten wir im Falle des Sinkens von Bord gehen, bestünde noch die Chance, dass wir uns auf das Schlauchboot retten. Eine geringe Chance. Aber eben eine Chance. Deswegen zerre ich Birdy die kleine Treppe zur komplett nassen Badeplattform hinab.

»Was hast du vor?«, brüllt Birdy gegen das um uns tobende Meer an, während sie sich an mich klammert. Ich führe das uns verbindende Seil zweimal zwischen dem Dingi und dem Klavier hindurch, bis es jeweils auf dem oberen Spanngurt aufliegt. Das Seil führt nun von Birdys Hüfte zum Schlauchboot, umwickelt dieses fest und endet an meiner Hüfte. Somit weht es uns nicht vom Schiff, außer … ja, außer wenn …

Wir kauern uns in die Hocke und lehnen uns an die Rückwand des Schlauchboots. Arm in Arm. Fuß in Fuß. Wir sind uns nun gegenseitig Anker und Felsen. Fixiert an Dingi und unserem Klavier. Die Jongert wirbelt durch das unberechenbare Meer, neigt sich, wankt und begehrt auf wie ein Rodeopferd. Wir sind der hilflose Reiter. Haben längst die Zügel verloren. Salzwasser rollt über uns und bringt uns in Atemnot. Wir spucken ständig aus. Die Augen brennen. Wir sind zu panisch, um die Seekrankheit zu spüren. Birdys behandschuhte Finger graben sich in meinen Rücken, und ich muss trotz dieser lebensgefährlichen Situation feststellen: Ich bin jemandem Halt.

Ich bin für einen Ängstlichen Pfeiler.

Für einen Verzweifelten Stütze.

Ich will es für immer sein. Ich will Birdy für immer bei mir spüren. Ich will sie archivieren. Mein Griff wird stärker.

Alle Fragen und Ungeheuerlichkeiten der letzten Tage reißt der Sturm mit sich. Ich habe hier nur noch eine Aufgabe: Ich bin hier, um Birdy zu beschützen. Gegen das polternde Meer. Gegen den zerrenden Orkan. Ich bin ihr Beschützer.

Es kracht bestialisch. Der Bug fährt in die Höhe. Das Heck wird nach unten gezogen. Über die kleine Treppe poltert die blaue Getränkekühlbox vor unsere Füße, als würde sie sich verabschieden wollen, und verschwindet in den malmenden Fluten. Über uns regnet es halbe Kokosnüsse. Wir klammern uns an den Spanngurten fest. Ich lege mich über Birdys Rücken.

Birdys hämmerndes Herz schlägt gegen meinen Unterarm, mit dem ich sie bei mir halte. Ich versuche sie noch fester gegen das Schlauchboot zu drücken.

Plötzlich wirkt alles leicht. Ein schwereloser Zustand setzt ein. Alles kommt ins Rutschen. Körper. Objekte. Geist. Kein Griff oder Gedanke scheint mehr Halt zu bringen. Über uns segelt Francis vom Achterdeck ins Meer. Dabei verliert er seine Schwimmweste. Birdy kreischt. Der schwarze Aktenkoffer mit der abgetrennten Hand surrt wie ein viereckiges Windrad hinterher.

Klavier und Dingi kippen. Wir bringen uns nach links und rechts krabbelnd und rutschend aus der Schusslinie. Knapp neben uns kracht das Klavier auf das Schlauchboot, ehe die Jacht wieder in die Horizontale kippt. Geistesgegenwärtig und aus Angst, dass uns das Klavier trotz Luftkissen in die Tiefe rei-ßen könnte, ziehe ich ruckartig an dem Seil, das Birdy und mich verbindet. Es löst sich aus dem Spalt zwischen Klavier und Boot. Einen Bruchteil von Sekunden später gehen auch wir über Bord.

Das Schiff richtet seinen Bug wieder den schwarzen Wolken entgegen und entlässt uns in die brüllende Gischt. Das Wasser tobt und mahlt und drückt mich in die Tiefe. Ich versuche, Birdy bei mir zu halten, verschwinde unter Wasser, reiße dabei einen weichen Bommel aus ihrem Kostüm, verspüre das Ein-schneiden des Seils an meiner Hüfte, eine Zugkraft zieht mich wieder nach oben. Um mich herum ein tosender Schwarm aus Luftblasen und Dunkelgrün. In diesem Gebrause spüre ich plötzlich einen harten, großen Gegenstand: die Getränkebox. Ich klammere mich an sie. Mit der Getränkebox in den Händen und dem Seil um die Taille gleite ich nach oben.

In diesem Moment neigt sich die Jacht auf einem Wellen-kamm zur Seite und entlässt das Klavier-und-Dingi-Konglo-merat in die Welle, aus der ich gerade auftauche und lautstark nach Luft schnappe. Ich blicke erst kurz in den dunklen Him-mel dann auf Kerstins anrauschendes Piano. Onkel Wendelins Geheimfach saust auf mich zu. Welche Nachricht er für mich darin wohl versteckte? Ich habe es nicht überprüft. Neben mir ist Birdy, ihr nasses, ängstliches Clownsgesicht schreit: »Scheiße, Heinrich, du hast keine Rettungswes…«

Dann schlägt das Klavier auf uns beide ein.

# TEIL 3

*Im Gold, im Schatten*

Sonnenuntergänge sind nie traurig. Nie negativ. Nie morbide. Dennoch endlich. Mit dem Sonnenuntergang beginnt der Tod des Tages. Sonnenuntergänge bringen zauberhaftes Licht, vergolden die Aura und verlängern die Schatten. Je länger die Schatten, desto kürzer der Atem des Tages. Heinrich Pohl blickt in den glimmenden Sonnenuntergang, der ihm seine Erinnerung zurückgebracht hat.

Erinnerungen mit goldener Aura.

Erinnerungen, die lange Schatten werfen.

Schatten, die sein Herz ausschälen.

Schatten, die ihn wissen lassen: Die Geburt der Nacht will er nicht erleben. Er wird mit der Sonne untergehen.

Heinrich weint. Er leert seine letzten Vorräte an Flüssigkeit. Bittere, wütende Tränen um seine verlorenen Träume quellen ihm aus den Augen. Sein zerrissenes Herz pumpt Galle durch den vergifteten Blutkreislauf. Er hat ertränkt, was er vergöttert. Nach Jahren der Einsamkeit spült ihn das Schicksal in die Hände einer Person, dem Sonnenuntergang entstiegen, voll goldener Aura, die mit ihm seine langen Schatten ausgeleuchtet hätte. Er kommt aus den Kellergeschossen der Archive in die freie, bunte Welt voller Irrsinn und Schönheit, greift nach einem Partner, der ihm aufrichtig zur Seite steht, als er erfährt, wer er ist.

Und Heinrich?

Raubt seiner Liebe die Rettungsweste und entlässt sie ohne jegliches Mitgefühl in die dunkelsten Gefilde der letzten Herzschläge. Ein Verrat des Beschützers. Die schwärzeste Hinterlist.

Es ist kein Trost, dass er in jenem Moment nicht Herr seiner Geschichte war. Es ist keine Entschuldigung, dass er, einer Notlage geschuldet, sein eigenes Leben dem eines anderen vorzog. Keine Ausrede, weder den Namen des Opfers noch seine Beziehung zu ihm gekannt zu haben.

Es ist die Wahrheit. Er hat Birdy ertränkt.

Drei leere Bierdosen wippern um ihn herum. Eine Kokosnuss. Der Aktenkoffer mit der Hand des Verbrechers treibt schon einige Meter ab. Darauf liegt seine Rettungsweste. Vielleicht hätte sie beide gerettet. Birdy und Heinrich.

Er will noch einmal tief Luft holen. Und dann abtauchen, bis zum Meeresgrund, und die Lungen seiner Liebsten mit der Luft aus seinen Lungen fluten. Dann kommen sie zurück. Und werden gerettet. Ganz sicher.

Heinrich Pohls Glas ist nicht halb voll. Es ist gänzlich leer. Nur was leer ist, kann gefüllt werden.

Er atmet lange aus. Schließlich holt er tief Luft, bläht seine Lungen bis in die letzten Alveolen auf, bis sie oben an der Kehle anschlagen. Er blickt noch ein letztes Mal in den Sonnenuntergang, dann wirft er sich kopfüber in den Ozean und taucht ab.

Unter Wasser bricht sich flirrend das Licht. Er ist bemüht zwischen Gold und Schatten zu differenzieren.

Kräftige Tauchzüge bringen ihn nach unten. Immer weiter hinab.

Keine Schonhaltung.

Seine Apathie löst sich. Seine emotionale Orientierungslosigkeit, seine Schockstarre. Die Bilder in ihm entladen sich. Wirbeln aus ihm heraus und erzeugen einen Unterwasser-Tornado, einen Sog, einen Strudel, ziehen ihn zum Grund des Ozeans, auf dem der Himmel immer nass ist.

Es wird dunkler.

Keine Schonhaltung.

Luft schlägt von der Lunge gegen seine Luftröhre. Er lässt sie nicht entweichen. Er benötigt sie. Für Birdy.

An der Schwelle von der goldenen Aura zur Dunkelheit der Tiefe ringt er sich eine letzte Erkenntnis ab. Onkel Wendelin hat ihn vor den lebenslangen Vorwürfen, am Tod seiner Mutter schuld zu sein, verschont. Er hat ihn als Neffen vielleicht sogar besser behandelt denn als Sohn. Und immerhin hat er ihm mit dieser Reise ein wundervolles Herz offenbart. Nach dem er nun tauchen muss. Mit offensiver Geduld hinabgleiten. Zug um Zug.

Keine Schonhaltung.

Es wird dunkel. Die Schatten kommen. Werden länger. Greifen nach ihm wie nasse Gespenster. Kratzen an Augen und Atmungsorganen. Wollen ihm den teuren Sauerstoff aus der Lunge reißen. Attackieren seinen Willen.

Keine Schonhaltung.

Immer tiefer. Trotz Schatten, so dunkel wie Krähen. Sie schließen ihn ein. Im Schwarz.

Es wird Nacht.

*Ho! Cante Tinza! Hakamya upo! Hanhepi wakan, hanta yo!*
*Huka! Huka! Ho!*
*Ich bin bereit! Tapferes Herz! Komm, folge mir dichtauf. Wundersame Nacht, mach den Weg frei. Ich fürchte mich nicht. Ich fürchte mich nicht. Ich bin bereit.*

Keine Schonhaltung.

Er hört den Klang des Klaviers.

*Ich bin bereit.*

Eine Melodie wider jeden h-Moll-Akkord.

*Ich bin bereit.*

Töne verpackt in Wassermoleküle.

*Ich bin ...*

Keine Schonhaltung.

*Ich ...*

Heinrich Pohl wird zum Pessimisten. Dieser Wandel seiner Einstellung an der Schwelle seines Todes wirkt grotesk. Inkonsequent. Und doch ist der Umschwung vom Optimisten zum Pessimisten der Schlüssel zum Frieden. Denn er lässt los.

Grelle kurze Blitze platzen in der Tinte um ihn herum auf. Tiefschwarz. Flackern. Tiefschwarz. Blitze.

Töne. Stille. Dunkel. Wieder Blitze. Und die einzigartigen Klänge eines Pianos.

Es wird heller. Dort. Heller.

Dort sitzt Birdy am Klavier, wunderschön. Ohne Clownskostüm und Schminke. Ihr natürliches, hübsches Gesicht in ein Meer aus Locken eingepackt.

Und dahinter ein Tisch. Eine Tafel. Hier sitzt Onkel Wendelin. Heinrichs Vater. Schelmisch grinsend. Die Hände zu einer Geste modelliert, die ihm bedeutet: Hatte ich nicht recht?

Und Kerstin Holmgren, Heinrichs Mutter sitzt auch da. Sie

strahlt ihn von sanftem Rot umgeben gütig an. Und Markus.
Heinrichs alter Freund. Es ist hell. Über allem ein Licht wie nie
zuvor. Und in dieses Licht schickt Birdy ihre Musik.

Und alle Gläser sind voll.

# Ein Roman, der Generationen und Kulturen verbindet

ISBN 978-3-453-27291-0

Charlotte Keller ist eine bedingungslose Optimistin. Kurz vor ihrem achtzigsten Geburtstag nimmt sie den Hochzeitsflüchtling Toygar Bayramoğlu in ihrer Wohnung in einem Seniorenheim an der Ostsee auf und erzählt ihm innerhalb zweier Tage ihre Lebensgeschichte. Aber schon bald merkt Toygar: Alles stimmt, aber nichts ist wahr.

»Ein funkensprühender, anarchischer, schräger und tollkühner Roman.« *Hamburger Abendblatt*

Leseprobe unter heyne-hardcore.de

**Sommer 1985. Die Kajal-Clique hält die Welt in Atem. Zumindest die Münchner Vorstadt Pasing, in der die vier halbwüchsigen Schüler durch die Straßen streunen und die Gegend unsicher machen.**

»Gott, ist das gut! Nach ungefähr fünfzig Seiten habe ich begriffen, was für eine Perle dieser Roman ist… Wenn das kein Kultbuch wird, weiß ich auch nicht.« *Benedict Wells*

ISBN 978-3-453-27284-2 · Leseprobe unter heyne-hardcore.de

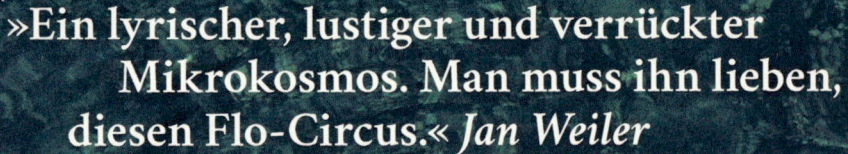

»Ein lyrischer, lustiger und verrückter
Mikrokosmos. Man muss ihn lieben,
diesen Flo-Circus.« *Jan Weiler*

»Man fragt sich, was in diesem Kopf vorgeht.
Es muss ein tosendes Spektakel sein.«
*David Schalko*